JEFFREY ARCHER

Die chinesische Statue

UND ANDERE ÜBERRASCHUNGEN

PAUL ZSOLNAY VERLAG
WIEN · HAMBURG

Anmerkung des Autors

Zehn der folgenden elf Erzählungen beruhen auf wahren Begebenheiten (einige sind allerdings mit einem erheblichen Maß an dichterischer Freiheit ausgeschmückt).

Nur eine einzige ist vollständig meiner Phantasie entsprungen. Zu der Erzählung „Der Lunch“ habe ich mich von Somerset Maugham inspirieren lassen.

Umschlagentwurf und Einband: Werner Sramek
Fotosatz: Die Redaktion, Wien
Druck und Bindung: Wiener Verlag
Printed in Austria
ISBN 3-552-03615-6

CIP-Kurztitelaufnahme der Deutschen Bibliothek
Archer, Jeffrey :
Die chinesische Statue und andere Überraschungen
Jeffrey Archer. — Wien; Hamburg: Zsolnay, 1984.
Einheitssacht.: A quiver full of arrows (dt.)
ISBN 3-552-03615-6

Für Robin und Carolyn

Inhalt

Die chinesische Statue

Die kleine chinesische Statue war der nächste Gegenstand, der unter den Hammer kam. Posten No. 103 rief jenes leise Gemurmel hervor, das der Versteigerung eines Meisterwerks jeweils vorausgeht. Der Gehilfe des Auktionators hielt den elfenbeinernen Gegenstand in die Höhe, damit ihn jeder in der dichtgedrängten Menge sehen konnte; der Auktionator seinerseits ließ seine Blicke durch den Saal schweifen, um festzustellen, wo die ernstzunehmenden Käufer placiert waren. Ich studierte meinen Katalog, der eine exakte Beschreibung sowie Angaben über die Herkunft dieser Figurine enthielt.

Sie war im Jahre 1871 in Ha Li Chuan gekauft worden und stammte — laut der seltsamen Formulierung des Auktionshauses Sotheby — „aus dem Besitz eines Gentleman". Eine derartige Feststellung deutet im allgemeinen darauf hin, daß ein Mitglied des Adels in die mißliche Lage geraten ist, sich von einem Erbstück trennen zu müssen.

Ich fragte mich nun, ob das im vorliegenden Fall wohl zutraf, und beschloß, der Sache nachzugehen, um herauszufinden, auf welchem Wege der kleine Elfenbeinchinese — hundert Jahre nach seinem Ankauf — in die Auktion an diesem Donnerstagmorgen geraten war.

„Posten No. 103", verkündete der Sensal. „Wer bietet für dieses einmalige Stück aus...?"

Sir Alexander Heathcote war nicht nur ein Gentleman, sondern vor allem ein sehr genauer Herr. Er war genau einen Meter einundneunzig groß, stand jeden Morgen um punkt sieben Uhr auf, gesellte sich dann zu seiner Gemahlin an den Frühstückstisch, aß ein genau vier Minuten lang gekochtes Ei und zwei Stück Toast mit je einem Löffel Coopers Orangenmarmelade und trank dazu eine Tasse chinesischen Tee. Danach verließ er um genau acht Uhr und zwanzig Minuten sein Haus in Cadogan Gardens und bestieg eine Mietdroschke, um Schlag acht Uhr neunundfünfzig im Foreign Office einzutreffen; punkt sechs Uhr abends war er wieder zu Hause.

Sir Alexander war seit frühester Jugend ein Muster an Genauigkeit, wie es sich für den Sohn eines Generals geziemte. Im Gegensatz zu seinem militaristischen Vater beschloß er, seiner Königin als Diplomat zu dienen, ein Beruf, der ebenfalls große Genauigkeit erforderte. Seine Laufbahn begann er an einem Gemeinschaftsschreibtisch im Foreign Office, wurde anschließend Dritter Sekretär an der Botschaft in Kalkutta, dann Zweiter Sekretär in Wien, Erster Sekretär in Rom, Gesandter in Washington und schließlich Botschafter in Peking. Sir Alexander war William Gladstone sehr zu Dank verpflichtet, daß er seine Regierung just in China vertreten durfte, denn er hegte schon seit langem ein mehr als nur oberflächliches Interesse für die Kunst der Ming-Dynastie. Nun, am Höhepunkt seiner Laufbahn, würde es ihm möglich sein, an Ort und Stelle die herrlichen Statuen, Gemälde und Zeichnungen zu bewundern, die er bislang nur aus Büchern kannte.

Nach einer fast zwei Monate dauernden Reise zu

Wasser und zu Lande in Peking angelangt, überreichte Sir Alexander der Kaiserin Tzu-Hsi sein Beglaubigungsschreiben nebst einem persönlichen Brief von Königin Victoria. Die Kaiserin, von Kopf bis Fuß in Weiß und Gold gekleidet, empfing den neuen Botschafter im Thronsaal des kaiserlichen Palastes. Während sie den Brief der britischen Monarchin las, verharrte Sir Alexander in Habt-Acht-Stellung. Ihre Kaiserliche Hoheit verriet jedoch nichts von dessen Inhalt, sondern wünschte dem neuen Botschafter nur viel Erfolg für seine Mission. Darauf verzog sie ihre Mundwinkel ganz leicht nach oben, womit, wie Sir Alexander richtig erfaßte, die Audienz beendet war. Auf dem Rückweg durch die Säle des kaiserlichen Palastes in Begleitung eines Mandarins in der schwarzgoldenen Hoftracht ging Sir Alexander so langsam wie möglich, um einen Blick auf die beeindruckende Sammlung von Elfenbein- und Jadestatuen werfen zu können, die scheinbar wahllos über den ganzen Palast verstreut waren – ähnlich wie heutzutage in Florenz die Cellinis und Michelangelos kunterbunt durcheinander stehen.

Da seine Bestellung als Botschafter in Peking auf nur drei Jahre befristet war, beschloß Sir Alexander, keinen Heimaturlaub zu nehmen, sondern in seiner Freizeit China zu Pferd zu durchstreifen, um mehr über Land und Leute zu erfahren. Auf diesen Reisen wurde er von einem Mandarin des kaiserlichen Hofes begleitet, der ihm als Reiseführer und Dolmetscher diente.

Einmal, sie waren etwa fünfzig Meilen von Peking entfernt, ritten sie durch die schlammigen Gassen eines winzigen Dorfes namens Ha Li Chuan. Dort stießen sie auf die Hütte eines alten Handwerkers. Sir Alexander stieg vom Pferd, ließ seine Dienerschaft zurück und betrat die baufällige Werkstatt, deren Regale mit den zartesten Figuren aus Jade und Elfenbein vollgeräumt waren. Zwar waren sie jüngsten Datums, jedoch offensichtlich von der Hand eines Künstlers gefertigt, und so beschloß der Botschafter, eines der Stücke als Erinnerung an diese Reise zu erwerben. Die Hütte war sichtlich nicht für einen Besucher seiner Körpergröße gebaut, und aus Angst, eine der kleinen Figuren von den Regalen zu stoßen, blieb er wie angewurzelt stehen und sog wie verzaubert den zarten Jasminduft ein, der den Raum erfüllte.

Der alte Meister eilte herbei, um den Gast zu begrüßen; er trug ein langes, blaues Kuli-Gewand und einen flachen, schwarzen Hut, unter dem ein pechschwarzer Zopf auf seinen Rücken hinabbaumelte. Er verneigte sich zunächst tief und blickte dann zu dem Riesen aus England empor. Dieser verneigte sich seinerseits, während der Mandarin dem Meister erklärte, wer der hohe Besucher sei und daß er wünsche, die Kunstwerke besichtigen zu dürfen. Der Alte nickte zum Zeichen des Einverständnisses, noch ehe der Mandarin zu Ende gesprochen hatte. Eine gute Stunde lang betrachtete Sir Alexander die kleinen Meisterwerke mit wohlgefälligem Lächeln; danach wandte er sich an den Alten und pries dessen Kunstfertigkeit. Dieser verbeugte sich abermals, sein scheues, zahnloses Lächeln verriet tiefempfundene Freude über des Botschafters Lob. Er deutete mit ausgestrecktem Finger in die Tiefe seiner Werkstatt und gab den beiden ehrwürdigen Gästen einen Wink, ihm zu folgen. Sie betraten eine wahre Schatzkammer voll mit exquisiten Miniaturkaisern und anderen klassischen Figuren. Wie gerne hätte Sir Alexander hier in diesem Elfenbeinreich viele, viele Tage verbracht! Dank dem sprachgewandten Mandarin führte er mit dem alten Meister ein sehr angeregtes Gespräch, in dessen Verlauf Sir Alexanders große Liebe und profunde Kenntnis der Ming-Dynastie offenbar wurde. Plötzlich leuchtete das Antlitz des kleinen Mannes auf, und flüsternd wandte er sich an den Mandarin. Dieser nickte zum Zeichen des Einverständnisses und übersetzte sodann: „Exzellenz, ich besitze ein Stück aus der Ming-Dynastie, das ich Ihnen gerne zeigen möchte. Eine Figur, die sich seit mehr als sieben Generationen im Besitz meiner Familie befindet."

„Es wird mir eine Ehre sein", antwortete der Botschafter.

„Die Ehre ist meinerseits, Exzellenz", sagte das Männchen und schlurfte durch den Hinterausgang, wo es beinahe über einen streunenden Hund gestolpert wäre, zu einem alten Bauernhaus, das nur wenige Meter von der Werkstatt entfernt war. Der Botschafter und der Mandarin warteten. Es verging einige Zeit, bis der Alte zurückgestapft kam — der Zopf hüpfte auf seinen Schultern auf und nieder, und in seinen Händen hielt er einen kleinen Gegenstand. An der Art, wie er ihn umklammert hielt, konnte man unschwer ermessen, wie wertvoll er ihm sein mußte. Ehrfürchtig überreichte er ihn dann Sir Alexander, der mit offenem Mund dastand und seiner Erregung kaum Herr werden konnte. Die kleine Statue war nicht höher als fünfzehn Zentimeter, stellte den Kaiser Kung dar und war zweifellos eines der besten Stücke aus der Ming-Zeit, die Sir Alexander je untergekommen waren. Er war sicher, daß es sich um eine Arbeit des großen Pen Q handeln müsse, eines hervorragenden Künstlers und Günstlings jenes Kaisers aus dem fünfzehnten Jahrhundert. Der einzige Makel des Kunstwerkes bestand darin, daß das Elfenbeinpodest, auf dem solche Statuen zu stehen pflegen, fehlte: unter den kaiserlichen Gewändern kam ein Stück Holz zum Vorschein. Doch das konnte die Wirkung, die dieses Wunderwerk auf Sir Alexander machte, nicht beeinträchtigen! Die Augen des Alten strahlten. „Meinen Exzellenz, daß das eine gute Arbeit ist?" fragte er.

„Eine außerordentliche", sagte der Botschafter. „Ganz außerordentlich."

„Meine eigenen Arbeiten nehmen sich daneben recht armselig aus", fügte der Alte bescheiden hinzu.

„Nein, ganz und gar nicht", erwiderte der Botschafter. Aber der Alte merkte sehr wohl, daß sein Gast ihn nur nicht hatte kränken wollen. Er konnte es allein daran erkennen, daß dieser die Figur schon mit ebenso liebevoller Behutsamkeit in Händen hielt wie er selbst.

Lächelnd gab Sir Alexander sie dem Meister zurück, und dabei ließ er die wahrscheinlich einzige undiplomatische Äußerung seiner fünfunddreißigjährigen beruflichen Laufbahn fallen, indem er sagte: „Was gäbe ich darum, dieses Kunstwerk mein eigen zu nennen!"

Als der Mandarin seine Worte übersetzt, bereute er schon, seine Gedanken laut geäußert zu haben. Denn er wußte sehr wohl, daß es alte chinesische Sitte war, den Wunsch eines Ehrengastes zu erfüllen, um so Ruhm und Ansehen in den Augen seiner Mitmenschen zu erwerben.

Mit einem traurigen Blick überreichte der Alte seinem Gast die Figur.

„Nein, nein, ich habe doch nur gescherzt", sagte Sir Alexander und versuchte, den kostbaren Gegenstand seinem Besitzer zurückzugeben.

„Exzellenz würden mein bescheidenes Haus entehren, wenn Sie das Geschenk nicht annähmen", entgegnete der Alte in großer Aufregung, und der Mandarin nickte dazu ernst. Sir Alexander schwieg ein paar Augenblicke lang. „Ich habe mein eigenes Haus entehrt", sprach er dann an den Mandarin gewandt, der jedoch keine Miene verzog.

Der Meister verneigte sich tief und sagte: „Ich muß mich nach einem Sockel umschauen, damit Exzellenz die Figur auch aufstellen können."

Und er öffnete eine hölzerne Truhe, in der Hunderte Sockel durcheinander lagen. Nach längerem Stöbern entschied er sich für ein Stück, das mit kleinen schwarzen Figuren verziert war. Sir Alexander gefiel der Sockel nicht sonderlich, er mußte aber zugeben, daß er zu der kleinen Statue trefflich paßte. Der alte Mann beteuerte, daß es sich – obgleich er selbst die Herkunft des Sockels nicht angeben könne – um eine äußerst gediegene Arbeit handle.

Beschämt und verlegen empfing der Botschafter das kostbare Geschenk aus den Händen des Alten, der alle Dankesworte des hohen Gastes still über sich ergehen ließ. Dann verbeugte er sich nochmals tief zum Abschied, und Sir Alexander verließ mit dem Mandarin, der keinerlei Regung zeigte, die Werkstatt.

Sie machten sich auf den Rückweg nach Peking. Der Botschafter befand sich in einem so erbärmlichen Zustand, daß sein aufmerksamer Begleiter nicht umhin konnte, die Regeln des Anstands einmal zu mißachten und als erster das Wort zu ergreifen:

„Exzellenz kennen zweifellos die alte chinesische Sitte, welche besagt, daß man die Großmut, die ein Fremder einem zuteilwerden ließ, erwidern muß, noch ehe das Jahr um ist."

Mit einem Lächeln dankte der Botschafter dem Mandarin für diesen Hinweis, über den er lange nachdachte.

Nach Peking zurückgekehrt, suchte Sir Alexander unverzüglich die reichhaltige Bibliothek seiner Residenz auf, in der Hoffnung, den Wert der kleinen Statue ermitteln zu können. Nach emsiger Suche entdeckte er die Abbildung einer Figur, die der seinen beinahe aufs Haar glich; mit Hilfe des Mandarins gelang es, ihren Wert festzustellen: dieser belief sich auf etwa drei Jahreseinkommen eines Botschafters im Dienste Ihrer Majestät, der Königin von England. Sir Alexander erörterte das Problem mit Lady Heathcote, die ihn nicht im Zweifel darüber ließ, was er zu tun hätte.

So sandte er denn ein Schreiben an seine Bank in London, darin er Auftrag gab, ihm sogleich den Großteil seines Vermögens nach Peking zu überweisen.

Nach knapp neun Wochen war das Geld in seinen Händen, und Sir Alexander wandte sich wieder um Rat an den Mandarin, der in der Zwischenzeit das Folgende herausgefunden hatte:

Unser kleiner Meister mit Namen Young Lee entstammte der alten und ehrbaren Familie der Young Shan, deren Mitglieder seit etwa fünfhundert Jahren das Handwerk des Elfenbeinschnitzens ausübten.

Nun, da Young Lee alt geworden war, verspürte er den Wunsch, sich in die Berge oberhalb seines Dorfes zurückzuziehen, um dort, nach Vätersitte, seinem Tode entgegenzusehen. Der Sohn war bereit, die Werkstatt von seinem Vater zu übernehmen.

Der Botschafter dankte dem Mandarin für die Auskunft und unterbreitete ihm noch eine Bitte, die jener freundlich aufnahm; sodann verfügte er sich in den kaiserlichen Palast. Wenige Tage danach kam aus dem Palast die Nachricht, daß die Kaiserin Sir Alexanders Ersuchen ein williges Ohr geliehen habe.

Noch ehe das Jahr abgelaufen war, machte sich Sir Alexander, wiederum in Begleitung des Mandarins, auf die Reise von Peking in das Dorf Ha Li Chuan. Dort angelangt, stieg er vom Pferd und betrat die ihm wohlvertraute Hütte. Den flachen Hut ein wenig schief auf dem Kopfe saß der alte Meister an seiner Werkbank, ein Stück unbehauenen Elfenbeins behutsam in den Händen haltend. Er erhob sich, und als er ganz nahe an den Fremden herangekommen war, erkannte er ihn wieder und verneigte sich tief vor dem hohen Gast. Dieser aber sprach:

„Noch ehe das Jahr abgelaufen ist, bin ich zurückgekehrt, um meine Schuld zu begleichen."

„Das war nicht nötig, Exzellenz. Es gereicht meiner Familie zur Ehre, den kleinen Kaiser in einer großen Botschaft zu wissen; und wer weiß, eines Tages werden ihn vielleicht auch die Menschen Ihres Heimatlandes bewundern können."

Der Botschafter wußte nicht, was er darauf antworten sollte. Deshalb bat er den Alten nur, ihn auf eine kurze Reise zu begleiten. Der Meister willigte ein, ohne zu fragen, wohin die Reise denn ginge.

Sie ritten auf Eseln gen Norden, auf steilem, engem Pfad den Hügel hinan. Als sie das Dorf Ma Tien erreichten, wurden sie von einem anderen Mandarin in Empfang genommen, der sich vor Sir Alexander verneigte und ihn bat, er und der Meister mögen ihm von hier an zu Fuß folgen. Schweigend gingen sie zum anderen Ende des Dorfes, bis zu einer kleinen Senke, von der aus man einen wunderbaren Blick auf das Dorf Ha Li Chuan hatte. In der Senke aber stand ein nagelneues, wunderhübsches weißes Häuschen, dessen Eingang zwei steinerne Palasthunde bewachten. Der Botschafter wandte sich nun an den alten Mann, der während der ganzen Reise kein Wort gesprochen hatte:

„Dieses kleine, unzulängliche Geschenk ist nichts als der bescheidene Versuch, Ihnen meine Dankbarkeit zu erweisen."

Der Meister fiel auf die Knie und bat den Mandarin um Vergebung, denn es war einem Handwerker untersagt, Geschenke von Fremden anzunehmen. Der Mandarin half dem Zitternden wieder auf die Beine und versicherte ihm, daß die Kaiserin höchstselbst der Bitte des Botschafters stattgegeben hätte. Da leuchtete ein glückseliges Lächeln im Antlitz des Alten auf. Langsamen Schrittes ging er auf das Häuschen zu und konnte nicht umhin, seine Hand liebevoll über die Köpfe der zwei steinernen Palasthunde gleiten zu lassen.

Mehr als eine Stunde bewunderten die drei Reisenden noch das schmucke kleine Anwesen, ehe sie schweigsam und glücklich nach Ha Li Chuan zurückkehrten. Dort schied man voneinander, nachdem der Ehre Genüge getan worden war, und Sir Alexander war darüber hinaus höchst befriedigt, daß sein Werk den Beifall sowohl des Mandarins als auch Lady Heathcotes gefunden hatte.

Nach Beendigung seiner Mission in Peking verlieh die Kaiserin dem britischen Botschafter den Silbernen Löwen von China, und die englische Königin fügte seiner ohnedies langen Reihe von Auszeichnungen noch die eines Groß-Offiziers des Victoria-Ordens hinzu.

Wenige Wochen nach seiner Rückkehr aus China trat Sir Alexander in den Ruhestand und zog sich ins heimatliche Yorkshire zurück. Er verbrachte seinen Lebensabend im Haus seiner Väter, in Gesellschaft seiner Gemahlin und des kleinen Ming-Kaisers. Dieser prangte auf dem Kaminsims des Wohnzimmers, für jedermann sichtbar und von jedermann bewundert.

Da — wir wissen es schon — Sir Alexander ein Muster an Genauigkeit war, verfaßte er ein ausführliches Testament, in dem auch genau festgelegt war, was nach seinem Hinscheiden mit Kaiser Kung zu geschehen habe: Er vermachte ihn seinem ältesten Sohn, der ihn wiederum seinem Erstgeborenen vererben sollte und so weiter. Ausdrücklich bestimmte er außerdem, daß die Statue niemals veräußert werden dürfe — es sei denn, die Ehre der Familie stünde auf dem Spiel. An seinem siebzigsten Geburtstag Schlag Mitternacht verstarb Sir Alexander.

Zu dem Zeitpunkt, als er in den Besitz des Ming-Kaisers kam, stand Major James Heathcote, der Erbe, im Dienste Ihrer Majestät der Königin, mitten im Burenkrieg. Er diente im Regiment des Herzogs von Wellington und war mit Leib und Seele Soldat. Für

Kultur hatte er wenig übrig, war sich aber bewußt, daß das Erbstück aus China nicht irgendein beliebiger Kunstgegenstand war. Deshalb stellte er die Figur als Leihgabe in die Offiziersmesse von Halifax, damit seine Kameraden sich am Anblick des Kaisers ergötzen könnten. Während der Feierlichkeiten anläßlich der Beförderung von James Heathcote zum Oberst stand der kleine Kaiser stolz inmitten der Siegestrophäen von Waterloo, Sebastopol, der Krim und Madrid — und dort blieb er auch bis zur Pensionierung von Oberst Heathcote. Danach kehrte er auf den Kaminsims im Wohnzimmer zurück. Der Oberst hielt sich streng an die testamentarische Verfügung seines Vaters und vermachte das Erbstück wiederum seinem Erstgeborenen, und wiederum mit der Verpflichtung, es an dessen Erstgeborenen weiterzugeben und nur dann zu veräußern, wenn die Familienehre auf dem Spiel stünde. Oberst James Heathcote, Inhaber des Military Cross, starb nicht den Heldentod; er schlief eines Abends, am Kamin sitzend, sanft hinüber, die *Yorkshire Post* auf den Knien.

Alexander Heathcote, der älteste Sohn des Oberst, war Geistlicher und stand als solcher der kleinen Gemeinde von Much Hadam in der Grafschaft Hertfordshire vor. Nachdem er seinen Vater mit allen militärischen Ehren beigesetzt hatte, stellte er den Kaiser auf den Kaminsims im Pfarrhaus; aber nur wenige seiner Schäflein wußten mit dem Chinesen etwas anzufangen, von einigen älteren Damen abgesehen, die die feine Schnitzereiarbeit bewunderten. Erst als der Pfarrer zum Bischof avanciert war und der Kaiser im bischöflichen Palais vor die Öffentlichkeit treten durfte, erfuhr er wieder die ihm gebührende Bewunderung. Die

Geschichte, wie der Großvater des Bischofs in den Besitz der wertvollen Figur gekommen war, und wie der Sockel eigentlich nicht recht dazupaßte, ergab zudem immer wieder ein anregendes Tischgespräch.

Gott ruft selbst seine irdischen Vertreter, wenn deren Zeit abgelaufen ist, zu sich; das galt auch für Bischof Heathcote. Der aber hatte zuvor gewissenhaft in seinem Testament alle Verfügungen bezüglich des kleinen Kaisers getroffen, die sein Vater ihm einst aufgetragen hatte.

Der Sohn des Bischofs, Hauptmann James Heathcote, diente in demselben Regiment wie sein Großvater, und die Ming-Statue kehrte in die Offiziersmesse nach Halifax zurück. Während des kleinen Kaisers Abwesenheit hatte sich die Trophäensammlung des Regiments um die Siegestrophäen von Ypres, Marne und Verdun vermehrt. Wieder einmal war das Regiment in einem Krieg gegen Deutschland eingesetzt, und der junge Hauptmann Heathcote fiel bei der Landung in Dünkirchen — ohne ein Testament zu hinterlassen. Da der Wunsch seines Urgroßvaters allgemein bekannt war, bestand nach englischem Recht kein Zweifel daran, daß die Statue in den Besitz seines zweijährigen Sohnes überzugehen hatte.

Alexander Heathcote war leider nicht aus demselben Holz geschnitzt wie seine Vorfahren und entwickelte im Laufe der Jahre keinerlei Verlangen, irgend jemandem anderen als sich selbst zu dienen. Nach dem tragischen Tod seines Vaters las ihm die Mutter jeden Wunsch von den Augen ab und überschüttete ihn — soweit es ihre karge Witwenpension zuließ — mit allerlei Geschenken. Sie erntete wenig Dank dafür; doch es war nicht die Schuld des Knaben allein, daß er sich — nach den Worten seiner Großmutter — zu einem selbstsüchtigen und unausstehlichen Bengel entwickelte. Er verließ die Schule kurz vor seinem Hinauswurf und versuchte es in diesem und jenem Job, aber er hielt es nirgendwo länger als ein paar Wochen aus. Auch gab er gern mehr Geld aus, als er oder seine Mutter sich leisten konnten. Als Mrs. Heathcote dieses Leben nicht länger ertragen konnte, schied sie kurzerhand aus demselben.

In den flotten sechziger Jahren kamen in England die Spielkasinos in Mode, und Jung-Alex war überzeugt, hierin endlich ein arbeitsloses Einkommen gefunden zu haben. Er entwickelte ein System, nach welchem man im Roulette nur gewinnen konnte. Dennoch verlor er, verbesserte sein System — und verlor wieder. Er baute das System daraufhin weiter aus, was dazu führte, daß er Geld leihen mußte, um seine Spielschulden zu begleichen. Warum auch nicht? Wenn alle Stricke rissen, konnte er immer noch auf den Ming-Kaiser zurückgreifen. Und in der Tat — alle Stricke rissen.

Eines schönen Montagmorgens erhielt Alex den Besuch zweier Herren, die fest entschlossen schienen, achttausend Pfund von ihm einzuheben; die Sache müsse innerhalb von vierzehn Tagen in Ordnung gebracht sein, widrigenfalls...

Da gab Alex auf. Schließlich hieß es unmißverständlich im Testament seines Ur-Urgroßvaters: wenn die Ehre der Familie auf dem Spiel stand, sollte die Ming-Statue verkauft werden.

Alex holte den kleinen Kaiser vom Kaminsims, warf einen kurzen Blick auf die kostbare Figur, und hatte immerhin so viel Anstand, ein wenig Trauer dabei zu empfinden. Dann trug er das Erbstück zum Auktionshaus Sotheby und gab Auftrag, die Statue ehebaldigst unter den Hammer zu bringen.

Der Leiter der Orient-Abteilung, ein blasser, magerer Mann, nicht unähnlich der Statue, die er liebevoll streichelte, meinte:

„Wir werden wohl einige Tage benötigen, um den genauen Wert der Figur festzustellen, aber so auf den ersten Blick würde ich wagen zu behaupten, daß dies eine Arbeit des großen Meisters Pen Q ist.“

„Lassen Sie sich ruhig Zeit“, antwortete Alex, „es genügt, wenn Sie mir innerhalb von vierzehn Tagen Bescheid geben.“

„Ich bin sicher, daß ich Ihnen bis Freitag den Rufpreis nennen kann“, sagte der Fachmann.

„Um so besser.“

Im Laufe der Woche verständigte Alex seine Gläubiger; sie erklärten sich bereit, das Gutachten von Sotheby abzuwarten. Am Freitag begab er sich frohgemut in die Bond Street. Schließlich wußte er, was sein Ur-Urgroßvater für die Statue bezahlt hatte; er war sicher, daß sie heute mehr als zehntausend Pfund wert war. Mit diesem Betrag konnte er sich aller seiner Schulden entledigen, und mit dem Rest sein neuestes und endgültig unfehlbares System ausprobieren. Als er die Stufen zu Sotheby's erklomm, sandte er ein stilles Dankgebet zu seinem Urahn im Himmel. Oben angelangt verlangte er den Leiter der Orient-Abteilung zu sprechen. Dieser erschien alsbald — mit düsterer Miene, die Stirn umwölkt. Alex rutschte das Herz in die Hosen.

„Ihr Kaiser ist eine nette, kleine Arbeit — aber leider Gottes eine Fälschung. Er ist etwa zweihundert bis zweihundertfünfzig Jahre alt und eine Kopie des Originals. Damals wurden öfters Kopien angefertigt, weil..."

„Was ist die Figur wert?" stammelte Alex.

„Siebenhundert, allerhöchstens achthundert Pfund."

Genug, um einen Revolver samt Munition zu erstehen, dachte Alex voll Bitterkeit, als er sich erhob um zu gehen.

„Mein Herr, was soll ich...", fragte der Orient-Experte.

„Ach was, verkaufen Sie das Zeug", sagte Alex ohne sich noch einmal umzudrehen.

„Und was soll mit dem Sockel geschehen?"

„Mit dem Sockel?"

„Ja, mit dem Sockel. Er ist allerbestes fünfzehntes Jahrhundert, zweifellos die Arbeit eines ganz großen Meisters; ich kann mir nicht erklären, wie..."

„Posten No. 103", verkündete der Auktionator. „Wer bietet für dieses einmalige Stück aus..."

Der blasse Fachmann hatte richtig geschätzt. An diesem Donnerstagmorgen erstand ich bei Sotheby den kleinen Kaiser um siebenhundertzwanzig Guineas. Und der Sockel? Den Sockel ersteigerte ein amerikanischer Sammler um zweiundzwanzigtausend Guineas.

Der Coup

Die blau-silberne Boeing 707 mit dem mächtigen P an der Höhenflosse kam am Nordende des internationalen Flughafens von Lagos zum Stillstand. Eine Flotte von sechs schwarzen Mercedes fuhr neben dem Flugzeug auf und wartete in einer Formation, die einem ans Ufer strebenden Krokodil glich. Sechs schwitzende uniformierte Chauffeure sprangen heraus und standen habtacht. Als der Fahrer des vordersten Wagens die Tür zum Fond öffnete, stieg Oberst Usman von der Bundeswacht aus und schritt eilig zur Gangway, die von vier Mann des Flughafenpersonals rasch an die richtige Stelle gerückt worden war.

Die vordere Kabinentür wurde nach innen gezogen, und der Oberst starrte auf die Öffnung. Vor dem Hintergrund des dunklen Flufzeuginneren sah er eine schlanke, attraktive Hostess in blauem Kostüm mit silbernen Biesen. Den Aufschlag ihrer Jacke zierte ein großes P. Sie wandte sich um und nickte jemandem im Kabineninneren zu. Wenige Sekunden später trat sie zurück, um einem untadelig gekleideten, hochgewachsenen Mann mit dichtem schwarzem Haar und dunklen Augen Platz zu machen. Der Mann besaß jenes Flair zwangsloser Eleganz, für das Selfmade-Millionäre einen beträchtlichen Teil ihres Vermögens gegeben hätten. Der Oberst salutierte, als Senhor Eduardo Francisco de Silveira, Chef des Prentino-Imperiums, ihn mit einem kurzen Nicken grüßte.

De Silveira trat aus der Kühle seiner vollklimatisierten 707 in die sengende nigerianische Sonne, ohne das leiseste Anzeichen von Unbehagen zu zeigen. Der Oberst geleitete den großen, eleganten Brasilianer, der nur von seinem Privatsekretär begleitet wurde, zu dem vordersten Mercedes, während die übrigen Mitglieder der Prentino-Mannschaft einer nach dem anderen die Maschine über die hintere Gangway verließen und in den restlichen fünf Autos Platz nahmen. Der Chauffeur, ein Korporal, der dem Ehrengast rund um die Uhr zur Verfügung stehen sollte, riß den hinteren Wagenschlag auf und salutierte. Er lächelte nervös und entblößte dabei das gewaltigste weiße Gebiß, das der Brasilianer je gesehen hatte.

„Willkommen in Lagos“, sagte der Korporal ehrerbietig. „Hoffe, Sie werden machen sehr großes Geschäft in Nigeria.“

Eduardo antwortete nicht; er lehnte sich in seinem Sitz zurück und starrte durch die getönte Scheibe, um einige Passagiere einer Boeing 707 der British Airways zu beobachten, die unmittelbar vor ihm gelandet waren. Sie standen in einer langen Schlange auf der heißen Rollbahn und warteten geduldig auf die Zollabfertigung. Der Fahrer legte den ersten Gang ein, und das schwarze Krokodil setzte sich in Bewegung. Oberst Usman, der nun vorne neben dem Korporal saß, entdeckte bald, daß der brasilianische Gast keinen Wert auf Smalltalk legte, und der Sekretär der neben seinem Chef saß, machte kein einziges Mal den Mund auf. Der Oberst, gewöhnt, sich an Vorbilder zu halten, schwieg also und überließ de Silveira seinen Gedanken an die geplante Aktion.

Eduardo Francisco de Silveira war in dem kleinen

Dorf Rebeti, etwa hundertsechzig Kilometer nördlich von Rio de Janeiro, zur Welt gekommen, und Erbe eines der beiden größten Familienvermögen Brasiliens. Er war in Schweizer Privatschulen erzogen worden, ehe er an die University of California in Los Angeles kam, um seine Ausbildung dann an der Harvard Business School abzuschließen. Danach kehrte er aus Nordamerika nach Brasilien zurück, wo er in der familieneigenen Firma weder ganz oben noch ganz unten in der Firma, sondern in einer mittleren Stellung, als Manager der Bergwerke von Minas Gerais, zu arbeiten begann. Binnen kürzester Zeit stieg er in eine Spitzenposition auf, sogar noch rascher, als sein Vater es geplant hatte, doch inzwischen hatte sich herausgestellt, daß der Junge nicht bloß ein Zweiglein, sondern ein regelrechter Hauptast vom alten Stamm war. Mit neunundzwanzig heiratete er Maria, die älteste Tochter des besten Freundes seines Vaters, und als sein Vater zwölf Jahre später starb, folgte ihm Eduardo auf dem Thron des Prentino-Imperiums nach. Insgesamt gab es sieben Söhne: der zweite, Alfredo, übernahm nun die Bankangelegenheiten; João kümmerte sich um das Transportwesen; Carlos organisierte die Bauvorhaben; Manoel übernahm den Nahrungs- und Versorgungssektor; Jaime leitete den Zeitungskonzern der Familie, und der kleine Antonio, der letzte — und das war er in jeder Hinsicht —, führte die landwirtschaftlichen Betriebe. Bevor sie irgendeine bedeutendere Entscheidung trafen, kamen alle Brüder zu Eduardo, denn er war immer noch der Chef des größten Privatunternehmens in Brasilien, trotz der überheblichen Behauptungen des alten Erzfeindes der Familie, Manuel Rodrigues.

Als 1964 durch General Castelo Brancos Militärregime die Zivilregierung gestürzt wurde, waren sich die Generäle einig, daß sie nicht sämtliche Silveiras oder Rodrigues umbringen konnten, und daher versuchen mußten, mit den beiden rivalisierenden Familien auszukommen. Die de Silveira ihrerseits waren immer vernünftig genug gewesen, sich nie in die Politik hineinziehen zu lassen, außer durch Zahlungen an Regierungsbeamte (gleichgültig, ob sie einer zivilen oder einer Militärregierung angehörten), wobei die Höhe des Betrages sich nach dem Rang des jeweiligen Politikers richtete. Diese Methode garantierte, daß das Prentino-Imperium wuchs und gedieh, unabhängig davon, welche Partei an die Macht gelangte. Einer der Gründe, warum Eduardo de Silveira in seinem übervollen Terminkalender drei Tage für den Besuch in Lagos frei gehalten hatte, war der Umstand, daß das nigerianische Regierungssystem dem brasilianischen so ähnlich zu sein schien, und zumindest bei diesem Projekt hatte er Manuel Rodrigues erfolgreich den Boden unter den Füßen weggezogen – was eine mehr als angemessene Entschädigung dafür war, daß er das Flughafen-Projekt von Rio an ihn verloren hatte. Eduardo lächelte bei dem Gedanken an Rodrigues, der keine Ahnung hatte, daß er sich in Nigeria aufhielt, um einen Handel abzuschließen, der ihn zweimal so groß machen konnte wie seinen Rivalen.

Während der schwarze Mercedes sich langsam durch die von Menschen wimmelnden, lärmerfüllten Straßen bewegte, ohne rote oder grüne Verkehrsampeln zu beachten, dachte Eduardo zurück an seine erste Begegnung mit General Mohammed, dem nigerianischen Staatsoberhaupt, anläßlich eines offiziellen

Besuchs des Generals in Brasilien. Bei dem Abendessen zu Ehren General Mohammeds gab Präsident Ernesto Geisel in seiner Tischrede der Hoffnung Ausdruck, die beiden Länder würden zu einer engeren Zusammenarbeit in Politik und Handel finden. Eduardo stimmte mit seinem nicht gewählten Staatspräsidenten überein, dem er bereitwillig die Politik überließ, solange ihm dieser die Möglichkeit gab, geschäftlich voranzukommen. General Mohammed antwortete auf englisch, mit einem Akzent, den man normalerweise nur mit Oxford in Verbindung bringt. Der General sprach ausführlich über jenes Projekt, das ihm besonders am Herzen lag, nämlich die Errichtung einer neuen nigerianischen Hauptstadt in Abuja, einer Stadt, die seiner Meinung nach sogar mit Brasilia konkurrieren konnte. Nach den Tischreden zog der General de Silveira zur Seite, beschrieb ihm das Projekt Abuja genauer und fragte ihn, ob er ein privates Angebot in Erwägung ziehen würde. Eduardo lächelte und wünschte bloß, sein Feind Rodrigues wäre Zeuge der vertraulichen Unterhaltung, die er mit dem nigerianischen Staatsoberhaupt führte.

Eduardo studierte gewissenhaft die Planskizzen, die ihm eine Woche nach der Rückkehr des Generals nach Nigeria zugesandt worden waren, und erfüllte dessen erste Bedingung, indem er ein siebenköpfiges Team abkommandierte, das nach Lagos fliegen und das Projekt auf seine Durchführbarkeit überprüfen sollte.

Einen Monat später wurde ihm der detaillierte Bericht des Teams vorgelegt, und Eduardo kam zu dem Schluß, daß der voraussichtliche Ertrag aus dem Projekt ein komplettes Angebot an die nigerianische Regierung wert wäre. Er trat persönlich mit General Mohammed in Verbindung, stellte fest, daß dieser in allen Punkten einverstanden war, und gab seinen Leuten dann grünes Licht. Diesmal wurden dreiundzwanzig Mann nach Lagos geschickt, und drei Monate später unterschrieb Eduardo ein hundertsiebzig Seiten starkes Dokument, das den Titel „Eine neue Hauptstadt für Nigeria" trug. Er veränderte dieses Abschlußdokument nur in einem Punkt: Das in blau und silber gebundene Angebot mit dem Prentino-Signet in der Mitte ließ Eduardo in Grün und Weiß, den nigerianischen Nationalfarben, binden und diesen neuen Umschlag zierte nun das Staatsemblem Nigerias, ein Adler, der rittlings auf zwei Pferden sitzt. Er hatte erkannt, daß es solche Kleinigkeiten waren, die auf Generäle Eindruck machten und oft den Ausschlag gaben. Zehn Kopien der Studie über die Durchführbarkeit des Projekts schickte er, zusammen mit einer Rechnung über eine Million Dollar, an Nigerias Staatschef.

Nachdem General Mohammed das Angebot geprüft hatte, lud er Eduardo de Silveira ein, als sein Gast nach Nigeria zu kommen, um die nächste Etappe des Projekts zu besprechen. De Silveira sagte per Telex vorläufig zu, wobei er höflich, aber bestimmt darauf hinwies, daß man ihm die eine Million Dollar noch nicht erstattet hätte, die er für die Projektstudie ausgelegt hatte. Das Geld wurde ihm postwendend von der Central Bank of Nigeria überwiesen, und de Silveira gelang es, in seinem Terminkalender vier aufeinanderfolgende Tage für das „Neue-Hauptstadt-Projekt" unterzubringen: sein Zeitplan sah vor, daß er an einem

Montagmorgen in Lagos ankam, da er spätestens Donnerstag abend in Paris sein mußte.

Während sich Eduardo all dies durch den Kopf gehen ließ, fuhren die Mercedes-Wagen vor den Dodan Barracks vor. Das Eisentor öffnete sich, und ein Wachtposten in voller Bewaffnung salutierte — eine Ehrenbezeigung, die normalerweise nur einem Staatsoberhaupt zukommt. Der schwarze Mercedes fuhr langsam durch das Tor und hielt vor der Privatresidenz des Präsidenten. Ein Brigadegeneral wartete auf den Stufen, um de Silveira zum Präsidenten zu geleiten.

Die beiden Männer nahmen das Mittagessen in einem kleinen Zimmer ein, das einer britischen Offiziersmesse glich. Das Mahl bestand aus einem Steak, das vor den Augen eines südamerikanischen Kuhhirten keine Gnade gefunden hätte, und dazu gab es Gemüse, das Eduardo an seine Schulzeit erinnerte. Allerdings war Eduardo noch nie einem Militär begegnet, der begriffen hätte, daß ein guter Küchenchef genauso wichtig ist wie ein guter Offiziersbursche. Während des Essens sprachen die beiden über allgemeine Probleme, die der Bau einer völlig neuen Stadt mitten im tropischen Urwald mit sich bringt.

Die voraussichtlichen Gesamtkosten des Projekts waren auf tausend Millionen Dollar geschätzt worden, doch de Silveira machte den Präsidenten aufmerksam, daß die Endsumme sich auf nahezu dreitausend Millionen Dollar belaufen könnte, worauf das Kinn des Staatsmannes ein wenig herabsank. De Silveira mußte zugeben, daß dies das ehrgeizigste Projekt war, das Prentino International je in Angriff genommen hatte, doch beeilte er sich, den Präsidenten darauf hinzuweisen, daß dasselbe auch für jede andere Baufirma der Welt gelten würde.

De Silveira, der seine Trumpfkarte stets möglichst lange zurückhielt, wartete bis zum Kaffee, bevor er ins Gespräch einfließen ließ, daß man ihm, nach heftigen Widerständen (auch von Seiten Rodrigues') nun doch den Auftrag zum Bau einer achtspurigen Autobahn durch den Urwald Amazoniens zugesprochen hatte, die möglicherweise die Verbindung zur Panamericana herstellen sollte — ein Vorhaben, dessen Umfang nur von dem des Projekts übertroffen werde, das man nun in Nigeria ins Auge fasse. Der Präsident war beeindruckt und fragte, ob dieses Unternehmen de Silveira nicht daran hindern werde, sich in dem Hauptstadt-Projekt zu engagieren.

„Diese Frage kann ich erst in drei Tagen beantworten", erwiderte der Brasilianer und vereinbarte ein zweites Gespräch am Ende seines Besuchs, bei dem er den General wissen lassen würde, ob er bereit sei, an dem Projekt weiterzuarbeiten.

Nach dem Mittagessen wurde Eduardo zum Federal Palace Hotel gefahren, wo man ihm die gesamte sechste Etage zur Verfügung gestellt hatte. Mehrere Hotelgäste, deren Geschäfte in Nigeria sich bloß in Millionenhöhe bewegten, waren zu ihrer Empörung aufgefordert worden, ihre Zimmer kurzfristig zu räumen, um Eduardo de Silveira und seinem Stab Platz zu machen. Eduardo wußte nichts von diesen Vorgängen, da er gewöhnt war, stets ein Zimmer vorzufinden, wohin immer er auch kam.

Die sechs Mercedes fuhren vor dem Hotel vor, und der Oberst führte den ihm anvertrauten Gast durch die Schwingtüren an der Rezeption vorbei. Eduardo hatte in den letzten vierzehn Jahren nie selbst in einem Hotel eingecheckt, außer wenn er es vorzog, sich unter einem falschen Namen einzutragen, weil er nicht wollte, daß die Identität seiner Begleiterin bekannt würde.

Der Chef von Prentino International schritt mitten durch den Hauptkorridor des Hotels und betrat einen wartenden Fahrstuhl. Da wurden ihm die Knie weich, und er verspürte plötzlich Übelkeit. In einer Ecke des Fahrstuhls stand ein untersetzter, übergewichtiger Mann mit beginnender Glatze; er trug abgewetzte Jeans und ein T-Shirt, und sein Mund öffnete und schloß sich pausenlos, da er Kaugummi kaute. Die beiden Männer standen so weit von einander entfernt wie nur irgend möglich, keiner zeigte ein Zeichen des Wiedererkennens. Der Fahrstuhl hielt im fünften Stock, und Manuel Rodrigues, Chef der Rodrigues International SA, stieg aus. Zurück aber blieb jener Mann, der seit dreißig Jahren sein erbittertster Rivale war.

Eduardo hielt sich an dem Geländer im Fahrstuhl fest, um das Gleichgewicht wiederzuerlangen, da ihm immer noch schwindelte. Wie sehr verachtete er doch diesen Selfmade-Emporkömmling, der mit seinen vier Halbbrüdern (alle von verschiedenen Vätern) das größte Bauunternehmen Brasiliens zu führen vorgab. Beide Männer waren am Scheitern des anderen nicht weniger interessiert als am eigenen Erfolg.

Eduardo zerbrach sich den Kopf darüber, was Rodrigues wohl in Lagos zu suchen hatte, da er überzeugt war, daß sein Rivale keine persönlichen Kontakte zum nigerianischen Präsidenten besaß. Schließlich hatte er, Eduardo, niemals die Miete für ein kleines Haus in Rio eingefordert, in dem die Geliebte eines sehr hohen Beamten der Protokollabteilung der Regierung wohnte. Und die einzige Gegenleistung dieses Mannes bestand darin, sicherzustellen, daß Rodrigues nie zu irgendeiner Veranstaltung für einen Staatsgast in Brasilien eingeladen wurde. Rodrigues' Abwesenheit bei solchen Gelegenheiten wiederum garantierte die Vergeßlichkeit jenes Mannes, der für Eduardo in Rio die Mieten einhob.

Eduardo hätte niemals zugegeben, daß Rodrigues' Anwesenheit ihm Sorgen bereitete, aber nichtsdestoweniger beschloß er, auf der Stelle herauszufinden, was seinen alten Feind nach Nigeria geführt hatte. Sobald er seine Suite erreicht hatte, wies er seinen Privatsekretär an, festzustellen, was Manuel Rodrigues vorhatte. Eduardo war bereit, sofort nach Brasilien zurückzukehren, sollte sich herausstellen, daß Rodrigues in irgendeiner Weise in das Hauptstadt-Projekt miteinbezogen war; in diesem Fall wäre eine junge Dame in Rio plötzlich mit der Tatsache konfrontiert, sich nach einer anderen Unterkunft umsehen zu müssen.

Binnen einer Stunde kam der Privatsekretär mit der Nachricht zurück, die sein Chef gefordert hatte. Rodrigues, so hatte er festgestellt, war in Nigeria, um sich an einer Ausschreibung für den Bau eines neuen Hafens in Lagos zu beteiligen, und hatte offensichtlich nicht das geringste mit der neuen Hauptstadt zu schaffen; tatsächlich versuchte er immer noch, ein Treffen mit dem Präsidenten zu arrangieren.

„Welcher Minister ist für die Häfen zuständig und wann bin ich mit ihm verabredet?" fragte de Silveira. Der Sekretär vertiefte sich in den Terminkalender.

„Der Verkehrsminister", sagte er. „Sie sind bei ihm am Donnerstag um neun Uhr morgens angesagt." Das nigerianische Protokoll hatte ein Vier-Tage-Programm für de Silveira ausgearbeitet, das Besuche bei jedem Minister, der mit dem Hauptstadt-Projekt zu tun hatte, vorsah. „Es ist Ihr letzter Termin vor der Abschlußbesprechung mit dem Präsidenten und Ihrem Abflug nach Paris."

„Ausgezeichnet. Erinnern Sie mich an dieses Gespräch fünf Minuten, bevor ich den Minister treffe, und dann nochmals, wenn ich mit dem Präsidenten rede."

Der Sekretär machte sich eine entsprechende Notiz und ging.

Eduardo saß allein in seiner Suite und las die Berichte seiner Fachleute über das Hauptstadt-Projekt durch. Einige Leute seines Teams zeigten bereits Anzeichen von Nervosität. Eine spezielle Sorge, die stets bei umfangreichen Bauprojekten auftauchte, betraf die Zahlungsfähigkeit des Auftraggebers, und zwar die Zahlungsfähigkeit zum vereinbarten Zeitpunkt. Mangelnde Solvenz war der schnellste Weg in den Bankrott, doch seit der Entdeckung von Ölvorkommen in Nigeria schien kein Mangel an Einnahmen und gewiß kein Mangel an Leuten zu herrschen, die bereit waren, das Geld im Namen der Regierung auszugeben. Diese Sorgen bedrückten de Silveira nicht, da er stets auf einer substantiellen Vorauszahlung bestand; andernfalls würden weder er noch seine Leute sich auch nur einen Zentimeter aus Brasilien fortbewegen. Allerdings waren diesmal, wegen des gewaltigen Umfangs des Auftrages, die Umstände etwas ungewöhnlich. Eduardo erkannte, daß es seinem internationalen Ansehen ziemlich abträglich wäre, wenn er diese Aufgabe in Angriff nähme und dann — vor aller Augen — nicht zu Ende führte. Er las die Berichte nochmals während eines stillen Abendessens in seinem Zimmer und ging früh zu Bett, nachdem er eine Stunde vergeblich versucht hatte, seine Frau telefonisch zu erreichen.

De Silveiras erster Termin am nächsten Morgen war ein Treffen mit dem Generaldirektor der Central Bank of Nigeria. Eduardo trug einen frischgebügelten Anzug, ein frisches Hemd und auf Hochglanz polierte Schuhe: vier Tage lang würde ihn niemand zweimal in denselben Kleidern sehen. Um acht Uhr fünfundvierzig wurde leise an die Tür seiner Suite geklopft; der Sekretär öffnete. Oberst Usman stand stramm und meldete sich zur Stelle, um Eduardo zur Bank zu eskortieren. Als sie das Hotel verließen, sah Eduardo neuerlich Manuel Rodrigues, der noch dieselben Jeans und dasselbe zerknitterte T-Shirt trug und vermutlich immer noch an demselben Kaugummi kaute, wie er gerade vor ihm in einen BMW stieg. De Silveiras finstere Miene beim Anblick des sich entfernenden BMWs erhellte sich erst wieder, als ihm sein Besuch bei dem für die Häfen zuständigen Minister am Donnerstagmorgen und der darauffolgende Termin beim Präsidenten einfielen.

Der Generaldirektor der Central Bank of Nigeria war gewöhnt, Zahlungsmodalitäten und Terminvereinbarungen selbst festzusetzen. Noch nie war ihm von jemandem gesagt worden, daß er, sollte sich die Zahlung um mehr als sieben Tage verzögern, den Vertrag als null und nichtig anzusehen habe. Der Minister hätte sich wohl eingeschaltet, wäre Abuja nicht das

Lieblingsprojekt des Präsidenten gewesen. Nachdem de Silveira diesen Punkt geklärt hatte, zog er noch Erkundigungen über die Reserven der Bank, langfristige Darlehen, überseeische Verpflichtungen und geschätzte Einkünfte aus der Erdölproduktion in den nächsten fünf Jahren ein. Er ließ den Generaldirektor in einem Zustand zurück, den man nur als puddingartig bezeichnen konnte. Feuchtglänzend und zitternd. Eduardos nächster Termin war ein unumgänglicher Höflichkeitsbesuch beim brasilianischen Botschafter zum Mittagessen. Er haßte dieses Zeremoniell, da er der Ansicht war, Botschaften seien nur für Cocktailpartys und inhaltsloses Banalitäten-Geschwätz gut, und für beides hatte er nichts übrig. Das Essen in solchen Institutionen war ausnahmslos scheußlich, und die Tischnachbarn noch schlimmer. Es stellte sich bald heraus, daß es auch diesmal nicht anders war, und der einzige Gewinn (Eduardo pflegte alles unter dem Gesichtspunkt von Gewinn und Verlust zu beurteilen), den er aus der Begegnung zog, war die Information, daß Manuel Rodrigues einer von drei Bewerbern war, die in die engere Wahl für den Bau des neuen Hafens von Lagos gezogen wurden, und vermutlich am Freitag eine Audienz beim Präsidenten haben würde, sollte ihm der Auftrag zugesprochen werden. Am Donnerstag morgens, gelobte sich de Silveira, werden nur noch zwei in der engeren Wahl stehen, und es wird keine Zusammenkunft mit dem Präsidenten geben. Dies schien ihm das Äußerste zu sein, was er von dem Mittagessen profitieren konnte, als der Botschafter hinzufügte:

„Rodrigues scheint sehr darauf erpicht zu sein, daß Sie den Auftrag für die neue Stadt in Abuja bekommen. Er singt Loblieder auf Sie bei jedem Minister, den er trifft. Komisch", fuhr der Botschafter fort, „ich habe immer gedacht, Sie beide seien nicht gut aufeinander zu sprechen."

Eduardo gab keine Antwort, da er zu ergründen versuchte, was Rodrigues wohl im Schilde führte, indem er sich für seine, Silveiras, Sache einsetzte.

Er verbrachte den Nachmittag mit dem Finanzminister und bestätigte die provisorischen Abmachungen, die er mit dem Generaldirektor der Bank getroffen hatte. Der Finanzminister war von diesem vorgewarnt worden, was er von einem Treffen mit Eduardo de Silveira zu erwarten habe, und daß er sich von den barschen Forderungen des Brasilianers nicht überrumpeln lassen solle. De Silveira, dem klar war, daß der Minister solchermaßen vorbereitet war, ließ den armen Karl zunächst ein bißchen handeln, und gab sogar in ein paar unbedeutenden Punkten nach, über die dem Präsidenten dann bei der nächsten Sitzung des Obersten Militärrats berichtet werden konnte. Eduardo verabschiedete sich von dem lächelnden Minister, der stolz war, dem furchterregenden Südamerikaner ein oder zwei Punkte abgerungen zu haben.

An diesem Abend speiste Eduardo mit seinen ranghöchsten Beratern, die ihrereits bereits mit den Ministerialbeamten verhandelten. Nun kann jeder mit Klagen und Berichten über die Probleme, mit denen man konfrontiert sein würde, wenn man in Nigeria arbeitete. Der Chefingenieur beeilte sich herauszustreichen, daß Facharbeiter zu keinem Preis aufzutreiben seien, da die Deutschen den Arbeitsmarkt schon für ihre umfangreichen Straßenbauprojekte leergekauft hätten. Auch der Finanzberater legte einen düsteren

Bericht vor, wonach internationale Unternehmen sechs Monate oder länger darauf warteten, daß ihre Schecks von der Central Bank eingelöst würden. Eduardo machte sich Notizen über die Ansichten, die seine Leute äußerten, gab aber nie eine eigene Meinung zum besten. Die Berater verabschiedeten sich kurz nach elf, und er beschloß, einen kurzen Spaziergang durch das Hotelgelände zu unternehmen, bevor er sich zu Bett begab. Auf seiner Wanderung durch die üppigen tropischen Gärten konnte er einen Zusammenstoß mit Rodrigues gerade noch vermeiden, indem er sich mit einem Satz hinter eine riesenhafte Iroko-Pflanze flüchtete. Der kleingewachsene Mann ging vorüber, geräuschvoll seinen Kaugummi kauend, ohne Eduardos haßerfüllte Blicke zu bemerken. Eduardo vertraute einem krächzenden Graupapagei seine geheimsten Gedanken an: am Donnerstag nachmittag, Rodrigues, wirst du auf dem Heimweg nach Brasilien sein, mit einem Koffer voller Pläne, die unter „fehlgeschlagen“ abgelegt werden können. Der Papagei legte den Kopf schief und kreischte ihn an, als habe er verstanden. Eduardo gestattete sich ein Lächeln und kehrte in sein Zimmer zurück.

Oberst Usman kam ihn am nächsten Morgen wieder Schlag acht Uhr fünfundvierzig abholen, und Eduardo verbrachte den Vormittag mit dem Minister für Rohstoffe und Versorgungsgüter — oder den Mangel daran, wie er nachher zu seinem Privatsekretär bemerkte. Am Nachmittag suchte er den Arbeitsminister auf und ließ sich über die Verfügbarkeit ungelernter Arbeiter und den totalen Mangel an gelernten Arbeitskräften informieren. Eduardo kam sehr bald zu dem Schluß, daß dieser Auftrag, trotz des Optimismus, den die betreffenden Minister zur Schau trugen, der härteste sein würde, den er je in Angriff genommen hatte. Da war mehr als Geld zu verlieren, wenn die gesamte internationale Geschäftswelt zusah, wie er auf die Schnauze fiel! Am Abend kamen wieder seine Mitarbeiter zur Berichterstattung, nachdem sie ein paar alte Probleme gelöst und ein paar neue ausfindig gemacht hatten. Sie waren zu dem vorläufigen Schluß gekommen, daß man, falls das gegenwärtige Regime an der Macht bliebe, sich keine ernsthaften Sorgen hinsichtlich der Bezahlung machen müßte, da der Präsident dem Hauptstadt-Projekt absolute Priorität eingeräumt hatte. Sie hatten sogar ein Gerücht vernommen, wonach die Armee bereit wäre, Pioniereinheiten abzustellen, sollte tatsächlich ein Engpaß an gelernten Arbeitskräften bestehen.

Eduardo machte sich eine Notiz, um sich dies am nächsten Tag bei seinem Treffen mit dem Staatschef schriftlich bestätigen zu lassen. Doch nicht das Arbeitskräfte-Problem beschäftigte Eduardo, als er am Abend in seinen Seidenpyjama schlüpfte. Er lachte sich ins Fäustchen bei der Vorstellung von Manuel Rodrigues' unmittelbar bevorstehender, plötzlicher Abreise nach Brasilien. Eduardo schlief gut in dieser Nacht.

Am nächsten Morgen stand er neugestärkt auf, duschte und zog einen frischen Anzug an. Die vier Tage erwiesen sich als eine lohnende Investition, und mit einem einzigen Schlag traf man oft mehrere Fliegen zugleich. Um acht Uhr fünfundvierzig erwartete er ungeduldig den bisher so pünktlichen Oberst. Der Oberst war um acht Uhr fünfundvierzig immer noch nicht da und erschien auch nicht, als die Uhr auf dem

Kaminsims neun schlug. De Silveira sandte den Privatsekretär aus, der erkunden sollte, wo der Oberst steckte, während er selbst ärgerlich in seiner Suite auf und abging. Der Sekretär kam ein paar Minuten später schreckensbleich mit der Nachricht zurück, daß das Hotel von bewaffneten Posten umstellt sei. Eduardo geriet nicht in Panik. Er hatte acht Umstürze miterlebt und dabei eine goldene Regel gelernt: das neue Regime bringt nie ausländische Besucher um, da es deren Geld ganz genau so dringend braucht wie die vorherige Regierung. Eduardo griff zum Telefon, doch niemand meldete sich, und so schaltete er das Radio ein. Ein Tonband wurde abgespielt:

„Hier spricht Radio Nigeria. Es hat ein Staatsstreich stattgefunden. General Mohammed wurde entmachtet, und Oberstleutnant Dimka hat die Führung der neuen Revolutionsregierung übernommen. Fürchten Sie sich nicht, bleiben Sie zu Hause, innerhalb weniger Stunden wird sich die Lage wieder normalisiert haben. Hier spricht Radio Nigeria. Es hat ein..."

Eduardo schaltete das Radio aus, und zwei Gedanken schossen ihm durch den Kopf. Umstürze hielten immer alles auf und riefen ein Chaos hervor, also hatte er unzweifelhaft die vier Tage vergeudet. Was aber schlimmer war — würde es ihm jetzt überhaupt noch möglich sein, aus Nigeria herauszukommen, um seinen Geschäften mit der übrigen Welt nachzugehen?

Zu Mittag spielte das Radio Militärmärsche, unterbrochen von der Botschaft auf Tonband, die Eduardo nun schon auswendig kannte. Er befahl seinen Leuten zu erkunden, was in Erfahrung zu bringen sei, und ihm direkt darüber Bericht zu erstatten. Alle kehrten mit derselben Geschichte zurück, daß es unmöglich sei, an den Soldaten vorbeizukommen, die das Hotel umstellten, und daß daher keine neuen Informationen zu erhalten seien. Eduardo fluchte zum erstenmal seit Monaten. Zu allem Unglück rief noch der Hotelmanager an, um mitzuteilen, daß Mr. de Silveira die Mahlzeiten bedauerlicherweise im großen Speisesaal werde einnehmen müssen, da bis auf weiteres kein Room Service zur Verfügung stehe. Eduardo ging einigermaßen widerstrebend hinunter in den Speisesaal, um dort festzustellen, daß der Oberkellner sich nicht im geringsten dafür interessierte, wer er war, und ihm sang- und klanglos einen kleinen Tisch zuwies, an dem bereits drei Italiener saßen. Manuel Rodrigues saß nur zwei Tische weiter. Eduardo erstarrte bei dem Gedanken, daß der andere sich über sein Mißgeschick freuen könnte, und erinnerte sich dann, daß heute der Tag war, an dem er den für die Häfen zuständigen Minister hätte aufsuchen sollen. Er aß rasch, obwohl er nur langsam bedient wurde, und als die Italiener versuchten, ein Gespräch mit ihm anzuknüpfen, winkte er ab und tat, als verstünde er nicht, obwohl er fließend italienisch sprach. Nach dem zweiten Gang kehrte er eilig in sein Zimmer zurück. Sein Stab hatte ihm nur Gerüchte zu bieten, und es war nicht möglich gewesen, die brasilianische Botschaft zu kontaktieren, um offiziell Protest zu erheben. „Was soll uns ein offizieller Protest schon nützen", sagte Eduardo und ließ sich in einen Sessel fallen. „Bei wem wollt ihr den Protest denn anmelden, beim neuen Regime oder beim alten?"

Er verbrachte den Rest des Tages allein in seinem Zimmer, nur hin und wieder durch Geräusche aufgeschreckt, die er für fernes Gewehrfeuer hielt, und las den Vorschlag für das Hauptstadt-Projekt und die Berichte seiner Berater zum drittenmal.

Am nächsten Morgen wurde Eduardo, der denselben Anzug trug wie am Tag seiner Ankunft, von seinem Sekretär mit der Nachricht begrüßt, daß der Staatsstreich niedergeschlagen worden sei; nach heftigen Straßenkämpfen, so informierte er seinen ungewöhnlich aufmerksam zuhörenden Chef, sei das alte Regime wieder an die Macht gelangt, allerdings nicht ohne Verluste; unter den bei dem Aufstand Gefallenen solle sich auch General Mohammed, das Staatsoberhaupt, befinden. Der Bericht des Sekretärs wurde von Radio Nigeria offiziell bestätigt. Rädelsführer bei dem fehlgeschlagenen Coup sei ein gewisser Oberstleutnant Dimka gewesen: Dimka sei gemeinsam mit ein oder zwei jüngeren Offizieren geflohen, und die Regierung habe eine nächtliche Ausgangssperre verhängt, bis die verbrecherischen Übeltäter gefaßt seien.

Wer einen Staatsstreich erfolgreich über die Bühne bringt, ist ein Nationalheld, wer dabei scheitert, ein verbrecherischer Übeltäter; im Geschäftsleben ist es nicht anders mit Bankrott oder Erwerb eines Vermögens, sinnierte Eduardo, während er die Nachrichten hörte. Er begann Pläne für eine rasche Abreise aus Nigeria zu schmieden, als der Radiosprecher etwas verlautbarte, das ihn ins Mark traf:

„Solange Oberstleutnant Dimka und seine Helfershelfer auf freiem Fuß sind, bleiben sämtliche Flughäfen des Landes bis auf weiters gesperrt.“

Nachdem der Sprecher seinen Bericht beendet hatte, wurde zum Gedenken an den gefallenen General Mohammed Militärmusik gesendet.

Eduardo lief außer sich vor Wut hinunter. Das Hotel war immer noch von bewaffneten Truppen umstellt. Er starrte auf die Flotte von sechs leeren Mercedes-Autos, die nur zehn Meter von den Gewehren der Soldaten entfernt geparkt waren. Dann ging er wieder in das Foyer, irritiert von dem vielsprachigen Geplapper, das aus allen Richtungen auf ihn eindrang. Eduardo sah sich um: offensichtlich waren über Nacht viele Leute hier im Hotel gestrandet und hatten schließlich in der Halle oder in der Bar übernachten müssen. Er wollte sich am Zeitungsstand in der Lobby etwas zu lesen besorgen, doch es waren nur noch vier Exemplare eines Führers durch Lagos erhältlich, alles andere war bereits verkauft. Bücher von Autoren, die jahrelang nicht gelesen worden waren, wurden nun zu Wucherpreisen von Hand zu Hand weitergereicht. Eduardo ging wieder auf sein Zimmer, das immer mehr den Charakter eines Gefängnisses annahm, und brachte es nicht über sich, das Hauptstadt-Projekt ein viertesmal zu lesen. Er versuchte noch einmal den brasilianischen Botschafter zu erreichen, um zu erfahren, ob er eine Sondererlaubnis zum Verlassen des Landes bekommen könnte, da er doch ein eigenes Flugzeug besaß. In der Botschaft hob niemand ab. Er begab sich also zu einem frühen Mittagessen in den Speisesaal, der wiederum gesteckt voll war. Diesmal wurde er an einen Tisch gesetzt mit einigen Deutschen, die sich Sorgen wegen eines Vertrages machten, der in der Vorwoche, vor dem gescheiterten Putsch, von der Regierung unterzeichnet worden war. Sie fragten sich nun, ob er eingehalten werden würde. Manuel Rodrigues betrat den Saal wenige Minuten später und wurde an den Nachbartisch gesetzt.

Am Nachmittag überprüfte de Silveira wehmütig

seinen Terminplan für die nächsten sieben Tage. Er hätte sich am Morgen in Paris mit dem Innenminister treffen, von da nach London fliegen und mit den Aufsichtsratsvorsitzenden der Stahlindustrie konferieren sollen. Sein Kalender war für die nächsten zweiundneunzig Tage, bis zum Familienurlaub im Mai, voll ausgebucht. „Ich verbringe meinen diesjährigen Urlaub in Nigeria“, bemerkte er sarkastisch zu einem Mitarbeiter.

Was Eduardo an dem Coup am meisten nervte, war, daß die Verbindung mit der Außenwelt völlig unterbrochen war. Er hätte gerne gewußt, was in Brasilien los war, und fand es äußerst unangenehm, nicht nach Paris telefonieren oder telexieren zu können, um sich für seine Abwesenheit persönlich zu entschuldigen. Wie ein Süchtiger lauschte er Radio Nigeria regelmäßig zu jeder vollen Stunde, um jedes kleinste Fetzchen Information zu erhaschen. Um fünf Uhr erfuhr er, daß der Oberste Militärrat einen neuen Präsidenten gewählt habe, der um neun Uhr abends über Fernsehen und Rundfunk zur Nation sprechen werde.

Eduardo de Silveira drehte um acht Uhr fünfundvierzig das Fernsehen an; normalerweise hätte ein Mitarbeiter eine Minute vor neun den Apparat für ihn eingeschaltet. Er saß da uns sah einer nigerianischen Dame zu, die einen Vortrag über Schneiderei hielt, worauf der Wetterbericht folgte, der Eduardo mit der an eine Offenbarung grenzenden Information beglückte, daß es auch im nächsten Monat heiß sein werde. Eduardos Knie zuckten nervös, während er auf die Ansprache des neuen Präsidenten wartete. Um neun Uhr, nachdem die Nationalhymne verklungen war, erschien das neue Staatsoberhaupt, General Obasanjo, in Galauniform auf dem Bildschirm. Er sprach zunächst vom tragischen Tod des ehemaligen Präsidenten und dem unersetzlichen Verlust, den die Nation dadurch erlitten habe, und sagte dann, daß seine Regierung die Arbeit zum Besten Nigerias fortsetzen werde. Er sah verlegen drein, als er alle ausländischen Gäste, die durch den Putschversuch in Unannehmlichkeiten geraten waren, um Entschuldigung bat, machte aber deutlich, daß das nächtliche Ausgangsverbot weiterbestünde, bis die Rebellenführer aufgespürt und der Justiz überantwortet worden seien. Er bestätigte ferner, daß sämtliche Flughäfen gesperrt blieben, bis Oberstleutnant Dimka in sicherem Gewahrsam sei. Der neue Präsident beendete seine Ausführungen mit der Mitteilung, daß alle Kommunikationsmittel so bald wie möglich wiederhergestellt werden würden. Die Nationalhymne wurde ein zweitesmal gespielt, und Eduardo dachte an die Millionen Dollar, die er infolge seiner Einkerkerung in diesem Hotelzimmer möglicherweise verlieren würde, während nur wenige Kilometer entfernt sein Privatflugzeug müßig auf der Rollbahn stand. Einer seiner führenden Manager schloß Wetten darüber ab, wie lange die Behörden brauchen würden, um Oberstleutnant Dimka zu fassen; er sagte de Silveira nicht, für wie wahrscheinlich er es hielt, daß mit mindestens einem Monat zu rechnen sei.

Eduardo ging in dem Anzug hinunter in den Speisesaal, den er tags zuvor getragen hatte. Ein Kellner wies ihm einen Platz an einem Tisch mit einigen Franzosen an, die gehofft hatten, einen Auftrag für Probebohrungen im Staat Niger zu ergattern. Wieder winkte Eduardo gelangweilt ab, als sie versuchten, ihn in ihr Gespräch einzubeziehen. Genau in diesem Augenblick hätte er mit dem französischen Innenminister zusammensein sollen, nicht mit ein paar französischen Löcher-Bohrern! Er gab sich Mühe, sich auf die wäßrige Suppe zu konzentrieren, während er überlegte, wie lange es wohl dauern würde, bis sie überhaupt nur noch aus Wasser bestünde. Der Oberkellner tauchte neben ihm auf, deutete auf den letzten freien Stuhl am Tisch und wies ihn Manuel Rodrigues an. Keiner der beiden Männer gab ein Zeichen des Erkennens von sich. Eduardo kämpfte mit sich, ob er vom Tisch aufstehen oder weiterhin so tun sollte, als befände sich sein ältester Rivale nach wie vor in Brasilien. Er entschied, daß letzteres würdiger wäre. Die Franzosen begannen darüber zu streiten, wann sie wohl aus Lagos herauskommen würden. Einer von ihnen erklärte nachdrücklich, er habe von höchster offizieller Stelle erfahren, daß die Regierung beabsichtige, jeden einzelnen, der in den Staatsstreich verwickelt gewesen sei, ausfindig zu machen, bevor sie die Flughäfen wieder öffnete, und dies könne bis zu einem Monat dauern.

„Was?“ riefen die beiden Brasilianer gleichzeitig auf englisch.

„Ich kann hier nicht einen Monat lang bleiben“, sagte Eduardo.

„Ich auch nicht“, sagte Manuel Rodrigues.

„Sie werden dableiben müssen, zumindest bis Dimka gefaßt ist“, erklärte einer der Franzosen, ins Englische überwechselnd. „Also sollten Sie beide versuchen, sich hier zu entspannen, nicht wahr?“

Die zwei Brasilianer setzten das Mahl schweigend

fort. Als Eduardo fertiggegessen hatte, stand er vom Tisch auf, und ohne Rodrigues direkt anzusehen, sagte er auf portugiesisch Gute Nacht. Sein Erzrivale neigte zur Antwort den Kopf.

Der nächste Tag brachte keine weiteren Neuigkeiten. Das Hotel war nach wir vor von Soldaten umstellt, und bis zum Abend hatte Eduardo jedes Mitglied seines Stabes, mit dem er in Berührung gekommen war, angebrüllt. Er ging unaufgefordert hinunter zum Abendessen, und als er den Speisesaal betrat, sah er Manuel Rodrigues allein an einem Ecktisch sitzen. Rodrigues blickte auf, schien einen Augenblick zu zögern, und nickte Eduardo dann zu. Eduardo zögerte ebenfalls, bevor er langsam auf Rodrigues zuschritt und sich ihm gegenüber setzte. Rodrigues schenkte ihm ein Glas Wein ein. Eduardo, der selten trank, nahm an. Ihre Unterhaltung war zunächst gespreizt, doch je mehr Wein die beiden tranken, desto gelöster wurden sie. Als der Kaffee gebracht wurde, vertraute Manuel Eduardo an, was er mit diesem gottverlassenen Land am liebsten tun würde.

„Werden Sie nicht bleiben, wenn Sie den Auftrag für die Häfen bekommen?" forschte Eduardo.

„Keine Chance", sagte Rodrigues, und zeigte keinerlei Überraschung, daß de Silveira von seinem Interesse an dem Hafen-Projekt wußte. „Ich habe am Tag vor dem Putsch meinen Namen von der Kandidatenliste streichen lassen. Ich hatte beabsichtigt, an diesem Donnerstag nach Brasilien zurückzufliegen."

„Würden Sie mir sagen, warum Sie zurückgezogen haben?"

„Probleme mit den Arbeitern vor allem, und dann auch die Überlastung des Hafens."

„Ich weiß nicht, ob ich das richtig verstanden habe", sagte Eduardo, der nur zu gut verstand, aber begierig war zu erfahren, ob Rodrigues irgendein winziges Detail aufgeschnappt hatte, das seinen eigenen Leuten entgangen war.

Manuel Rodrigues machte eine Pause, um sich der Tatsache bewußt zu werden, daß der Mann, den er länger als dreißig Jahre für seinen gefährlichsten Feind gehalten hatte, nun seinen eigenen Insider-Informationen lauschte. Er überdachte die Lage einen Moment, während er den Kaffee schlürfte.

„Zunächst einmal herrscht ein schrecklicher Mangel an gelernten Arbeitskräften, und dazu kommt noch, um dem Faß den Boden auszuschlagen, dieses verrückte Quoten-System."

„Quoten-System?" fragte Eduardo unschuldig.

„Der Prozentsatz an Leuten aus dem Herkunftsland des Vertragspartners, denen die Regierung die Erlaubnis erteilt, in Nigeria zu arbeiten."

„Warum sollte das ein Problem sein?" fragte Eduardo und beugte sich vor.

„Dem Gesetz nach müssen pro Ausländer fünfzig nigerianische Arbeitskräfte eingestellt werden, so daß ich nur fünfundzwanzig meiner Top-Leute hätte herüberbringen können, um ein Fünfzig-Millionen-Dollar-Projekt auf die Beine zu stellen, auf jeder anderen Ebenen hätte ich mich mit Nigerianern behelfen müssen. Die Regierung schneidet sich ins eigene Fleisch mit diesem erbärmlichen System, denn die dort oben können doch nicht erwarten, daß ungelernte Arbeiter, ob schwarze oder weiße, sich über Nacht in erfahrene Ingenieure verwandeln. Das alles hängt mit ihrem Nationalstolz zusammen. Irgendwer wird ihnen aber beibringen müssen, daß sie sich diese Art von Stolz nicht leisten können, wenn sie die Sache zu einem vernünftigen Preis zu Ende führen wollen. Sonst ist es der sicherste Weg in den Bankrott. Und um dem Faß den Boden auszuschlagen, haben die Deutschen die besten Arbeitskräfte bereits für ihre Straßenbauprojekte angeheuert."

„Aber Sie verrechnen doch sicher die aus diesen idiotischen Vorschriften entstehenden Mehrkosten", sagte Eduardo. „Auf diese Weise sind Sie ja gegen alle Eventualitäten abgesichert, solange Sie die Gewißheit haben, daß die Zahlungen garantiert sind..."

Manuel hob die Hand, um Eduardos Redefluß Einhalt zu gebieten. „Das ist ein anderes Problem. Sicher ist man nie. Die Regierung trat erst letzten Monat von einem größeren Stahl-Auftrag zurück und trieb damit eine namhafte internationale Firma in den Konkurs. Sie wäre also durchaus imstande, das gleiche Spiel auch mit mir zu spielen. Und wenn man Sie nicht vereinbarungsgemäß bezahlt – wen wollen Sie dann klagen? Den Obersten Militärrat?"

„Und die Probleme mit dem Hafen?"

„Der Hafen ist total überlastet. Hundertsiebzig Schiffe warten verzweifelt auf das Löschen ihrer Ladung, und die Wartezeit beträgt bis zu sechs Monate. Dazu kommt noch, daß pro Tag ein Liegegeld von fünftausend Dollar anfällt, und nur verderbliche Lebensmittel Vorrang haben."

„Aber es gibt doch immer eine Hintertür bei solchen Problemen", warf Eduardo ein, indem er mit dem Daumen zweimal über seine Fingerspitzen fuhr.

„Bestechung? Funktioniert nicht, Eduardo. Wie wollen Sie aus der Reihe tanzen, wenn sämtliche hundertsiebzig Schiffe den Hafenmeister bereits geschmiert haben? Und glauben Sie bloß nicht, daß die Übernahme der Mietkosten für die Wohnung einer seiner Geliebten irgend etwas bringen würde", meinte Rodrigues grinsend. „Diesem Burschen müßten Sie auch die Geliebte selbst zur Verfügung stellen."

Eduardo hielt den Atem an, sagte aber nichts.

„Bedenken Sie doch nur", fuhr Rodrigues fort, „wenn die Situation sich weiter verschärfen sollte, dann ist der Hafenmeister der einzige Mensch in diesem Land, der reicher ist als Sie."

Eduardo lachte zum erstenmal seit drei Tagen.

„Glauben Sie mir, Eduardo, wir könnten mehr herausholen, wenn wir ein Salzbergwerk in Sibirien betreiben."

Wieder lachte Eduardo, und einige Leute aus dem Prentino- und dem Rodrigues-Stab, die an anderen Tischen speisten, sahen ungläubig zu ihren Arbeitgebern hinüber.

„Sie wollten den dicken Fisch an Land ziehen, die neue Stadt Abuja, nicht wahr?" fragte Manuel.

„Stimmt", gab Eduardo zu.

„Ich habe alles getan, was in meiner Macht stand, damit Sie diesen Auftrag auch bestimmt bekommen".

„Was?" rief Eduardo ungläubig. „Warum?"

„Ich dachte, das Abuja-Projekt würde dem Prentino-Imperium mehr Kopfzerbrechen bereiten, als selbst Sie verkraften könnten, Eduardo, und das hätte mir möglicherweise zu Hause größeren Spielraum verschafft. Überlegen Sie doch. Wann immer hier Einsparungen notwendig werden, was wird dann als erstes dran glauben müssen? ‚Die unnötige Stadt', wie sämtliche Einheimische sie nennen."

„,Die unnötige Stadt'?" wiederholte Eduardo.

„Ja, und es nützt gar nichts, wenn Sie sagen, Sie rühren keinen Finger ohne Anzahlung. Sie wissen genausogut wie ich, daß Sie ständig hundert Ihrer besten Leute brauchen, um so ein Riesenprojekt auf die Beine zu bringen. Und die werden Verpflegung brauchen, Löhne, Unterkunft, vielleicht sogar eine Schule und ein Krankenhaus. Wenn sie sich aber erst einmal hier niedergelassen haben, so können Sie sie nicht einfach alle vierzehn Tage von ihrem Job abziehen, weil die Regierung so spät zahlt. Das ist völlig ausgeschlossen, und Sie wissen es." Rodrigues schenkte Eduardo de Silveira noch ein Glas Wein ein.

„Ich hatte das alles schon bedacht", sagte Eduardo an seinem Wein nippend, „aber ich hatte gehofft, dank der Unterstützung des Staatschefs..."

„Des ehemaligen Staatschefs."

„Ich sehe, was Sie meinen, Manuel."

„Vielleicht wird das nächste Staatsoberhaupt Sie ebenfalls unterstützen, aber was ist mit dem übernächsten? Nigeria hat in den vergangenen drei Jahren drei Staatsstreiche erlebt."

Eduardo schwieg einen Augenblick.

„Spielen Sie Backgammon?"

„Ja. Warum fragen Sie?"

„Irgendwie muß ich doch wenigstens *ein bißchen* Geld verdienen, während ich hier bin." Manuel lachte.

„Warum kommen Sie nicht mit auf mein Zimmer? Obwohl ich Sie warnen muß, gegen meine Leute gewinne ich immer."

„Vielleicht lassen sie Sie immer gewinnen", antwortete Manuel, stand auf und packte die halbvolle Weinflasche.

Beide Männer lachten, als sie den Speisesaal verließen.

Von da an nahmen die beiden Firmenbosse täglich gemeinsam das Mittag- und Abendessen ein. Innerhalb einer Woche aßen auch ihre Mitarbeiter an denselben Tischen. Eduardo zeigte sich ohne Krawatte im Speisesaal, während Manuel zum erstenmal seit Jahren ein Hemd trug. Während der nächsten vierzehn Tage spielten die beiden Rivalen miteinander Tischtennis, Backgammon und Bridge, den Punkt zu hundert Dollar. Jeder Tag endete damit, daß Eduardo Manuel ungefähr eine Million Dollar schuldete, die dieser fröhlich gegen die beste Flasche Wein eintauschte, die im Keller des Hotels lagerte.

Obwohl Oberstleutnant Dimka von etwa vierzigtausend Nigerianern an etwa ebenso vielen verschiedenen Orten gesichtet worden war, ließ er sich doch nicht und nicht fassen. Wie der neue Präsident nachdrücklich betont hatte, blieben die Flughäfen gesperrt, doch wurden die Fernleitungen freigegeben, so daß Eduardo wenigstens nach Brasilien telefonieren und telexieren konnte. Seine Brüder und seine Frau antworteten umgehend und flehten ihn an, er möge heimkehren, koste es, was es wolle: Die Entscheidungen über bedeutende Abschlüsse in aller Welt seien durch seine Abwesenheit blockiert. Doch Eduardos Botschaft nach Brasilien lautete immer gleich: solange Dimka frei herumläuft, bleiben die Flughäfen gesperrt.

An einem Dienstagabend während des Essens nahm Eduardo sich die Mühe, Manuel zu erklären, warum Brasilien die Fußballweltmeisterschaft verloren habe. Manuel wies Eduardos empörende Behauptungen als unhaltbar und parteiisch zurück. Es war das einzige Thema im Verlauf der letzten drei Wochen, über das sie nicht einer Meinung waren.

„Ich gebe Zagalo die Schuld an dem ganzen Fiasko", sagte Eduardo.

„Nein, nein, du kannst das nicht dem Manager in die Schuhe schieben", antwortete Manuel. „Der Fehler liegt bei denen, die für die Aufstellung verantwortlich waren. Sie hätten Leao niemals durch einen anderen Tormann ersetzen dürfen und hätten spätestens aus der Niederlage gegen Argentinien im letzten Jahr lernen müssen, daß unsere Methoden veraltet sind. Man muß angreifen, angreifen, angreifen, wenn man Tore schießen will."

„Blödsinn. Wir haben immer noch die beste Verteidigung der Welt."

„Was also bedeutet, daß das beste Resultat, auf das wir hoffen können, 0:0 lautet?"

„Nie im Leben...", fing Eduardo an.

„Verzeihung, Senhor." Eduardo blickte auf. Sein Privatsekretär stand neben ihm und schaute ängstlich zu ihm herab.

„Ja, was gibt's?"

„Ein dringendes Telex aus Brasilien, Senhor."

Eduardo las den ersten Satz und bat Manuel dann, ihn für ein paar Minuten zu entschuldigen. Manuel nickte höflich. Eduardo stand vom Tisch auf, und als er durch den Speisesaal schritt, ließen siebzehn weitere Gäste ihr Essen stehen und folgten ihm rasch in seine Suite in der obersten Etage, wo alle übrigen Mitarbeiter bereits versammelt waren. Er setzte sich in eine Ecke des Zimmers. Niemand sprach, während er das Telex sorgfältig durchlas. Plötzlich wurde ihm bewußt, wie viele Tage er in Lagos eingesperrt gewesen war.

Das Fernschreiben stammte von seinem Bruder Carlos und betraf das Panamericana-Straßenprojekt, die achtspurige Autobahn, die von Brasilien bis nach Mexiko führen sollte. Prentino hatte ein Angebot für den Streckenabschnitt gemacht, der quer durch den Amazonas-Urwald verlief. Nun mußten bis morgen mittag die Bankgarantien unterzeichnet und beglaubigt sein; heute war Dienstag. Edaurdo aber hatte ganz vergessen, *welcher* Dienstag heute war und *welches* Dokument er bis zum morgigen Stichtag unterzeichnen sollte.

„Wo liegt eigentlich das Problem?" fragte Eduardo seinen Privatsekretär. „Die brasilianische Staatsbank hat Alfredo doch bereits zugesagt, die Garantie zu übernehmen. Was hält Carlos davon ab, das Abkommen in meiner Abwesenheit zu unterzeichnen?"

„Die Mexikaner verlangen jetzt, daß die Verantwortung für das Abkommen geteilt wird; es gibt Versicherungsprobleme: Lloyd's in London wollen nicht das Gesamtrisiko übernehmen, wenn nur eine Firma beteiligt ist. Die Einzelheiten stehen alle auf Seite sieben des Telex."

Eduardo überflog rasch den Text. Er las, daß seine Brüder bereits versucht hätten, Druck auf Lloyd's auszuüben, jedoch vergeblich. Es ist, als wollte man eine altjüngferliche Tante bestechen, an einer öffentlichen Orgie teilzunehmen, dachte Eduardo, und er hätte ihnen das auch gesagt, wäre er in Brasilien gewesen. Die mexikanische Regierung bestand daher darauf, daß der Auftrag in Zusammenarbeit mit einem internationalen, für Lloyd's akzeptablen Bauunternehmen ausgeführt werde, wenn die Papiere am Mittag des folgenden Tages unterzeichnet werden sollten.

„Haltet euch bereit", sagte Eduardo zu seinem Stab und begab sich allein in den Speisesaal zurück, das lange Fernschreiben hinter sich herschleifend. Rodrigues beobachtete ihn, wie er auf seinen Tisch zueilte.

„Du siehst aus, als hättest du ein Problem."

„Das habe ich auch", sagte Eduardo. „Lies das."

Mit erfahrenem Blick überflog Manuel das Telex und filterte die wesentlichen Punkte heraus. Er hatte sich ebenfalls um das Amazones-Straßen-Projekt beworben und erinnerte sich noch an Einzelheiten. Da Eduardo darauf bestand, las er Blatt 7 noch einmal.

„Mexikanische Banditen", sagte er, als er Eduardo das Fernschreiben zurückgab. „Was glauben sie denn, wer sie sind, daß sie Eduardo de Silveira vorschreiben wollen, wie er seine Geschäfte zu führen hat! Schick sofort ein Telex ab und teile ihnen mit, daß du der Boß der größten Baufirma der Welt bist, und daß sie in der Hölle braten können, ehe du ihren unverschämten Bedingungen zustimmst. Du weißt, daß es viel zu spät für eine neue Ausschreibung ist, da doch an allen anderen Streckenabschnitten der Baubeginn bereits unmittelbar bevorsteht. Sie würden Millionen verlieren. Laß sie Farbe bekennen, Eduardo."

„Du könntest schon recht haben, Manuel, aber jede Verzögerung würde mich jetzt nur Zeit und Geld kosten, daher beabsichtige ich, ihrer Forderung nachzugeben und mich um einen Partner umzusehen."

„Du wirst nie einen finden in so kurzer Zeit."

„Doch, ich werde einen finden."

„Wen?"

Eduardo de Silveira zögerte nur eine Sekunde.

„Dich, Manuel. Ich möchte der Rodgrigues International SA fünfzig Prozent des Amazonas-Straßenbauprojekts anbieten."

Manuel Rodrigues sah Eduardo in die Augen. Zum erstenmal hatte er den nächsten Zug seines Rivalen nicht im voraus erraten. „Ich vermute, das wäre eine Möglichkeit, einen Teil der Millionenschulden abzutragen, die du im Tischtennis bei mir gemacht hast."

Die beiden Männer lachten, dann erhob sich Rodrigues, und sie schüttelten einander ernst die Hände. De Silveira verließ eilends den Speisesaal und setzte ein Fernschreiben auf, das sein Manager weiterleiten sollte.

„Unterzeichnen, Bedingungen annehmen. Fünfzig-Prozent-Partner ist Rodrigues International Construction SA, Brasilien."

„Wenn ich dieses Telex hinausschicke, Senhor, wissen Sie, daß es rechtsverbindlich ist?"

„Schicken Sie es", sagte Eduardo.

Eduardo kehrte noch einmal in den Speisesaal zurück, wo Manuel inzwischen eine Flasche des erlesensten Champagners bestellt hatte, der im Hotel zu haben war. Als sie eben die zweite Flasche kommen ließen und eine beschwingte Version von *Esta Cheganda a hora* sangen, kam Eduardos Privatsekretär neuerlich zu ihrem Tisch, diesmal mit zwei Fernschreiben, einem vom Präsidenten des Banco do Brasil und einem von Eduardos Bruder Carlos. Beide baten um eine Bestätigung der vorgesehenen Partnerschaft beim Amazonas-Straßenbauprojekt. Eduardo entkorkte die zweite Flasche Champagner, ohne seinen Sekretär anzusehen.

„Bestätigen Sie dem Präsidenten der Bank und meinem Bruder, daß Rodrigues International Construction unser Partner ist", erklärte er, während er Manuels leeres Glas füllte. „Und stören Sie mich heute abend bitte nicht noch einmal."

„Ja, Senhor", sagte der Privatsekretär und verschwand ohne ein weiteres Wort.

Keiner der beiden Männer konnte sich später erinnern, wann er in dieser Nacht ins Bett gekommen war, doch früh am nächsten Morgen wurde de Silveira von seinem Privatsekretär unsanft aus dem Schlaf gerissen. Eduardo brauchte ein paar Minuten, um die Neuigkeiten zu verdauen. Oberstleutnant Dimka war um drei Uhr früh in Kano festgenommen worden, und sämtliche Flughäfen waren wieder geöffnet. Eduardo griff nach dem Telefon und wählte drei Ziffern.

„Manuel, hast du schon gehört?... Gut... Dann mußt du mit mir in meiner 707 zurückfliegen, denn es kann Tage dauern, bis du herauskommst... Also in einer Stunde unten in der Lobby... Bis dann."

Um acht Uhr fünfundvierzig wurde leise an die Tür geklopft, und als Eduardos Privatsekretär öffnete, meldete sich Oberst Usman zur Stelle, genau wie an den Tagen vor dem Putsch. Er hielt einen Brief in der Hand. Eduardo riß den Umschlag auf und fand darin eine Einladung zum Mittagessen noch am selben Tag mit dem neuen Staatschef, General Obasanjo.

„Bitte richten Sie Ihrem Präsidenten aus, daß es mir sehr leid tut, absagen zu müssen", sagte Eduardo, „und seien Sie so freundlich ihm zu erklären, daß ich dringenden Verpflichtungen in meiner Heimat nachkommen muß."

Der Oberst trat widerstrebend den Rückzug an. Eduardo zog den Anzug, das Hemd und die Krawatte an, die er am ersten Tag seines Aufenthalts in Nigeria getragen hatte, und fuhr mit dem Fahrstuhl hinunter in die Lobby, wo er Manuel traf, der wiederum Jeans und T-Shirt trug. Die beiden Industriekapitäne verließen das Hotel, setzten sich in den Fond des vordersten Mercedes, und der aus sechs Wagen bestehende Konvoi machte sich auf die Fahrt zum Flughafen. Der Oberst, der nun vorne neben dem Fahrer saß, getraute sich nicht ein einziges Mal während der ganzen Fahrt das Wort an einen der vornehmen Brasilianer zu richten. Die beiden Männer, würde er dem neuen Präsidenten später erzählen, seien offenbar in ein Gespräch über ein Straßenbauprojekt im Amazonas-Gebiet vertieft gewesen, und hätten diskutiert, wie die Verantwortung zwischen ihren beiden Unternehmen aufgeteilt werden sollte.

Die Zollabfertigung konnte entfallen, da keiner der beiden Herren etwas anderes außer Landes bringen wollte als sich selbst, und die sechs Autos hielten neben Eduardos blau-silberner Boeing 707. Die Mitarbeiter beider Firmen bestiegen den hinteren Teil der Maschine, ebenfalls in Diskussionen über das Straßenbauprojekt in Amazonien vertieft. Ein Korporal sprang aus dem vordersten Auto und öffnete den Wagenschlag, so daß die beiden Unternehmer direkt die Stufen der vorderen Gangway hinaufschreiten konnten.

Als Eduardo aus dem Mercedes stieg, schlug der nigerianische Chauffeuer schneidig die Hacken zusammen. „Auf Wiedersehen, Sir“, sagte er und entblößte noch einmal die gewaltige Reihe weißer Zähne.

Eduardo sagte nichts.

„Ich hoffe“, setzte der Korporal höflich hinzu, „Sie haben gemacht sehr großes Geschäft in Nigeria.“

Der Lunch

Es war im Hotel St.Regis in New York. Sie winkte mir vom anderen Ende des überfüllten Saales zu. Ich winkte zurück, denn ihr Gesicht kam mir bekannt vor, aber ich wußte nicht, wo ich es hintun sollte. Sie drängte sich an Kellnern und Gästen vorbei und stand vor mir, ehe ich jemanden nach ihrem Namen hätte fragen können. Wohl oder übel mußte ich also auf einen alten Trick zurückgreifen und ihr vorsichtig unverfängliche Fragen stellen, um mit Hilfe der Antworten mein Gedächtnis wieder in Schwung zu bringen.

„Wie *geht* es, Darling?" rief sie, indem sie mir um den Hals fiel. Das brachte mich freilich keinen Schritt weiter, denn auf einem Empfang des Schriftstellerverbandes fällt jeder jedem um den Hals, nicht einmal die Leiter des Book-of-the-Month-Clubs bleiben ungeschoren. Ihrer Aussprache nach war sie eindeutig Amerikanerin, ihrem Aussehen nach etwa um die Vierzig, vielleicht auch um die Fünfzig – die Kunstgriffe der Kosmetik können einen da leicht in die Irre führen. Sie trug ein bodenlanges, weißes Cocktailkleid und ihr aufgetürmtes blondes Haar erinnerte an einen Zuckerhut. Sie sah aus wie die Weiße Königin auf einem Schachbrett. Der Zuckerhut war leider auch kein Anhaltspunkt – bei unserer letzten Zusammenkunft konnte sie ebenso gut offenes, langes schwarzes Haar getragen haben. Wenn Frauen nur nicht immerzu ihre Frisur wechselten – es verändert sie bis zur Unkenntlichkeit, doch offenbar ist das ja auch der Zweck der Übung.

„Danke, mir geht es gut", erwiderte ich der Weißen Königin, worauf ich meinerseits die Partie mit der Frage eröffnete: „Und wie geht es Ihnen?"

„Gut geht's mir, Liebling", zwitscherte sie und nahm ein Glas Champagner.

„Und was macht die Familie?" Das war gewagt. Hatte sie überhaupt Familie?

„Alle sind wohlauf", antwortete sie. „Und wie geht es Louise?"

„Ausgezeichnet", sagte ich. Sie kannte also meine Frau. Vielleicht aber auch nicht, überlegte ich dann, denn die meisten Amerikanerinnen haben ein unglaublich gutes Gedächtnis für die Namen der Ehefrauen anderer Männer, was in einer Stadt wie New York in Anbetracht des häufigen Wechsels einer Meisterleistung gleichkommt.

„Waren Sie in letzter Zeit in London?" brüllte ich in den Party-Lärm hinein. Auch das war eine gewagte Frage – vielleicht war sie überhaupt noch nie in Europa gewesen?

„Nur ein einziges Mal seit unserem Lunch damals." Sie sah mich fragend an, während sie ein Würstchen verschlang. „Sie haben keine Ahnung mehr, wer ich bin, stimmt's?"

„Was denken Sie, Susan – wie könnte ich Sie je vergessen?"

Sie lächelte.

Gut, daß mir der Name der Weißen Königin noch rechtzeitig eingefallen war. An die Dame konnte ich mich zwar nur dunkel erinnern, der Lunch hingegen war ein unvergeßliches Erlebnis gewesen.

Mein erstes Buch war soeben erschienen. Die Kritiken waren eher ermutigend, die Abrechnung meines Verlegers weniger. Mein Agent hatte mir des öfteren zu bedenken gegeben, daß man mit Schreiben kein Geld verdienen könne. Ich wiederum konnte mir nicht vorstellen, wie ich anders als durch Schreiben Geld verdienen sollte.

Etwa zu dieser Zeit rief mich einmal eine Dame aus New York an und erging sich in Lobeshymnen über meinen Roman. Ein solcher Anruf macht jedem Schriftsteller Freude (obwohl ich zugeben muß, daß mir die Freude einmal verging, als ein elfjähriges Mädchen aus Kalifornien mir in einem R-Gespräch mitteilte, daß sie auf Seite siebenundvierzig einen Druckfehler entdeckt hätte; sie drohte mir mit einem weiteren Anruf, falls sie noch einen zweiten finden sollte.). Die vorher erwähnte Dame jedenfalls ließ gegen Ende des Transatlantik-Gesprächs ganz nebenbei ihren Namen fallen. Es war einer jener Namen, die man nur zu nennen braucht, und schon findet der Maître d'Hotel des nobelsten und bis auf den letzten Platz ausgebuchten Restaurants einen freien Tisch; einer jener Namen, bei dessen Nennung für eine seit Monaten ausverkaufte Opernaufführung sofort die besten Karten bereitlagen. Genaugenommen war es der Name ihres Gatten, der dergleichen Wunder bewirkte; denn ihr Gatte war einer der erfolgreichsten Filmproduzenten der Welt. „Bei meinem nächsten London-Aufenthalt führe ich Sie zum Lunch aus", krachte es durch das atlantische Telefonkabel.

„Nein", antwortete ich galant, „ich werde *Sie* zum Lunch ausführen."

„Ihr Engländer seid immer so charmant", erwiderte

sie. Ich habe mich schon des öfteren gefragt, was eine Amerikanerin wohl im Schilde führen mag, wenn sie einem Engländer dieses Kompliment macht. Wie auch immer — von der Gattin eines „Oscar"-preisgekrönten Filmproduzenten angerufen zu werden, das passiert einem nicht alle Tage.

„Ich werde mich sofort bei Ihnen melden, wenn ich das nächstemal in London bin", versprach sie zum Abschied.

Sie hielt Wort. Sechs Monate später rief sie mich wieder an, diesmal aus dem Connaught Hotel in London, um mir zu sagen, wie sehr sie sich auf unsere Zusammenkunft freue.

„Wo möchten Sie gerne essen?" fragte ich. Leider fiel mir zu spät ein, daß *ich* einen Vorschlag hätte machen sollen, denn sie nannte natürlich eines der teuersten Restaurants von London. Zum Glück konnte sie meinen Gesichtsausdruck nicht sehen, als sie noch forsch hinzufügte: „Montag um ein Uhr. Überlassen Sie die Tischbestellung mir, man kennt mich dort."

An dem besagten Tag warf ich mich in meinen einzigen ordentlichen Anzug, dazu wählte ich ein Hemd, das ich seit Weihnachten für besondere Gelegenheiten aufgehoben hatte, und die einzige Krawatte, die nicht den Eindruck erweckte, auch schon als Hosenträger gedient zu haben. Dann schlenderte ich zu meiner Bank, um meinen Kontostand festzustellen. Der Schalterbeamte händigte mir ein Papier aus, das mir für diese lächerliche Summe unnötig lang erschien. Ich studierte es mit übertriebener Sorgfalt und vergewisserte mich, daß mein Kontostand genau siebenunddreißig Pfund und 63 betrug. Ich hob siebenunddreißig Pfund ab, den Rest ließ ich als Notgroschen auf dem Konto stehen. Anschließend begab ich mich zu meinem Rendezvous nach Mayfair. Für meinen Geschmack wies das Restaurant eindeutig zuviel Plüsch und zuviel Personal auf. Beides ist garantiert ungenießbar, wird einem aber garantiert verrechnet.

An einem Ecktisch für zwei Personen saß eine nicht mehr ganz junge, aber sehr elegante Dame. Sie trug eine blaßblaue Bluse aus Crêpe de Chine, und ihr blondes Haar war zu einer schlichten Rolle aufgesteckt, die mich an die Kriegsjahre erinnerte — aber offensichtlich war das jetzt wieder modern. Die Dame war zweifellos meine Bewunderin aus Übersee — und sie empfing mich mit dieser Wir-kennen-uns-doch-schon-seit-Ewigkeiten Attitüde, mit der sie mich auch Jahre später auf dem Empfang des Schriftsteller-Verbandes wieder begrüßen sollte. Obwohl sie schon an einem Apéritif nippte, bestellte ich für mich keinen, mit der Begründung, daß ich vor dem Essen nie Alkohol zu mir nähme. (Ich hätte gerne hinzugefügt, daß sich das in dem Augenblick ändern könnte, da ihr Mann eines meiner Bücher verfilmen würde.) Sie bot mir ungefragt den allerneuesten Hollywood-Klatsch, während ich das Grünzeug, das vor mir stand, verspeiste. Ein Kellner, der auf leisen Sohlen herangeschlichen war, überreichte jedem von uns eine in Leder gebundene, goldgeprägte Speisekarte; sie war übrigens weitaus sorgfältiger gebunden als mein Roman.

Das Lokal stank förmlich nach sinnlos vergeudetem Geld. Ich schlug die Speisekarte auf und starrte entsetzt auf das erste Kapitel: wie war es möglich, daß Nahrungsmittel, am Morgen in Covent Garden eingekauft, auf dem kurzen Weg nach Mayfair derartig exorbitante Preise erklimmen konnten? In meinem

Bistro, nur wenige Meter von hier entfernt, kosteten die gleichen Speisen knapp ein Viertel. Wozu noch kam, daß in Etablissements wie diesem die Dame natürlich eine Speisekarte ohne Preise erhielt!

Während ich die lange Liste französischer Delikatessen studierte, fiel mir plötzlich auf, daß ich seit Monaten keine richtige Mahlzeit mehr zu mir genommen hatte, was leider auch heute der Fall sein würde, und daß dieser Zustand sich wahrscheinlich so lange nicht ändern würde, bis vielleicht jemand die isländischen Übersetzungsrechte für meinen Roman erwürbe.

„Wofür haben Sie sich entschieden?" fragte ich mein Gegenüber galant.

„Mittags esse ich am liebsten etwas Leichtes." Mein Seufzer der Erleichterung kam etwas voreilig, denn „etwas Leichtes" mußte keinesfalls „etwas Billiges" bedeuten. Sie lächelte dem Kellner zu, der nicht so aussah, als müßte *er* sich um seine nächste Mahlzeit Sorgen machen, und bestellte nichts als eine Scheibe Räucherlachs, zwei kleine, zarte Lammkotelettes und – nach kurzem Zögern – einen schönen, winzigen Salat. Ich ließ meine Finger vorsichtig über die Zeilen gleiten, den Blick auf die rechte Seite geheftet, wo die Preise stehen.

„Auch ich esse zu Mittag gerne leicht", sagte ich anzüglich. „Der ‚Salat nach Art des Hauses' wäre gerade das Richtige." Der Kellner empfand diese Bestellung sichtlich als Zumutung, zog aber friedfertig ab.

Mein Vis-à-vis plauderte über Coppola und Preminger, Al Pacino, Robert Redford und Greta Garbo, als ob sie täglich mit ihnen Umgang pflegte. Netterweise hielt sie einmal kurz inne, um mich zu fragen, woran ich gerade arbeitete. Wie ich es meiner Frau beibringen sollte, daß sich auf unserem Bankkonto noch dreiundsechzig Pennies befanden, wäre eine ehrliche Antwort gewesen; statt dessen sprach ich über meinen nächsten Roman, und sie schien beeindruckt. Ihren Mann hatte sie bis zu diesem Zeitpunkt noch nicht erwähnt. Sollte ich den Anfang machen? Nein. Das klänge ja so, als wäre ich in Geldnöten.

Das Essen wurde aufgefahren — das heißt, ihr Lachs wurde angerollt, und ich sah stumm zu, wie sie mein Bankkonto verzehrte, während ich an einem Brötchen knabberte. Als ich aufblickte, merkte ich, daß der Sommelier sich an mich herangepirscht hatte.

„Möchten Sie nicht ein Glas Wein?" fragte ich sie in einem Anfall von Leichtsinn.

„Nein, danke, ich glaube nicht." Ich hatte mich zu früh gefreut: „Oder vielleicht doch einen Schluck — weiß und trocken."

Der Sommelier überreichte mir Band II der Speisekarte, ebenfalls in Leder gebunden, verziert mit einer goldenen Weintraube. Ich tränke mittags niemals Wein, erklärte ich meinem Gast, suchte verzweifelt nach Halbliterflaschen und wählte die billigste Sorte. Das Fläschchen kam in Sekundenschnelle; es steckte in einem mächtigen, mit Eis gefüllten Sektkübel und wirkte darin recht verloren.

Ein Kellner servierte ab, ein zweiter schob einen Wagen an den Tisch, auf dem sich Madames Lammkoteletten und mein Salat nach Art des Hauses befanden, ein dritter komponierte auf einem Beistelltischchen einen exquisiten Salat für meinen Gast. Dieser Salat fiel doppelt so groß aus wie der meine — aber ich konnte meine Tischgenossin nicht gut bitten, mit mir zu tauschen.

Um der Wahrheit die Ehre zu geben: mein Salat schmeckte vorzüglich; ich konnte ihn nur nicht so recht genießen, da mich der Gedanke verfolgte: was mache ich, wenn die Rechnung mehr als siebenunddreißig Pfund beträgt?

„Es war wirklich dumm von mir, zum Lamm weißen Wein zu bestellen", flötete mein Gegenüber, allerdings erst, nachdem sie die Flasche fast bis zur Neige geleert hatte. Ich bestellte ihr eine Flasche Roten, Hausmarke — ohne die Weinkarte ein weiteres Mal zu befragen.

Nach dem letzten Schluck Weißwein erging sie sich in einem Monolog über Theater, Musik und Schriftsteller. Sie schien alle lebenden Autoren zu kennen, tote nahm sie offenbar nicht zur Kennntis. Mir hätte ihr Vortrag sicher Spaß gemacht, wäre da nicht die drohende Frage gewesen, ob ich mir diesen Spaß auch würde leisten können. Nachdem der Kellner den Tisch abgeräumt hatte, fragte er meine Begleiterin, ob sie noch etwas wünsche.

„Danke, nichts mehr", sagte sie — und ich wollte schon aufatmen —, „es sei denn, es gibt noch euren hervorragenden Apfelkuchen."

„Madame, ich fürchte, die letzte Portion wurde soeben bestellt, aber ich werde nachsehen."

Lassen Sie sich Zeit — wollte ich ihm nachrufen; statt dessen lächelte ich nur, während sich der Strick um meinen Hals immer enger zusammenzog. Nach wenigen Minuten erschien der Kellner wieder — hoch über seinem Haupt den Apfelkuchen balancierend. Heiliger Newton, betete ich, möge der Kuchen sich jetzt an dein Gesetz erinnern...

Er erinnerte sich nicht.

„Das letzte Stück, Madame.“
„Wie schön!“ sagte sie.
„Ja, wie schön!” sagte auch ich. Ich fand nicht mehr den Mut, auf der Speisekarte den Preis des süßen Kunstwerks zu erkunden, denn ich ahnte, daß ein Kopf-an-Kopf-Rennen zwischen der Rechnung und meiner Barschaft bevorstand.
„Wünscht die Dame noch etwas?“
Ich hielt den Atem an.
„Nur einen Kaffee“, antwortete sie.
„Und der Herr?“
„Nein, danke.“
Nun durchwühlte sie ihre umfangreiche Gucci-Handtasche und förderte ein Exemplar meines Romans zutage. Ich versah es mit einer schwungvollen Unterschrift – in der stillen Hoffnung, der Kellner würde daraus den Schluß ziehen, daß ich die Rechnung ebenso schwungvoll unterschreiben würde. Aber just in dem Augenblick, als ich „ein unvergeßliches Fest“ neben meine Unterschrift setzte, war natürlich weit und breit kein Kellner zu sehen.

Während meine liebenswerte Freundin ihren Kaffee schlürfte, bat ich um die Rechnung. Nicht, daß ich es besonders eilig gehabt hätte – aber möchte nicht auch ein Delinquent sein Strafausmaß so schnell wie möglich erfahren? Nun erschien ein Mann, den ich vorher noch nicht gesehen hatte. Er trug eine prunkvolle grüne Uniform und präsentierte mir ein silbernes Tablett, auf dem ein großes, gefaltetes Blatt Papier lag, das eine gewisse Ähnlichkeit mit meinem Kontoauszug aufwies. Ich schielte nach der Summe: sechsunddreißig Pfund und vierzig Pennies. Mit legerer Geste ließ ich meine Hand in die Rocktasche gleiten, zog meine gesamte Barschaft heraus und legte die neuen, knisternden Banknoten auf den Silberteller. Der Grünbefrackte verschwand damit und kam nach wenigen Minuten mit den sechzig Pennies Wechselgeld zurück. Ich steckte sie schnell ein, um nicht zu Fuß nach Hause gehen zu müssen. Der Blick, den mir der Grüne daraufhin zuschleuderte, hätte ihm eine Hauptrolle in jedem Film sichern können, den der Gatte meiner vornehmen Begleiterin produzierte.

Meine Gönnerin erhob sich, schritt durch das Lokal und winkte Leuten zu, die ich nur aus den Klatschspalten der Illustrierten kannte. Ich half ihr in den Nerzmantel; Trinkgeld gab es auch diesmal nicht.

Vor dem Restaurant fuhr ein dunkelblauer Rolls-Royce vor. Ein livrierter Chauffeur sprang heraus und öffnete die Türe für Madame. Sie stieg ein.

„Auf Wiedersehen, Darling", rief sie mir zu, „und danke für den herrlichen Lunch."

„Auf Wiedersehen", sagte ich und nahm meinen ganzen Mut zusammen. „Ich hoffe, nächstens auch Ihren berühmten Mann kennenzulernen, wenn Sie beide wieder einmal nach London kommen..."

„Ach, Darling, wußten Sie denn nicht?" fragte sie erstaunt durch das Fenster des Rolls-Royce.

„Was denn?"

„Wir sind seit einer Ewigkeit geschieden."

„Geschieden?" Ich stand da und sah sie hilflos an.

„Ach, machen Sie sich keine Sorgen um mich. Es war wahrhaftig kein großer Verlust. Im übrigen habe ich vor kurzem wieder geheiratet" — hoffentlich wieder einen Filmproduzenten! betete ich —, „ich hatte eigentlich erwartet, ihn hier zu treffen. Er ist der Besitzer dieses Restaurants."

Hierauf glitt das Autofenster sanft in die Höhe, der Rolls-Royce entschwand meinen Blicken, und ich machte mich auf den Weg zur nächsten Bus-Station.

Bei dem Empfang des Schriftstellerverbandes sah ich sie im Geiste noch einmal in dem Rolls-Royce entschweben, während ich vesuchte, mich auf die Worte der Weißen Königin zu konzentrieren.

„Ich wußte es ja, Darling, daß du mich nicht vergessen würdest", flötete sie. „Schließlich habe ich dich einmal zum Lunch ausgeführt."

Das erste Wunder

Am morgigen Tag sollte das Jahr 1 n. Chr. anbrechen, doch das hatte ihm niemand gesagt.

Und hätte es ihm jemand gesagt, er hätte es nicht verstanden, denn seines Wissens war es das 43. Jahr der Regentschaft des Kaisers, und außerdem hatte er überhaupt ganz andere Dinge im Kopf. Seine Mutter war ihm immer noch böse, und er mußte zugeben, daß er sich an diesem Tag – selbst für einen Dreizehnjährigen – schlecht benommen hatte. Den Krug hatte er allerdings nicht absichtlich fallen lassen, als sie ihn zum Brunnen um Wasser geschickt hatte. Er versuchte seiner Mutter zu erklären, daß es nicht seine Schuld gewesen sei, daß er über einen Stein gestolpert war; das zumindest stimmte ja auch. Nicht gesagt hatte er ihr allerdings, daß er gerade dabei gewesen war, einem streundenden Hund nachzujagen. Und dann war da noch dieser Granatapfel; wie hätte er wissen sollen, daß es der letzte gewesen war und für seinen Vater aufgehoben werden sollte? Nun fürchtete sich der Junge vor der Rückkehr des Vaters und der Aussicht auf eine Tracht Prügel. Nur zu gut erinnerte er sich noch an die letzte, nach der er zwei Tage lang vor Schmerzen kaum hatte sitzen können. Die schmalen roten Striemen waren noch drei Wochen danach zu sehen gewesen.

Er saß am Fenstersims in einer schattigen Ecke seines Zimmers und dachte darüber nach, wodurch er seine Mutter wohl versöhnen könnte, nun da sie ihn aus der Küche hinausgeworfen hatte. Dort hatte er sich Öl über die Tunika gegossen, worauf sie ihm befohlen hatte, nach draußen spielen zu gehen. Das machte ihm jedoch keinen Spaß, da er immer allein spielen mußte. Sein Vater hatte ihm verboten, sich mit den einheimischen Jungen abzugeben. Oh, wie er dieses Land haßte; wenn er doch endlich wieder zu Hause bei seinen Freunden wäre! Was sie dort alles gemeinsam unternehmen könnten! Aber, drei Wochen noch, und er würde... Die Türe öffnete sich, und seine Mutter betrat den Raum. Sie trug die landesübliche, leichte schwarze Kleidung, die einen, wie sie seinem Vater erklärt hatte, am besten vor der Hitze schützte. Er hatte darauf nur unwillig gemurrt, und so wechselte sie abends, bevor er heimkam, das schwarze Gewand immer gegen römische Kleidung.

„Hier bist du also", sagte sie, an ihren zusammengekauerten Sohn gewandt.

„Ja, Mutter."

„In den Tag hinein träumend, wie üblich. Nun wach aber auf, du mußt mir ein paar Lebensmittel aus dem Dorf holen."

„Ja, gerne Mutter, sofort", sagte der Junge und kletterte eilig vom Fenstersims herab.

„So warte doch, ich habe dir ja noch nicht einmal gesagt, was ich brauche!"

„Natürlich, Mutter, verzeih."

„Also hör zu und paß genau auf." An den Fingern ihrer Hand begann sie aufzuzählen: „Ich brauche ein Huhn, ein paar Weintrauben, Feigen, Datteln und... ach ja, zwei Granatäpfel."

Bei der Erwähnung der Granatäpfel errötete der

Junge und blickte auf den Steinboden, in der Hoffnung, sie hätte es schon wieder vergessen. Seine Mutter griff in den Lederbeutel, der an ihrem Gürtel hing, und entnahm ihm zwei kleine Münzen, doch bevor sie sie ihrem Sohn in die Hand drückte, ließ sie ihn die Einkaufsliste wiederholen.

„Ein Huhn, Trauben, Feigen, Datteln und zwei Granatäpfel" skandierte er, als rezitierte er den modernen Dicher Vergil.

„Und vergiß nicht, das Wechselgeld nachzuzählen", fügte sie hinzu. „Du weißt ja, daß diese Einheimischen allesamt Diebe sind."

„Ja, Mutter..." Der Junge zögerte noch einen Augenblick.

„Wenn du nichts vergißt und mir das Geld ordentlich abrechnest, werde ich deinem Vater von dem zerbrochenen Krug und den Granatäpfeln vielleicht gar nichts erzählen."

Der Junge lächelte, steckte die zwei kleinen Silbermünzen in die Falten seiner Tunika und lief aus dem Haus.

Der Centurio, der am Eingang des Lagers Wache stand, schob den großen Holzriegel zurück, mit dem das schwere Tor verschlossen war. Der Junge schlüpfte durch das halboffene Tor und nickte dem Centurio lächelnd zu.

„Wieder einmal in Schwierigkeiten geraten?" rief dieser ihm nach.

„Nein, diesmal nicht", antwortete der Junge. „Für heute, glaub ich, bin ich davongekommen."

Er winkte dem Centurio nochmals zum Abschied und lief munter auf das Dorf zu, eine Melodie summend, die ihn an die Heimat erinnerte. Er hielt sich in der Mitte des staubigen, gewundenen Pfades, den die Landesbewohner allen Ernstes als Straße zu bezeichnen wagten. Er käme doppelt so schnell voran, dachte er, müßte er nicht ständig Steinchen aus seinen Sandalen herausfischen. Wäre sein Vater hier längere Zeit auf Posten geblieben, so hätte sich da bestimmt einiges geändert; dann gäbe es hier bald eine richtige Straße, so breit und gerade, daß man mit Fuhrwerken darauf fahren könnte. Erst aber hätte seine Mutter das Dienstmädchenproblem lösen müssen. Nicht eines dieser Mädchen konnte einen Tisch decken oder auch nur eine einigermaßen genießbare Mahlzeit zubereiten. Zum erstenmal in seinem Leben hatte er seine Mutter in der Küche stehen sehen, und er war sicher, daß es auch das letzte Mal sein würde, denn die Dienstzeit seines Vaters ging zu Ende, und sie würden nun alle wieder in die Heimat zurückkehren.

Er wanderte im Schein der Abendsonne, die als riesiger roter Ball am Himmel stand, so rot wie die Tunika seines Vaters. Sie strahlte eine solche Hitze aus, daß er ins Schwitzen kam und sich nach etwas Trinkbarem sehnte. Ob ihm genug Geld übrigbliebe, damit er für sich selbst auch einen Granatapfel kaufen könnte? Einen würde er auch in die Heimat mitnehmen, um seinen Freunden zu zeigen, wie groß die Früchte in diesem barbarischen Land waren. Marcus, seinen besten Freund, würde er damit nicht überraschen können, denn dessen Vater hatte in dieser Gegend eine ganze Armee befehligt, doch der Rest der Klasse würde sicher tief beeindruckt sein.

Das Dorf, in das seine Mutter ihn geschickt hatte, war nur zwei Meilen vom Lager entfernt, und der Pfad schlängelte sich an einem Hügel entlang, unter dem sich ein weites Tal ausdehnte. Es waren um diese Zeit sehr viele Reisende unterwegs, die im Dorf Unterkunft zu finden hofften. Alle diese Leute aus den umliegenden Bergen waren auf ausdrückliche Anordnung seines Vaters gekommen, dem der Kaiser persönlich die Befehlsgewalt verliehen hatte. Auch er selbst würde nach seinem sechzehnten Geburtstag in den Dienst des Kaisers treten. Sein Freund Marcus träumte davon, Soldat zu werden und die Welt zu erobern. Er dagegen interessierte sich mehr für das Rechtswesen und die Verbreitung römischer Sitten unter den Barbaren fremder Landstriche.

„Ich werde sie erobern, und du kannst sie dann regieren", hatte Marcus gesagt.

Eine sehr vernünftige Arbeitsteilung zwischen Hirnschmalz und Muskelkraft, hatte er seinem Freund erwidert, der ihn darauf ohne eine Spur von Respekt im nächsten Bad untergetaucht hatte.

Der Junge beschleunigte seinen Schritt, denn er mußte zurück sein, bevor die Sonne hinter den Bergen verschwand. Oft genug hatte sein Vater ihm eingeschärft, nach Sonnenuntergang dürfe er sich nur noch innerhlab des sicheren Lagerbezirks aufhalten. Er wußte, daß sein Vater bei der Landesbevölkerung nicht beliebt war und ihn aus diesem Grund zur Vorsicht ermahnt hatte. Solange es hell sei, könne ihm nichts geschehen, weil niemand wagen würde, ihm vor den Augen anderer etwas anzutun, aber nach Einbruch der Dunkelheit müsse man auf alles gefaßt sein. Eines war jedenfalls sicher: Wenn er selbst einmal groß war, würde er bestimmt weder Steuereintreiber noch Zensor werden.

Als er das Dorf erreichte, wimmelten die winkeligen Gäßchen zwischen den kleinen, weißen Häusern von Menschen, die auf Geheiß seines Vaters aus den umliegenden Ortschaften zusammengeströmt waren, um sich zählen und in die Steuerlisten eintragen zu lassen. Der Junge schlug sich die Plebs rasch aus dem Sinn. (Ausländer ganz allgemein als Plebs abzutun, hatte er von Marcus gelernt.) Als er zum Marktplatz kam, schlug er sich auch Marcus aus dem Sinn, um sich ganz auf die Besorgungen für seine Mutter zu konzentrieren. Diesmal durfte er sich keine Nachlässigkeit erlauben, sonst würde es bei Vaters Heimkehr unweigerlich eine Tracht Prügel geben. Aufmerksam lief er von einer Marktbude zur anderen und begutachtete die ausgebreiteten Waren. Einige der Landesbewohner starrten erstaunt auf den hellhäutigen, braungelockten Jungen mit der kühnen, geraden Nase. Es waren an ihm keinerlei körperliche Unvollkommenheiten oder Krankheitsanzeichen zu bemerken wie bei der Mehrzahl von ihnen. Andere wendeten ihre Augen von ihm ab; schließlich entstammte er ja dem Volk der Beherrscher. Den Jungen beschäftigten derlei Gedanken jedoch nicht. Ihm fiel nur auf, wie sonnenverbrannt und runzlig die Haut der Leute hier war. Er wußte, daß zuviel Sonne ungesund war: es lasse einen vorzeitig altern, hatte sein Lehrer ihn gewarnt.

Beim letzten Verkaufsstand sah der Junge eine alte Frau um ein ungewöhnlich großes lebendes Huhn feilschen, und als er näher kam, ließ sie plötzlich davon ab und machte sich erschrocken aus dem Staube. Der Junge blickte den Budenbesitzer an, entschlossen, mit diesem Bauern nicht zu handeln. Das war unter seiner Würde. Er zeigte auf das Huhn und gab dem

Mann einen Denar. Dieser biß in die runde Silbermünze und betrachtete das Bildnis von Caesar Augustus, dem Beherrscher des halben Erdkreises. (Im Geschichtsunterricht hatte ihm sein Lehrer von den Großtaten des Kaisers erzählt, und nun erinnerte er sich, daß er damals gedacht hatte: Hoffentlich erobert Caesar nicht die ganze Welt, noch bevor ich die Gelegenheit habe, mich zu beteiligen!) Der Budenbesitzer war immer noch in die Betrachtung des Silberstücks versunken.

„Machen Sie etwas schneller, Mann, ich habe nicht so viel Zeit", sagte der Junge im Tonfall seines Vaters.

Der Bauer gab keine Antwort, da er nicht verstand, was der Junge sagte. Es war ihm nur klar, daß es für ihn nicht ratsam wäre, einem Mitglied der Besatzungsmacht Ärger zu bereiten. Also zog er sein Messer, packte das Huhn beim Hals, trennte ihm mit einem Hieb den Kopf ab und reichte dem Jungen das tote Federvieh. Dann gab der Mann ihm noch einige Münzen inländischer Währung heraus, auf die das Bildnis eines Mannes geprägt war, den sein Vater als „diesen nichtsnutzigen Herodes" zu bezeichnen pflegte. Der Junge streckte ihm die geöffnete Hand entgegen, und der Bauer zählte ihm ein bronzenes Talentstück nach dem anderen auf die Handfläche, bis seine Taschen leer waren. Ohne ein einziges Talent ließ ihn der Junge zurück und ging zu einem anderen Verkaufsstand, wo er auf die zur Schau gestellten Trauben, Feigen und Datteln deutete. Ihr Besitzer wog ihm die Früchte ab und erhielt dafür fünf von den nichtsnutzigen-Herodes-Münzen. Als er jedoch Anstalten machte, gegen diesen Tauschhandel zu protestieren, durchbohrte ihn der Junge mit seinem Blick, wie er das seinen

Vater so oft hatte tun sehen. Der Budenbesitzer wich einen Schritt zurück und neigte nur den Kopf.

Was hatte ihm seine Mutter bloß noch aufgetragen? Er dachte angestrengt nach. Ein Huhn, Trauben, Datteln, Feigen und ... ach ja, zwei Granatäpfel. Er sah sich bei den Obsthändlern um und wählte drei Granatäpfel aus, von denen er einen auseinanderbrach, um ihn gleich zu essen, wobei er die Kerne vor sich auf den Boden spuckte. Er bezahlte mit den zwei letzten Bronze-Talenten, und war stolz, nicht nur den Auftrag seiner Mutter ausgeführt, sondern von den zwei Silberdenaren nur einen ausgegeben zu haben. Das würde sogar seinem Vater Eindruck machen. Er aß den Granatapfel zu Ende und machte sich schwerbeladen auf den Heimweg zum Lager. Vorsichtig bahnte er sich seinen Weg durch das Marktgewühl und versuchte den streunenden Hunden auszuweichen, die ihn anbellten und manchmal nach seinen Fußknöcheln schnappten: Sie wußten nicht, mit wem sie es zu tun hatten.

Als er am Dorfrand angelangt war, bemerkte der Junge, daß die Sonne bereits hinter dem höchsten Hügel verschwand, und eingedenk der Mahnung seines Vaters beschleunigt er den Schritt. Die Leute, die ihm auf dem steinigen Pfad engegenkamen, hielten respektvoll Abstand, so daß er freie Sicht hatte, soweit das Auge reichte. Allerdings war dessen Reichweite durch die Last, die sich auf seinen Armen türmte, im Moment ziemlich stark eingeschränkt. In einiger Entfernung sah er jedoch einen Mann mit Bart — ein Merkmal von Faulheit und Ungepflegtheit, wie ihm sein Vater erklärt hatte —, der an seiner ärmlichen Kleidung als ein Angehöriger des Stammes Jakob zu erkennen war und einen störrischen Esel hinter sich herzog, auf dem eine sehr dicke Frau saß. Die Frau war nach Landessitte von Kopf bis Fuß in Schwarz gekleidet. Eben wollte der Junge sie mit einer herrischen Geste zur Seite weisen, als der Mann den Esel am Straßenrand stehen ließ und auf ein Haus zuging, das an einem Schild als Herberge zu erkennen war.

In seinem Heimatland wäre ein solches Gebäude von den strengen behördlichen Prüfern niemals als Gaststätte anerkannt worden. Doch der Junge sah ein, daß es zu einer Zeit, da so viele Reisende unterwegs waren, schon als ein Luxus betrachtet werden konnte, wenn man nur eine Strohmatte fand, um seine müden Glieder darauf auszustrecken. Er sah, wie der bärtige Mann mit einem Ausdruck der Ratlosigkeit auf den erschöpften Zügen wieder aus dem Haus trat. Offensichtlich war in der Herberge kein Platz mehr.

Das hätte der Junge ihm gleich sagen können, und er fragte sich, was der Mann jetzt wohl tun würde, da dies die letzte Herberge an der Straße war. Nicht, daß es ihn wirklich interessierte; seinetwegen mochten die beiden unter freiem Himmel übernachten, sie schienen ohnehin nichts Besseres zu verdienen. Nun sagte der bärtige Mann, indem er hinter das Haus deutete, irgend etwas zu der Frau und führte den Esel dann ohne ein weiteres Wort in diese Richtung. Der Junge fragte sich, was es hinter der Herberge wohl noch geben mochte, und, neugierig geworden, folgte er den beiden. Als er um die Hausecke bog, sah er, wie der Mann den Esel durch das Tor eines Gebäudes schubste, das wie ein Stall aussah. Der Junge ging dem seltsamen Dreigespann nach und beobachtete es durch einen Türspalt. Der Stall war mit schmutzigem Stroh ausgelegt, auf dem sich Hühner, Schafe und Rinder drängten, und es roch hier, fand der Junge, wie an den Rinnsteinen in den Seitenstraßen seiner Heimatstadt. Ihm wurde beinahe übel. Der Mann bemühte sich, einen Platz in der Mitte des Stalls wenigstens vom ärgsten Schmutz zu säubern, um einen einigermaßen reinlichen Lagerplatz zu schaffen – ein nahezu hoffnungsloses Unterfangen, wie dem Jungen schien. Nachdem der Mann sein Bestes getan hatte, hob er die dicke Frau vom Rücken des Esels und bettete sie auf das Stroh. Dann ging er an das andere Ende des Stalls zu einem Wassertrog, aus dem gerade ein Ochse trank, schöpfte daraus mit beiden Händen etwas Wasser und kehrte zu der dicken Frau zurück.

Der Junge begann sich zu langweilen und wollte sich schon entfernen, als die Frau sich aufrichtete, um aus den Händen des Mannes zu trinken. Dabei glitt ihr der Schleier herab, und zum erstenmal sah der Junge ihr Gesicht.

Er stand da wie angewurzelt und starrte sie an. Noch nie hatte er etwas so Schönes gesehen. Im Unterschied zur Mehrzahl ihrer Stammesangehörigen hatte diese Frau eine Haut von durchsichtiger Zartheit, und ihre Augen leuchteten; am tiefsten aber beeindruckte ihn ihre Haltung und ihre Ausstrahlung. Er hatte noch nie eine solche Ehrfurcht verspürt, nicht einmal bei seinem einzigen Besuch im Senat, wo er Caesar Augustus persönlich reden gehört hatte.

Einen Augenblick stand er wie versteinert da, dann aber wußte er, was er zu tun hatte. Er ging durch das offene Tor auf die Frau zu, fiel vor ihr auf die Knie und legte ihr das Huhn als Geschenk zu Füßen. Sie lächelte, er legte die Granatäpfel dazu, und sie lächelte wieder. Darauf breitete er auch noch die restlichen Lebensmittel vor ihr aus, doch sie blieb stumm. Der bärtige Mann kam wieder, die Hände voll Wasser, vom Trog zurück. Als er den jungen Fremden erblickte, fiel er auf die Knie, wobei er das Wasser verschüttete, und schlug die Hände vors Gesicht. Der Junge verblieb noch eine Weile in seiner knienden Stellung, dann erhob er sich und ging langsam auf das Stalltor zu. Bevor er es erreichte, wendete er sich nochmals um und sah der schönen Frau ein letztes Mal in die Augen. Sie sagte immer noch kein Wort.

Der junge Römer zögerte nur eine Sekunde lang, dann beugte er sein Haupt.

Es war bereits dämmrig, als er den gewundenen Pfad erreichte, auf dem er heimwärts lief, doch er fürchtete sich nicht. Er war vielmehr von dem Gefühl durchdrungen, etwas Gutes getan zu haben und deshalb vor allem Bösen gefeit zu sein. Er schaute zum Himmel auf und sah direkt über sich den ersten Stern, der bereits so hell im Osten leuchtete, daß er sich wunderte, wieso er nicht mehr Sterne sah. Sein Vater hatte ihm gesagt, daß in den verschiedenen Ländern auch verschiedene Sterne zu sehen seien, und so zerbrach er sich über dieses Rätsel nicht weiter den Kopf. Dafür überkam ihn nun die Angst, er könnte nicht rechtzeitig vor Einbruch der Nacht zu Hause sein. Die Straße vor ihm war menschenleer, so daß er rasch vorankam, doch kurz bevor er den sicheren Hafen erreichte, hörte er plötzlich ein Singen und Schreien. Um sich zu vergewissern, woher die Gefahr kam, drehte er sich rasch um und richtete seinen Blick auf die Hügel oberhalb des Weges. Zunächst konnte er sich den Anblick, der sich ihm bot, überhaupt nicht erklären. In ungläubigem Staunen faßte er dann eine Wiese näher ins Auge, auf der die Hirten singend, tanzend und händeklatschend umhersprangen. Alle Schafe waren, soweit er sah, in Sicherheit und lagerten dicht gedrängt in einer Ecke des Pferches. Es bestand also kein Grund zur Aufregung. Marcus hatte ihm einmal erzählt, daß die Hirten in diesem Land zur Nachtzeit manchmal fürchterlichen Lärm veranstalteten, weil sie glaubten, die bösen Geister dadurch zu vertreiben. Wie konnte man bloß so dumm sein, dachte der Junge, als mit einemmal ein Lichtblitz über den Himmel zuckte und die Wiese plötzlich in helles Licht tauchte. Die Hirten fielen auf die Knie und blickten mehrere Minuten lang schweigend zum Himmel, so als horchten sie angespannt auf irgend etwas. Dann breitete sich wieder Dunkelheit aus.

So schnell ihn seine Beine trugen, lief der Junge nun zum Lager; er sehnte sich nach dem Sicherheit verheißenden Geräusch des hinter ihm ins Schloß fallenden Lagertores, und nach dem Centurio, der es mit dem großen Holzriegel fest verschließen würde. Er wäre ohne Unterbrechung bis nach Hause gelaufen, hätte er vor sich auf dem Weg nicht etwas bemerkt, das ihn plötzlich haltmachen ließ. „Laß dir angesichts einer Gefahr niemals Angst anmerken", hatte sein Vater ihn gelehrt. Er hielt den Atem an, um nicht den Eindruck zu erwecken, er könnte sich fürchten. Natürlich fürchtete er sich, trotzdem ging er mutig weiter, entschlossen, sich durch nichts und niemanden vom Weg abbringen zu lassen. Als er ihnen gegenüberstand, war er verblüfft.

Vor sich sah er drei Kamele, geritten von drei Männern, die auf ihn herabblickten. Der erste war ganz in

Gold gekleidet und hatte den einen Arm schützend um einen unter seinem Mantel verborgenen Gegenstand gelegt. An der Seite trug er ein gewaltiges Schwert, dessen Scheide mit den verschiedensten Edelsteinen verziert war, von denen der Junge viele nicht einmal kannte. Der zweite Reiter war weiß gekleidet und hielt einen Silberhelm an die Brust gedrückt, während der dritte rot gekleidet war und eine große Holzkiste trug. Der Mann mit dem goldenen Gewand hob die Hand und sprach den Jungen in einer seltsam klingenden Sprache an, die dieser noch nie zuvor, nicht einmal aus dem Mund seines Lehrers, gehört hatte. Der zweite Mann versuchte es mit Hebräisch, jedoch ohne Erfolg, und der dritte mit einer weiteren fremden Sprache, mit der er dem Jungen jedoch ebenfalls keine Antwort entlockte.

Die Arme vor der Brust verschränkend, sagte ihnen der Junge, wer er sei und wohin er wolle und fragte, woher sie kämen. Er hoffte, daß der schrille Ton seiner Stimme seine Angst nicht verriet. Der in Gold Gekleidete antwortete als erster und befragte den Jungen in dessen Muttersprache:

„Wo ist der neugeborene König der Juden? Wir haben seinen Stern im Morgenland gesehen und sind gekommen, ihn anzubeten."

„Der Palast von König Herodes ist..."

„Wir meinen nicht König Herodes", sagte der zweite der Männer, „denn der ist nur ein weltlicher König wie wir selbst."

„Wir sprechen", sagte der dritte, „vom König der Könige und bringen ihm Gold, Weihrauch und Myrrhe als Geschenke."

„Ich weiß nichts von einem König der Könige",

sagte der Junge, der sein Selbstvertrauen allmählich wiedergewann. „Ich anerkenne nur Caesar Augustus, den Beherrscher der gesamten bekannten Welt."

Der in Gold Gekleidete schüttelte den Kopf und, auf den Himmel weisend, fragte er den Jungen: „Siehst du dort im Osten den hellen Stern? Wie heißt das Dorf, über dem er steht?"

Der Junge sah in Richtung des Sterns; das Dorf darunter war tatsächlich deutlicher zu erkennen als bei Tageslicht.

„Ach, das ist doch nur Bethlehem", antwortete er lachend. „Dort werdet ihr keinen König der Könige finden."

„Eben dort werden wir ihn finden", sagte der zweite König. „Hat der Hohepriester des Herodes uns nicht aus der Schrift zitiert:

Du, Bethlehem im Lande Juda,
bist keineswegs die geringste unter den Fürstenstädten Judas;
denn aus dir wird der Führer hervorgehen,
der Mein Volk Israel regieren soll."

„Das kann nicht sein", erwiderte der Junge fast schreiend, „Caesar Augustus regiert über Israel und die gesamte bekannte Welt."

Aber die drei vornehm gekleideten Männer achteten nicht auf seine Worte, sondern ließen ihn stehen, um in Richtung Bethlehem weiterzureiten.

Verwirrt machte sich der Junge auf das letzte Stück Weges nach Hause. Obwohl der Himmel inzwischen nachtschwarz geworden war, konnte er, wenn er zurücksah, das Dorf Bethlehem im hellen Sternenlicht noch immer deutlich erkennen. Er setzte sich wieder in Trab und verspürte ein Gefühl der Erleichterung, als endlich die Umrisse des Lagers vor ihm auftauchten. Am Eingang angelangt, schlug er mehrmals heftig gegen das schwere Holztor, bis ein Centurio mit gezücktem Schwert und einer brennenden Fackel herbeieilte, um nachzusehen, wer ihn bei seinem Rundgang störte. Als er den Jungen erblickte, runzelte er die Stirn.

„Dein Vater ist sehr verärgert. Er wartet seit Sonnenuntergang auf dich und war schon nahe daran, einen Suchtrupp nach dir auszuschicken."

Der Junge stürmte an dem Centurio vorbei und machte erst vor dem Haus seiner Eltern halt. Sein Vater sprach gerade mit einem Gardeoffizier, seine Mutter stand daneben und weinte.

Als er seinen Sohn erblickte, drehte der Vater sich um und schrie ihn an: „Wo warst du?"

„In Bethlehem."

„Das weiß ich, aber was fällt dir ein, so spät zurückzukommen? Habe ich dir nicht schon oft genug gesagt, daß du nach Einbruch der Dunkelheit außerhalb des Lagers nichts mehr zu suchen hast? Du kommst jetzt sofort zu mir in mein Arbeitszimmer!"

Der Junge warf einen hilfesuchenden Blick auf seine Mutter, die immer noch weinte, wenn auch keineswegs Tränen der Erleichterung, und folgte dann seinem Vater in dessen Arbeitszimmer. Der Gardeoffizier winkte ihm beim Vorübergehen zu, aber der Junge wußte, daß ihn nun nichts mehr retten konnte. Sein Vater ging ihm voraus und setzte sich auf den ledernen Stuhl hinter seinem Arbeitstisch. Seine Mutter war ihnen nachgekommen und stand nun still im Türrahmen.

„Jetzt erzählst du mir einmal ganz genau, wo du warst und warum du so lange ausgeblieben bist; und wehe, du sagst nicht die Wahrheit!"

Der Junge stand seinem Vater gegenüber und erzählte ihm alles, was geschehen war. Wie er zum Dorf gegangen sei, dort die Lebensmittel sorgfältig ausgewählt und dabei die Hälfte des Geldes eingespart habe, das die Mutter ihm mitgegeben hatte. Wie er dann auf dem Rückweg einer dicken Dame begegnet sei, die auf einem Esel saß und in der Herberge kein Quartier mehr gefunden hatte; und er erklärte auch, warum er ihr das Huhn und die Früchte habe schenken müssen. Weiters erzählte er, wie die Hirten geschrien und sich an die Brust geschlagen hätten, bis plötzlich ein helles Licht vom Himmel gekommen sei, worauf sie schweigend auf die Knie gefallen seien; und wie er schließlich den drei vornehm gekleideten Männern begegnet sei, die den König der Könige suchten.

Den Vater packte bei den Worten seines Sohnes der Zorn.

„Was erzählst du mir da für Märchen“, schrie er. „Erzähl doch weiter: Hast du ihn gefunden, diesen König der Könige?“

„Nein, Herr Vater, ich habe ihn nicht gefunden“, antwortete der Junge, während der Vater sich von seinem Stuhl erhob und im Zimmer auf und ab zu gehen begann.

„Gibt es nicht vielleicht eine einfachere Erklärung dafür, daß deine Hände und dein Gesicht so mit Granatapfelsaft beschmiert sind?“ fragte er.

„Nein, Vater. Ich habe einen Granatapfel mehr gekauft, aber mir ist sogar noch ein ganzer Silberdenar übriggeblieben, nachdem ich alles, was die Mutter mir aufgetragen hat, bezahlt hatte!“

Der Junge reichte die Münze seiner Mutter, in der Meinung, seine Geschichte damit beweisen zu können. Seinen Vater aber brachte der Anblick des Silberstücks noch mehr in Harnisch. Er pflanzte sich vor seinem Sohn auf und sah ihm in die Augen.

„Um den anderen Denar hast du dir selbst etwas gekauft und hast wohl deshalb jetzt nichts vorzuweisen, wie?"

„Das ist nicht wahr, Vater, ich habe..."

„Dann gebe ich dir noch eine letzte Chance, mir die Wahrheit zu sagen", sagte der Vater, indem er sich wieder in den Sessel fallen ließ. „Belüge mich nicht, sonst kannst du dich auf eine Tracht Prügel gefaßt machen, die du dein Lebtag nicht vergessen wirst."

„Was ich erzählt habe, ist die Wahrheit, Vater."

„Hör mir gut zu, mein Sohn. Wir sind Römer, dazu geboren, die Welt zu regieren. Unsere Sitten und Gesetze werden überall als gut und gerecht anerkannt, weil sie auf absolute Ehrenhaftigkeit gegründet sind. Ein Römer lügt niemals; das hat immer unsere Stärke und unsere Überlegenheit gegenüber unseren Feinden ausgemacht. Daher kommt es, daß wir regieren, während andere regiert werden, und solange es so bleibt, wird das Römische Reich niemals untergehen. Hast du mich verstanden, mein Junge?"

„Ja, Vater, ich habe verstanden."

„Dann wirst du auch verstehen, warum man unbedingt immer die Wahrheit sagen muß."

„Aber ich habe doch nicht gelogen, Vater!"

„Nun, dann ist dir nicht mehr zu helfen", erwiderte der Vater zornig, „und es bleibt mir in diesem Fall nur noch eine einzige Möglichkeit."

Die Mutter wäre ihrem Sohn gerne zu Hilfe gekommen, doch sie wußte, daß ihr Einspruch nichts nützen würde. Der Vater erhob sich, löste seinen Ledergürtel und legte ihn so zusammen, daß dessen schwere Messingbeschläge nach außen wiesen. Dann befahl er seinem Sohn, mit den Händen seine Zehenspitzen zu berühren. Der Junge gehorchte ohne Zögern, und sein Vater holte mit dem Lederriemen weit aus, um ihn mit voller Wucht auf das Kind niedersausen zu lassen. Der Junge rührte sich nicht vom Fleck und gab keinen Laut von sich. Die Mutter, die diesen Anblick nicht ertrug, wendete sich weinend ab. Nach dem zwölften Peitschenhieb befahl der Vater dem Jungen, in sein Zimmer zu gehen. Dieser verließ wortlos den Raum, gefolgt von seiner Mutter, die ihm nachsah, wie er die Treppe hinaufstieg. Dann lief sie in die Küche, um Olivenöl und Salben zu holen, mit denen sie die Schmerzen ihres Sohnes zu lindern hoffte. Als sie mit den Fläschchen und Tiegeln in sein Zimmer kam, lag er bereits im Bett. Sie beugte sich über ihn und schlug die Decke zurück. Sie zog ihm vorsichtig das Nachthemd aus, ängstlich besorgt, ihm dabei nicht noch mehr Schmerzen zu bereiten. Dann jedoch starrte sie in ungläubigem Staunen auf seinen nackten Körper.

Die Haut des Jungen war unverletzt geblieben.

Zärtlich strich sie mit den Fingerspitzen über den makellosen Körper ihres Sohnes. Seine Haut war so weich, als käme er eben aus dem Bad. Sie untersuchte ihn von allen Seiten, doch es waren nirgendwo Striemen zu entdecken. Rasch breitete sie wieder die Decke über ihn.

„Erzähle deinem Vater ja nichts davon und vergiß diese ganze Sache ein für allemal, denn schon ihre Erwähnung allein würde ihn nur noch wütender machen."

„Ja, Mutter."

Die Mutter blies die Kerze neben seinem Bett aus, nahm die unverwendeten Salben und ging auf Zehenspitzen zur Tür. Auf der Schwelle drehte sie sich nochmals um, sah durch das Dunkel auf ihren Sohn zurück und sagte:

„Jetzt weiß ich, daß du die Wahrheit gesagt hast, Pontius."

Ein echter Gentleman

Nie wäre ich Edward Shrimpton begegnet, hätte er nicht ein Handtuch gebraucht. Er stand nackt neben mir, den Blick auf eine vor ihm stehende Bank geheftet, und murmelte: „Ich hätte schwören mögen, daß ich das verdammte Ding hier liegen gelassen hatte."

Ich kam gerade, in Badetücher gehüllt, aus der Sauna, und so zog ich eines von meiner Schulter und reichte es ihm. Er dankte mir und streckte die Hand aus.

„Edward Shrimpton", sagte er lächelnd. Ich ergriff seine Hand und dachte dabei, wie seltsam wir zwei händeschüttelnden nackten Männer uns hier zu früher Abendstunde im Umkleideraum des Metropolitan Club ausnehmen mußten.

„Ich kann mich nicht erinnern, Sie hier im Club schon einmal gesehen zu haben", fügte er hinzu.

„Nein, ich bin auch nur Auslandsmitglied."

„Ach ja, Engländer. Was führt Sie nach New York?"

„Ich bin hinter einer amerikanischen Autorin her, die mein Verlag in England herausbringen möchte."

„Mit Erfolg?"

„Ja, ich denke, daß wir noch diese Woche handelseinig werden — falls ihr Agent es aufgibt, mich davon überzeugen zu wollen, daß seine Autorin eine Kreuzung aus Tolstoi und Dickens ist und dementsprechend hohe Honorare verdient."

„Wenn ich mich recht erinnere, hat keiner der beiden Genannten besonders gut verdient", gab Edward Shrimpton zu bedenken, während er sich mit dem Handtuch energisch den Rücken abrubbelte.

„Eine Tatsache, auf die ich seinerzeit natürlich auch den Agenten aufmerksam gemacht habe, der mir darauf aber nur erwiderte, ich möge doch bitte nicht vergessen, daß Dickens ursprünglich in unserem Verlag erschienen sei."

„Ich nehme doch an", sagte Edward Shrimpton, „Sie haben ihn daran erinnert, daß dies letzten Endes allen Beteiligten Vorteile gebracht hat."

„Ja, sicher, doch fürchte ich, daß dieser Agent mehr an seinem Vorschuß als an der Nachwelt interessiert ist."

„Dies ist eine Einstellung, die ich als Bankier schwerlich tadeln kann, denn schließlich haben wir mit den Verlegern ja nur das eine gemeinsam, daß auch unsere Kunden immer versuchen, uns eine gut erfundene Geschichte zu erzählen."

„Hätten Sie nicht Lust, aus der einen oder anderen ein Buch für mich zu machen?" fragte ich höflich.

„Gott bewahre! Man hat Ihnen sicher schon bis zum Überdruß einzureden versucht, daß in jedem Menschen ein Buch steckt. Zu Ihrer Beruhigung darf ich Ihnen daher versichern, daß in mir keines steckt!"

Ich lachte, denn ich empfand es als ausgesprochen erfrischend, von einem neuen Bekannten ausnahmsweise nicht zu hören zu bekommen, daß seine Memoiren — fände er nur die Zeit, sie niederzuschreiben, — über Nacht ein internationaler Bestseller wären.

„Sie hätten vielleicht Stoff genug für einen ganzen Roman und wissen es bloß nicht", meinte ich.

„Sollte das der Fall sein, so ist es mir bisher leider entgangen."

Bei diesen Worten tauchte Mr. Shrimpton zwischen den Umkleidekabinen wieder auf und gab mir mein Handtuch zurück. Er war nun vollständig angezogen und maß, schätzte ich, an die einsachtzig. Er trug den typischen Wall-Street-Banker-Nadelstreif und sah, obwohl fast kahl, für einen wohl bald Siebzigjährigen ungewöhnlich gut aus. Sein wahres Alter verriet nur der dichte weiße Schnurrbart, der zu einem pensionierten englischen Offizier übrigens besser gepaßt hätte als zu einem New Yorker Bankier.

„Bleiben Sie längere Zeit in New York?" fragte er. Dabei zog er ein schmales Lederetui aus der Innentasche seines Jacketts und entnahm diesem eine Brille mit halbmondförmigen Gläsern, die er sich auf die Nasenspitze setzte.

„Nur bis zumEnde der Woche."

„Sie sind nicht zufällig morgen mittag noch frei?" fragte er mit einem Blick über den Rand seiner Brille.

„Warum nicht? Auf gar keinen Fall denke ich daran, noch einmal mit diesem Agenten essen zu gehen."

„Ausgezeichnet. Dann könnten wir uns doch zum Mittagessen treffen, und Sie erzählen mir die Fortsetzung dieser dramatischen Jagd nach der so schwer faßbaren amerikanischen Autorin."

„Und ich werde vielleicht doch noch die Entdeckung machen, daß eine Geschichte in Ihnen steckt."

„Machen Sie sich keine Hoffnungen", sagte er, „Sie setzen auf eine Niete, wenn Sie damit spekulieren." Er reichte mir die Hand. „Morgen dreizehn Uhr im Speisesaal des Clubs, paßt Ihnen das?"

„Dreizehn Uhr, Club-Speisesaal", wiederholte ich.

Als er den Umkleideraum verließ, trat ich zum Spiegel und rückte meine Krawatte zurecht. Am Abend war ich zum Essen mit Eric McKenzie verabredet, einem Verlagsfreund, der mich für die Aufnahme in den Club ursprünglich vorgeschlagen hatte. Eigentlich war Eric gar nicht mit mir, sondern mit meinem Vater befreundet. Die beiden hatten einander kurz vor dem Krieg auf einer Urlaubsreise in Portugal kennengelernt. Mein Vater war bereits in Pension, als ich zum Clubmitglied gewählt wurde, und seither hatte Eric es sich zur Gewohnheit gemacht, mich jedesmal, wenn ich nach New York kam, zum Essen einzuladen. In den Augen der Elterngeneration bleibt man lebenslänglich ein hilfsbedürftiges Kind. Da er ein Altersgenosse meines Vaters war, mußte Eric an die siebzig sein, und obwohl er schlecht hörte und etwas gebeugt ging, unterhielt ich mich immer ausgezeichnet mit ihm, auch wenn er es nicht lassen konnte, ständig zu wiederholen, daß sein Großvater Schotte gewesen sei.

Er müßte in ein paar Minuten da sein, stellte ich fest, als ich meine Uhr überstreifte. Also zog ich mein Sakko an und schlenderte hinaus in die Halle, wo er bereits auf mich wartete. Zum Zeitvertreib studierte er gerade alte Ankündigungen auf dem Anschlagbrett des Clubs. Bei Amerikanern kann man sich meiner Erfahrung nach darauf verlassen, daß sie entweder zu früh oder zu spät zu einer Verabredung kommen; pünktlich sind sie nie. Ich blieb stehen und sah zu der gebeugten Gestalt hinüber. Bis auf einige dunklere Strähnen war Erics Haar nun silbrig weiß, und an seinem Anzug fehlte ein Knopf, was mir wieder ins Gedächtnis rief, daß er vor einem Jahr seine Frau verloren hatte. Wir begrüßten einander mit einem Händedruck und den üblichen Begrüßungsworten und fuhren dann mit dem Lift in die zweite Etage, wo sich der Speisesaal befand.

Der Speisesaal für die Mitglieder des Metropolitan-Clubs unterscheidet sich kaum von denjenigen anderer Männervereine: eine gefällige Mischung von alten Lederfauteuils, alten Teppichen, alten Bildern und alten Mitgliedern. Ein Kellner führte uns zu einem Ecktisch, von dem aus man auf den Central Park sah. Wir bestellten und lehnten uns dann bequem zurück, um uns über alle die Dinge zu unterhalten, über die ich mich üblicherweise mit Bekannten unterhalte, die ich nicht öfter als zwei-, dreimal im Jahr treffe — das heißt also, über Familie, Kinder, gemeinsame Freunde, Beruf, Baseball und Kricket. Bis zum Kaffeer waren wir glücklich beim Thema Kricket angelangt und begaben uns an das andere Ende des Saals, wo wir es uns in zwei abgenutzten Lederfauteuils bequem machten. Als der Kaffee serviert wurde, bestellte ich uns Brandy, während Eric eine große kubanische Zigarre auswickelte. Auf der Schleife stand zwar als Herkunftsland Westindien, doch ich wußte, daß es kubanische Zigarren waren, denn ich hatte sie ihm in einem Tabakladen im St. James am Piccadilly besorgt, der sich darauf spezialisiert hatte, für seine amerikanische Kundschaft die Schleifen auszuwechseln. Es ist meines Wissens wohl der einzige Laden der Welt, der Etiketten nur zu dem Zweck vertauscht, ein hochwertiges Produkt für ein minderwertiges auszugeben. Ich bin sicher, mein Weinhändler macht es genau umgekehrt.

Während Eric seine Zigarre anzuzünden versuchte,

fiel mein Blick auf eine Tafel an der Wand. Es war, genauer gesagt, eine auf Hochglanz polierte Holzplakette, auf der in schrägen goldenen Lettern die Namen jener Männer standen, die aus den jährlichen Backgammon-Meisterschaften des Clubs als Sieger hervorgegangen waren. Nachlässig überflog ich die Liste, ohne zu erwarten, einem bekannten Namen zu begegnen, bis mein Blick plötzlich am Namen Edward Shrimpton hängenblieb. Ende der dreißiger Jahre war er einmal Zweiter geworden.

„Das ist interessant", sagte ich.

„Was ist interessant?" fragte Eric, der nun in eine Rauchwolke gehüllt war, mit der man eine Dampflok in Gang setzen hätte können.

„Daß Edward Shrimpton in den späten dreißiger Jahren die Backgammon-Meisterschaft des Clubs gewonnen hat. Ich bin morgen mit ihm zum Mittagessen verabredet."

„Ich wußte gar nicht, daß du ihn kennst."

„Bis heute morgen war er mir auch noch unbekannt", sagte ich und erzählte dann, wie wir einander kennengelernt hatten.

Eric lachte und begann seinerseits die Holztafel zu studieren.

Dann setzte er etwas geheimnisvoll hinzu: „Das war ein Abend, den ich mein Lebtag nicht vergessen werde."

„Wieso?" fragte ich.

Eric zögerte und schien ein wenig unsicher, doch dann fuhr er fort: „Es ist inzwischen so viel Wasser die Flüsse hinabgeflossen, daß es keine Rolle mehr spielt." Wieder machte er eine Pause und merkte gar nicht, daß von seiner Zigarre ein Stückchen

Glut zu Boden fiel und die Brandlöcher, die wie ein Muster den Teppich übersäten, um ein neues vermehrte.

„Kurz vor dem Krieg zählte Edward Shrimpton zu den sechs besten Backgammonspielern der Welt. Ungefähr zu dieser Zeit, glaube ich, hat er die inoffizielle Weltmeisterschaft in Monte Carlo gewonnen."

„Und die Clubmeisterschaft zu gewinnen war er nicht imstande?"

„Es wäre falsch zu sagen, daß er dazu nicht imstande war, mein Junge. Sagen wir lieber, er hat sie nicht gewonnen." Eric versank neuerlich in nachdenkliches Schweigen.

„Könntest du mir das etwas genauer erklären?" fragte ich, neugierig auf die Fortsetzung der Geschichte, „oder läßt du mich zappeln wie ein Kind, das wissen möchte, wer den bösen Wolf getötet hat?"

„Gut Ding braucht Weile; laß mich erst einmal diese verflixte Zigarre wieder zum Brennen bringen."

Ich wartete schweigend, und vier Streichhölzer später sagte er: „Bevor ich weitererzähle, sieh dir einmal den Mann an, der mit der jungen Blondine dort drüben sitzt."

Ich wendete mich unauffällig um und sah an einem der Eßtische einen Mann sitzen, der sich über ein Porterhouse-Steak hermachte. Er schien etwa in Erics Alter zu sein und trug einen schicken neuen Anzug, der jedoch seine Gewichtsprobleme nicht zu kaschieren vermochte: Sein Anblick konnte höchstens seinem Schneider Vergnügen bereiten. Ihm gegenüber saß eine magere, nicht unattraktive blonde Frau, halb so alt wie er, die auf einen Käfer treten hätte können, ohne diesen dabei ernstlich zu verletzen.

„Ein merkwürdig ungleiches Paar. Wer ist das?"

„Harry Newman und seine vierte Frau. Sahen alle gleich aus. Die Frauen, meine ich: alle blond, blauäugig, fünfundvierzig Kilo leicht und hirnlos. Es war mir immer schon ein Rätsel, wozu ein Mann sich scheiden läßt, nur um dann die exakte Kopie seiner vorigen Frau zu heiraten."

„Was hat dieser Mann mit Edward Shrimpton zu tun?" fragte ich, um Eric auf das Thema zurückzubringen.

„Nur Geduld", sagte mein Gastgeber und hielt wieder ein brennendes Streichholz an seine Zigarre. „In deinem Alter hat man noch viel mehr Zeit zu verlieren als in meinem."

Lachend nahm ich das mir zunächst stehende Glas in beide Hände und schwenkte den Cognac darin.

Durch die dichten Rauchwolken hindurch nun schon kaum mehr sichtbar, setzte mein Gegenüber fort: „Es war Harry Newman, der Edward Shrimpton beim Clubmeisterschaftsfinale in dem besagten Jahr schlug, obwohl er nie ein wirklich erstklassiger Spieler war."

„Das mußt du mir bitte erklären", sagte ich, nachdem ich mich überzeugt hatte, daß vor Edward Shrimpton tatsächlich Harry Newmans Namen auf der Tafel stand.

„Nun, das war so", sagte Eric. „Nach dem Semifinale, das Edward souverän gewonnen hatte, dachten wir alle, das Finale wäre nur noch eine reine Formalität. Harry war zwar immer ein guter Spieler gewesen, aber da ich selbst im Semifinale gegen ihn gespielt hatte, wußte ich, daß er gegen Edward Shrimpton überhaupt keine Chance hatte. Das Clubfinale gewinnt der Spieler, der als erster 21 Punkte erreicht, und hätte man mich damals um meine Meinung gefragt, so hätte ich auf einen Spielausgang von 21 zu 5 zu Edwards Gunsten getippt. Verflixte Zigarre", brummte er und zündete sie ein viertes Mal an. Ich wartete mit wachsender Ungeduld.

„Das Finale findet immer an einem Samstagabend statt, und der arme Harry dort", sagte Eric, indem er mit der Zigarre in seine Richtung wies und dabei neuerlich Asche auf den Teppich fallen ließ, „Harry, von dem wir alle dachten er sei sehr erfolgreich im Versicherungsgeschäft, bekam am Montag vor dem Finale den Konkurseröffnungsbeschluß vorgelegt — wozu ich noch sagen muß, daß er selbst daran gänzlich unschuldig war. Sein Geschäftspartner hatte hinter seinem Rücken das Betriebskapital abgehoben, sich damit aus dem Staub gemacht und Harry mit den unbezahlten Rechnungen zurückgelassen. Im Club hatte jeder aufrichtiges Mitleid mit ihm.

Am Donnerstag bekam die Presse Wind von der Sache und, um das Maß voll zu machen, verbreitete sie im Anschluß daran auch noch die Meldung, daß Harrys Frau mit seinem Geschäftspartner durchgebrannt sei. Die ganze Woche über ließ Harry sich im Club nicht blicken, und manche dachten schon, daß er zum Finale vielleicht gar nicht antreten und Edward kampflos gewinnen lassen würde, zumal das Endresultat ja ohnedies im vorhinein feststand. Da das Organisationskomitee von Harry jedoch keine Rücktrittserklärung erhielt, traf es die Vorbereitung zum Spiel, als ob nichts geschehen wäre. Am Tag des Finales aß ich mit Edward Shrimpton hier im Club zu Abend. Er aß sehr wenig und trank nur Wasser. Wäre ich gefragt worden, ich hätte keinen Penny auf Harry Newman gesetzt, selbst wenn die Wetten zehn zu eins gestanden wären.

Wir aßen alle oben, im dritten Stock, weil das Komitee in diesem Raum hier die Stühle schon so angeordnet hatte, daß sechzig Zuschauer im Viereck um den Spieltisch sitzen konnten. Das Finale sollte um neun Uhr beginnen. Schon zwanzig Minuten vorher war kein Platz mehr frei, und die Mitglieder standen bereits in Zweierreihen hinter den Sitzplätzen: Es war kein alltägliches Schauspiel, einen Weltmeister in Aktion zu sehen. Fünf vor neun war Harry noch immer nicht aufgetaucht, und einige Clubmitglieder begannen unruhig zu werden. Als es neun schlug, ging der Schiedsrichter zu Edward und wechselte einige Worte mit ihm. Ich sah, wie Edward sich mit einem ablehnenden Kopfschütteln entfernte. Just als ich dachte, dem Schiedsrichter werde nun doch nichts anderes übrigbleiben, als Edward den Sieg zuzusprechen, erschien Harry, fein herausgeputzt in einem um mehrere Nummern kleineren Smoking als dem, den er heute trägt. Edward ging auf ihn zu, schüttelte ihm herzlich die Hand und ging mit ihm zum Spieltisch. Das Match war schon vom ersten Zug an spannungsgeladen. Neugierig erwartete man den Ausgang der Anfangsrunde."

Die meine Geduld strapazierende Zigarre war wieder erloschen. Ich lehnte mich vor, um Eric Feuer zu geben.

„Danke, mein Junge. Also, wo waren wir stehengeblieben? Ach ja, bei der ersten Runde. Nun, Edward gewann sie nur mit knappem Vorsprung, und ich fragte mich, ob er unkonzentriert spielte oder durch das lange Warten auf seinen Gegner zu sehr abgelenkt worden war. In der zweiten Runde hatte Harry Glück beim Würfeln und gewann ohne Anstrengung. Von da an entwickelte sich das Spiel zu einem sehr schönen Wettstreit, und als es 11 zu 9 zu Edwards Gunsten stand, war die Spannung unter den Zuschauern an ihrem Höhepunkt angelangt. Bei der neunten Runde begann ich Edward genauer zu beobachten und bemerkte, daß er sich auf ein *back game* einließ; ein kaum merklicher Fehler, der nur einem erfahrenen Spieler auffallen konnte. Ich fragte mich, wie viele solche kaum merklichen Fehler ich bisher schon übersehen haben mochte. Harry gewann auch die neunte Runde, und damit stand das Spiel nun 18 zu 17 für ihn. Mit erhöhter Aufmerksamkeit beobachtete ich, wie Edward gerade nur so viel unternahm, daß er die zehnte Runde knapp gewann, und anschließend, mit einer schnellen Verdoppelung, die elfte knapp verlor, wodurch bei einem Spielstand von 20 Punkten unentschieden nun alles vom Ausgang der letzten Runde abhing. Ich kann dir versichern, daß im Lauf dieses Abends nicht einer der Zuschauer den Raum verließ und keiner zurückgelehnt auf seinem Stuhl saß; einige waren sogar auf die Fensterbänke geklettert. Die Luft im Raum war jetzt stickig von Tabaksqualm und Alkoholgeruch, doch als Harry die Würfel zur letzten Runde warf, konnte man den Aufprall der kleinen Elfenbeinwürfel auf dem Spieltisch bis in die letzten Reihen vernehmen. In dieser Endrunde war das Glück auf Harrys Seite, und nur ganz am Beginn des Spiels sah ich Edward einen kleinen Fehler begehen; es genügte jedoch, um Harry Endsieg und Meistertitel zu sichern. Nach dem letzten Zug erhoben sich alle, einschließlich Edward, zu einer stehenden Ovation für Harry."

„Haben eigentlich noch viele andere Zuschauer erfaßt, was sich an diesem Abend tatsächlich abgespielt hatte?"

„Nein, ich glaube nicht", sagte Eric. „Und mit Sicherheit nicht bemerkt hatte es Harry Newman. Nachher hieß es, Harry habe noch nie in seinem Leben so gut gespielt, und sein Sieg sei in Anbetracht der persönlichen Schwierigkeiten, in denen er damals steckte, erst recht bewundernswert."

„Hat Edward sich zu dem Match geäußert?"

„Es sei das härteste Match seit Monte Carlo gewesen, und er hoffe nur, sich im nächsten Jahr revanchieren zu können."

„Das hat er aber nicht getan", sagte ich mit einem Blick auf die Siegertafel. „Er hat die Clubmeisterschaft niemals gewonnen."

„Stimmt. Nachdem sich Roosevelt in den Kopf gesetzt hatte, daß wir unseren englischen Freunden zu Hilfe kommen müßten, wurden die Clubmeisterschaften bis zum Jahr 1946 ausgesetzt. Und zu diesem Zeitpunkt hatte Edward, der den Krieg mitgemacht hatte, bereits jegliches Interesse an dem Spiel verloren."

„Und Harry?"

„Harry? Mit dem ging es von da an bergauf. Er muß an jenem Abend ein gutes Dutzend Geschäftsverträge abgeschlossen haben. Ein Jahr später war er jedenfalls über dem Berg und hatte sich sogar wieder eine nette kleine Blondine geangelt."

„Und wie äußert sich Edward heute, dreißig Jahre später, über das Spielergebnis?"

„Gar nicht. Er hat sein Geheimnis bis heute nicht preisgegeben und über dieses Spiel, soviel ich weiß, nie mehr ein Wort verloren.“

Erics Zigarre hatte nun endgültig ihre Schuldigkeit getan, und er drückte den Stummel in dem bis dahin unbenutzt gebliebenen Aschenbecher aus. Das schien zugleich das Aufbruchssignal für ihn zu sein. Etwas unsicher erhob er sich, und ich begleitete ihn bis zur Ausgangstür.

„Leb wohl, mein Junge“, sagte er. „Bitte richte Edward meine besten Grüße aus, wenn du dich morgen mit ihm triffst. Und erwähne ihm gegenüber nur ja das Backgammonmatch nicht, sonst bringt er dich um!“

Am nächsten Tag betrat ich die Eingangshalle ein paar Minuten vor der verabredeten Zeit, da ich nicht wußte, ob Edward zur Kategorie der zu früh oder der zu spät kommenden Amerikaner zählte. Punkt ein Uhr trat er über die Schwelle: Ausnahmen bestätigen die Regel. Wir beschlossen, gleich in den Speisesaal zu gehen, da er schon um halb drei eine Verabredung in der Wall Street hatte. Wir bestiegen den Lift, ich drückte auf den Knopf Nummer drei, die Türen schlossen sich gleich einer müden Ziehharmonika, und der langsamste Lift Amerikas überwand ächzend den Höhenunterschied bis zum übernächsten Stockwerk.

Beim Betreten des Speisesaals erblickte ich zu meiner Belustigung Harry Newman, der sich schon wieder über ein Steak hermachte, während die kleine Blondine an einem Salatblatt knabberte. Freudestrahlend winkte er Edward Shrimpton zu, der diese Begrüßung mit einem freundlichen Kopfnicken erwiderte. Wir setzten uns an einen Tisch in der Mitte des Raumes und studierten die Speisekarte. Als Tagesmenü gab es — wie wahrscheinlich in fünfzig Prozent aller Männerclubs der Welt — Steak und Nierenpastete. Edward schrieb unsere Bestellung in sauberer und leserlicher Handschrift auf den dafür bereitliegenden weißen Zettel.

Dann stellte er mir Fragen über die Autorin, die ich unter Vertrag nehmen wollte, und machte einige scharfsinnige Bemerkungen über ihre Bücher, auf die ich antwortete so gut ich konnte, während ich gleichzeitig angestrengt überlegte, wie ich ihn auf die Vorkriegsbackgammonmeisterschaft bringen könnte, die ich für eine weitaus bessere Story hielt als alles, was diese Dame je geschrieben hatte. Während wir aßen, sprach er jedoch nicht ein einzigesmal von sich selbst, so daß ich diesen Plan aufgab und schließlich mit einem Blick auf die hölzerne Plakette ganz plump sagte:

„Wie ich sehe, sind Sie vor dem Krieg Zweiter bei der Backgammonmeisterschaft des Clubs geworden. Sie müssen ein sehr guter Spieler gewesen sein."

„Nicht wirklich gut, nein", erwiderte er. „Wissen Sie, man machte damals nicht so viel Aufhebens um dieses Spiel. Anders als heute, wo die jungen Leute das alles so tierisch ernst nehmen."

„Und der Champion?" frage ich in einem letzten Anlauf.

„Harry Newman? Oh, der spielte wirklich hervorragend, besonders wenn er unter Druck stand. Es ist der Herr, der uns vorhin begrüßt hat, als wir kamen. Er sitzt mit seiner Frau dort drüben, an dem Ecktisch."

Gehorsam sah ich zu Harry Newmans Tisch hinüber, doch da mein Gastgeber nichts weiter sagte, gab ich auf. Wir bestellten Kaffee, und Edwards Geschichte hätte an dieser Stelle geendet, wären nicht kurz darauf Harry Newman und seine Frau geradewegs auf unseren Tisch zugesteuert. Obwohl zwanzig Jahre älter als ich, hatte Edward sich lange vor mir von seinem Stuhl erhoben. Harry sah stehend noch imposanter aus, und seine kleine blonde Frau konnte man eher für das Dessert als für seine Gemahlin halten.

„Hallo Ed", polterte er, „wie geht's dir?"

„Danke, gut, Harry", antwortete Edward. „Darf ich dir meinen Gast vorstellen?"

„Freut mich, Ihre Bekanntschaft zu machen", sagte Harry. „Sieh mal, Rusty, nun lernst du endlich Edward Shrimpton kennen, von dem ich dir schon so viel erzählt habe."

„Ach, du hast mir schon von ihm erzählt, Harry?" quiekte sie.

„Aber ja, natürlich! Du erinnerst dich doch, Schätzchen. Eds Name steht dort auf der Ehrentafel, direkt unter meinem. Und Ed war damals Weltmeister. Nicht wahr, Ed?"

„Ja, das stimmt, Harry."

„Dann wäre damals also eigentlich mir der Weltmeistertitel zugestanden, findest du nicht auch?"

„Ich kann dem nicht widersprechen", entgegnete Edward.

„An meinem großen Tag, Rusty, als es um die Wurst ging und ich unter Hochdruck stand, habe ich ihn in offenem und ehrlichem Kampf besiegt."

Mir verschlug es vor Staunen die Sprache, denn Edward erhob noch immer keinen Einspruch.

„Wir sollten in Erinnerung an alte Zeiten wieder mal ein Spielchen riskieren“, fuhr der Dicke fort. „Ich bin neugierig, ob du mich diesmal unterkriegen würdest. Allerdings bin ich leider nicht mehr so rüstig, sondern schon etwas rostig, Rusty.“ Er lachte lautstark über seinen eigenen Witz, doch seine Ehefrau verzog keine Miene. Ich fragte mich, wie lange es wohl dauern würde, bis es eine fünfte Mrs. Newman gab.

„Es war ein Vergnügen, dich wiederzusehen, Ed. Gib gut acht auf dich.“

„Danke, Harry“, erwiderte Edward.

Als Harry Newman und seine Frau gegangen waren, setzten wir uns wieder. Der Kaffee war inzwischen kalt geworden, und wir bestellten uns ein zweites Kännchen. Der Raum hatte sich allmählich geleert, und nachdem ich uns den heißen Kaffee eingeschenkt hatte, lehnte Edward sich vor und flüsterte im Verschwörerton:

„Für Sie als Verleger wäre das eine Bombengeschichte“, sagte er. „Ich meine, die Wahrheit über Harry Newman.“

Gespannt auf seine Version der Geschehnisse vor mehr als dreißig Jahren spitzte ich die Ohren.

„Tatsächlich?“ fragte ich mit Unschuldsmiene.

„Jawohl“, sagte Edward. „Die Sache war nämlich nicht so einfach, wie Sie vielleicht glauben. Harry wurde damals, kurz vor Kriegsbeginn, von seinem Geschäftspartner übers Ohr gehauen, der ihm nicht nur sein Geld stahl, sondern zu allem Überfluß auch noch seine Frau mitnahm. Ausgerechnet in der Woche, in der er am absoluten Tiefpunkt angelangt war, hat er die Clubmeisterschaft gewonnen, sich von da an über alle Schwierigkeiten hinweggesetzt und sich trotz härtester Konkurrenz eine glanzvolle neue Berufskarriere aufgebaut. Heute ist er ein schwerreicher Mann, müssen Sie wissen. Nun, wäre das nicht eine Bombengeschichte?“

Wer zuerst kommt, mahlt zuerst

Das erstemal hatten die beiden Männer einander gesehen, als man sie, fünfjährig, nebeneinander auf dieselbe Schulbank setzte, und zwar aus keinem zwingenderen Grund, als daß ihre Namen, Thomson und Townsend, im Klassenbuch hintereinander zu stehen kamen. Bald waren sie dick befreundet — in diesem Alter ein Band, das fester verbindet als jede Ehe. Nachdem sie die Elementarschule hinter sich gebracht hatten, kamen sie ihn ihrer Heimatstadt in die Mittelschule, ohne daß sich irgendwelche Timpsons, Tooleys oder Tomlinsons zwischen sie geschoben hätten, und nach sieben Jahren an dieser humanistischen Anstalt waren sie reif, sich für Beruf oder Studium zu entscheiden. Sie wählten das letztere einfach deshalb, weil man Arbeit solange wie möglich hinausschieben soll. Glücklicherweise besaßen sie genug Grips und Mutterwitz für einen Studienplatz an der Durham Universität, und sie inskribierten beide Anglistik.

Die Studienzeit erwies sich als ebenso vergnüglich wie die Jahre in der Grundschule. Die Vorlesungen machten ihnen so viel Spaß wie Tennis, Kricket, gutes Essen und Mädchen. Glücklicherweise unterschieden sie sich aber geringfügig in ihren Vorlieben für letztere. Michael, ein eins neunundachtzig großer, drahtiger Typ mit dunklen Locken, bevorzugte hochgewachsene, vollbusige Blondinen mit blauen Augen und langen Beinen. Adrian, ein kräftiger, untersetzter

Bursche von einem Meter siebenundsiebzig mit vollem blonden Haar, verliebte sich immer wieder in zierliche, schlanke Mädchen mit dunklem Haar und dunklen Augen. Sooft also einer von beiden einem Mädchen begegnete, das dem anderen gefiel — gleichgültig ob, es sich um eine Mitstudentin oder um eine Kellnerin handelte —, schilderte er ihr die Vorzüge seines Freundes in den leuchtendsten Farben. So verbrachten sie gemeinsam drei idyllische Collegejahre in Durham und eroberten während dieser Zeit weit mehr als nur die Magisterwürde. Da allerdings keiner von beiden die Prüfer nachdrücklich genug beeindruckte, um es gerechtfertigt erscheinen zu lassen, zwei weitere Jahre auf die Erlangung eines Doktorats zu vergeuden, konnten sie sich dem Ernst des Lebens nun nicht mehr länger entziehen.

Zwei Brüder Leichtfuß, so fuhren sie nach London, wo Michael eine Ausbildungsstelle bei der ABC fand, während Adrian von der internationalen Werbeagentur Benton & Bowles angestellt wurde und in der Budgetverwaltung landete. Sie mieteten gemeinsam eine kleine Wohnung in der Earls Court Road, die sie in orange und braun ausmalten, und gingen entschlossen daran, ihr fröhliches Junggesellendasein fortzusetzen — jedenfalls sahen sie selbst es so.

Auf diese Weise verbrachten sie weitere fünf Jahre als unbekümmerte Singles, bis sich jeder von ihnen in ein Mädchen verliebte, das allen ihren Ansprüchen gerecht wurde. Beide heirateten, mit einem Zeitabstand von nur wenigen Wochen: Michael eine große Blonde mit blauen Augen, Adrian eine schlanke, glutäugige Dunkelhaarige, der der Werbeetat von Kelloggs Cornflakes anvertraut war. Einer ging als Trauzeuge für den anderen, und beide machten sich daran, in Jahresabständen drei Kinder zu zeugen, wobei allerdings Unterschiede zutage traten, wenn auch wiederum nur geringfügige: Michael bekam zwei Söhne und eine Tochter, Adrian zwei Töchter und einen Sohn. Jeder wählte den anderen als Taufpaten für seinen erstgeborenen Sohn.

Das Eheleben änderte so gut wie nichts an ihren Beziehungen, denn sie behielten ihre alten Gepflogenheiten weitgehend bei, spielten an den Wochenenden im Sommer Kricket und im Winter Fußball miteinander, ganz zu schweigen von ihren regelmäßigen gemeinsamen Mittagessen während der Woche.

Nach der Feier seines zehnten Hochzeitstages gestand Michael, der inzwischen ein geschätzter Produktionsleiter bei Thames-Television war, seinem Freund Adrian ein bißchen verlegen, daß er sich zum erstenmal auf eine Liebschaft eingelassen hatte; er war einer hochgewachsenen, gutgebauten Blondine aus dem Sekretariat erlegen, die mehr zu bieten hatte als hundertfünfzig Silben Kurzschrift in der Minute. Nur wenige Wochen später konnte auch Adrian, der es inzwischen bei Pearl & Dean zum Abteilungsleiterstellvertreter im Rechnungswesen gebracht hatte, der Versuchung nicht widerstehen, und er erkor dazu eine Journalistin aus der Fleet Street, die Informationen über eine der Gesellschaften brauchte, welcher er vertrat. Sie wurde für ihn ein von der Steuer absetzbarer Posten. Nach diesen Seitensprüngen fielen die beiden Männer bald wieder in ihre alten Gepflogenheiten zurück. Großzügig unterstützten sie einander, wo sie nur konnten, was dank ihres unterschiedlichen Geschmacks nie zu Interessenskonflikten führte. Ihr Eheleben hatte darunter nicht zu leiden — jedenfalls redeten sie einander das ein —, und mit fünfunddreißig, nachdem sie ohne seelische Narben die fröhlichen sechziger Jahre hinter sich gebracht hatten, stürzten sie sich mit Lust in die siebziger Jahre.

Am Beginn dieses Jahrzehnts beschloß man bei Thames-Television, Michael nach Amerika zu schicken, wo er einen Film über das Leben in New York für das britische Fernsehen produzieren sollte. Adrian, der immer schon die Ostküste hatte kennenlernen wollen, gelang es mühelos, eine Reise zur gleichen Zeit zu arrangieren, indem er behauptete, er müsse eine Menge schwer zugängliches Informationsmaterial für eine angloamerikanische Zigarettenfirma beschaffen. Die beiden genossen abwechslungsreiche Tage in New York, deren Höhepunkt eine am letzten Abend von ABC veranstaltete Party mit einer Voraufführung von Michaels Film über New York darstellte. Der Streifen hieß: „Ein Engländer in New York."

Als Michael und Adrian in den Ateliers der ABC-Film eintrafen, war die Party bereits in vollem Gang, und sie betraten den Schauplatz mit der Absicht, sich ein paar Drinks zu gönnen und dann früh schlafen zu gehen, weil sie am nächsten Tag nach England zurückfliegen mußten.

Beide erblickten sie genau im selben Augenblick.

Sie war mittelgroß und schlank, hatte sanfte grüne Augen und kastanienfarbenes Haar — eine verblüffende Mischung ihrer Idealvorstellungen. Schlagartig wußte jeder der beiden ganz genau, wo er diese Nacht zu verbringen wünschte, und mit nur einem einzigen Ziel im Kopf gingen sie gleichzeitig entschlossen auf sie zu.

„Hallo, ich bin Michael Thompson."

„Hallo“, antwortete sie, „ich heiße Debbie Kendall.“

„Und ich bin Adrian Townsend.“

Sie streckte ihnen die Hand entgegen, und beide versuchten sie zu erhaschen. Als die Party zu Ende ging, hatten sie herausgefunden, daß Debbie Kendall als Moderatorin einer Nachrichtenagentur bei ABC arbeitete. Sie war geschieden und hatte zwei Kinder, die bei ihr in New York lebten. Aber weder Michael noch Adrian war es geglückt, einen tieferen Eindruck auf sie zu machen, und sei es nur deshalb, weil jeder sich so bemühte, den anderen auszustechen; sie gaben beide ganz fürchterlich an, und es kam fast zu einer Katzbalgerei darüber, wer der neuen Angebeteten etwas zu essen und wer ihr einen Drink bringen durfte. Jeder benutzte die Abwesenheit des anderen, um seinem Freund subtil, aber gründlich, die Suppe zu versalzen.

„Adrian ist ein lieber Kerl, nur trinkt er leider ein bißchen viel“, sagte Michael.

„Ein Supertyp, dieser Michael, seine Frau ist zauberhaft – und Sie sollten erst einmal seine drei reizenden Kinder sehen“, ereiferte sich Adrian.

Gemeinsam begleiteten sie Debbie heim und verabschiedeten sich zögernd an der Schwelle ihres Hauses in der achtundsechzigsten Straße. Sie küßte beide flüchtig auf die Wange, dankte ihnen für den schönen Abend und wünschte ihnen eine gute Nacht. Schweigend gingen sie miteinander zum Hotel zurück.

Als sie ihr Zimmer im neunzehnten Stock des Hotels Plaza betraten, ergriff Michael als erster das Wort.

„Tut mir leid“, sagte er. „Ich habe mich wie ein Vollidiot benommen.“

„Ich bin dir nichts schuldig geblieben", sagte Adrian. „Wir sollten uns doch einer Frau wegen nicht in die Haare geraten. So etwas haben wir schließlich bisher nie getan."

„Stimmt", sagte Michael. „Wie wär's mit einer Vereinbarung zwischen Ehrenmännern?"

„Was schlägst du vor?"

„Da wir beide schon morgen früh nach London zurückfahren, könnten wir uns doch darauf einigen, daß derjenige, der zuerst wieder nach New York kommt..."

„Großartig", sagte Adrian, und sie schüttelten einander die Hand, um ihr Abkommen zu besiegeln, ganz als wären sie immer noch zwei Schuljungen auf dem Kricketplatz, die sich entscheiden müssen, wer als erster den Ball schlägt. Dann stiegen sie in ihre Betten und fielen in einen tiefen, traumlosen Schlaf.

Kaum in London angelangt, unternahm jeder der beiden Männer alles, was in seinen Kräften stand, um einen Vorwand für eine Fahrt nach New York zu finden. Keiner versuchte Debbie Kendall telephonisch oder brieflich zu erreichen, denn dadurch hätte er ihr Gentleman's agreement gebrochen, aber als aus Wochen allmählich Monate wurden, begannen sie schon die Hoffnung aufzugeben, weil es so aussah, als böte sich keinem die Gelegenheit zu einem Wiedersehen. Dann erhielt Adrian eine Einladung nach Los Angeles, wo er bei einer Konferenz von Medienfachleuten einen Vortrag halten sollte. Seine Genugtuung über diesen Auftrag überstieg jedes erträgliche Maß, denn er war überzeugt, es würde ihm schon gelingen, auf dem Rückweg nach London Zwischenstation in New

York zu machen. Michael jedoch entdeckte, daß British Airways billige Flugtickets für Ehefrauen offerierte, die ihre Männer auf Geschäftsreisen begleiteten, und so fand Adrain keine Gelegenheit, via New York heimzureisen. Michael stieß einen Seufzer der Erleichterung aus, der sich in ein Triumphgeheul verwandelte, als man ihn dazu erkor, aus Washington über die Eröffnungsrede des Präsidenten vor dem Kongreß zu berichten. Er redete dem Chef der Auslandsabteilung ein, es sei sinnvoll, die Rückreise in New York zu unterbrechen, um die Kontakte zu ABC, die er beim letztenmal angebahnt hatte, zu intensivieren. Den Chef der Auslandsabteilung überzeugte dieses Argument, doch schärfte er Michael ein, er müsse tags darauf wieder daheim sein, um die Sendung über die Eröffnungssitzung des britischen Parlaments zu moderieren.

Adrian rief Michaels Frau an, um sie über billige Transatlantikflüge für Ehefrauen zu informieren, die ihre Männer auf Geschäftsreisen begleiteten. „Wie lieb von dir, daran zu denken, Adrian, aber leider bekomme ich von meiner Schule während des Semesters keinen Urlaub, und außerdem habe ich entsetzliche Angst vorm Fliegen.“

Michael zeigte größtes Verständnis für die Ängste seiner Frau und buchte einen Einzelflug.

Am darauffolgenden Montag flog er nach Washington und rief Debbie Kendall von seinem Hotelzimmer aus an; er fragte sich, ob sie sich wohl noch an die beiden aufgeblasenen Engländer erinnerte, denen sie vor einigen Monaten begegnet war, und wenn ja, ob sie auch noch wissen würde, welcher der beiden er sei. Nervös wählte er ihre Nummer und lauschte auf das

Signal. War sie zu Hause, ja war sie zur Zeit überhaupt in New York? Endlich machte es „Klick", und eine sanfte Stimme meldete sich.

„Hallo Debbie, hier spricht Michael Thompson."

„Hallo Michael, was für eine nette Überraschung! Sind Sie in New York?"

„Nein, in Washington, aber ich könnte hinüberfliegen. Sie hätten nicht zufällig am Donnerstag Zeit, mit mir essen zu gehen?"

„Warten Sie, ich sehe einmal in meinem Kalender nach."

Michael hielt den Atem an, während er wartete. Es schienen Stunden zu vergehen.

„Ja, ich glaube, das geht gut."

„Ist ja phantastisch. Soll ich Sie gegen acht abholen?

„Ja, gerne, Michael. Ich freue mich darauf, Sie wiederzusehen."

Ermutigt durch diesen schnellen Erfolg schickte Michael sogleich ein Beileidstelegramm an Adrian, dem er zu dem schweren Verlust sein Mitgefühl aussprach. Von Adrian kam keine Antwort.

Kaum hatte er Donnerstag nachmittags die redaktionelle Fassung der Inaugurationsrede des Präsidenten für sein Londoner Büro beendet, flog Michael mit dem Airbus nach New York. Nachdem er ein Hotelzimmer bezogen hatte — diesmal ein Doppelzimmer, für den Fall, daß Debbies Kinder daheim waren —, badete er und rasierte sich gründlich, wobei er sich zweimal schnitt und auch ein bißchen zuviel Aftershave auftrug. Er durchwühlte seinen Koffer, um die vorteilhaftesten Kleidungsstücke und die eindrucksvollste Krawatte auszuwählen, und als er endlich angezogen war, studierte er lange sein Spiegelbild und kämmte sorgfältig sein frisch gewaschenes Haar, damit die langen, allmählich dünner werdenden Strähnen, ohne unnatürlich zu wirken, jene Partien verdeckten, wo sich Geheimratsecken zu bilden drohten. Nachdem er sein Aussehen nochmals gründlich überprüft hatte, gelangte er endlich zu der Überzeugung, daß man ihm seine achtunddreißig Jahre nicht ansah. Zufrieden bestieg Michael darauf den Lift ins Parterre, ging hinaus auf die neonerleuchtete Fifth Avenue und marschierte gutgelaunt in Richtung der achtundsechzigsten Straße. Unterwegs erwarb er in einem kleinen Laden Ecke fünfundsechzigste Straße und Madison Avenue ein Dutzend Rosen, wonach er, vergnügt vor sich hinsummend, weiterging. Fünf Minuten vor acht stand er vor Debbie Kendalls kleinem Ziegelhaus.

Als Debbie die Tür öffnete, dachte Michael, daß sie noch schöner war, als er sie in Erinnerung gehabt hatte. Sie trug ein langes blaues Kleid mit einem duftigen weißen Spitzenkragen und Manschetten, und obwohl es ihren Körper vom Hals bis zu den Knöcheln bedeckte, hätte sie nicht begehrenswerter wirken können. Sie war fast nicht geschminkt, hatte nur eine Spur Lippenstift aufgelegt, und Michaels Absicht, im Lauf des Abends auch diesen zu beseitigen, stand sogleich fest. Ihre grünen Augen schimmerten.

„Sagen Sie doch etwas“, sagte sie lächelnd.

„Sie sehen überwältigend aus, Debbie“, war alles, was ihm einfiel, als er ihr die Rosen überreichte.

„Ach, wie lieb von Ihnen“, antwortete sie und bat ihn ins Haus. Michael folgte ihr in die Küche, wo sie die Enden der langen Stiele flach klopfte und dann die Blumen in einer Porzellanvase liebevoll anordnete. Danach führte sie ihn ins Wohnzimmer und stellte die

Rosen auf ein ovales Tischchen neben die Photographie von zwei kleinen Jungen.

„Haben wir Zeit für einen Aperitif?"

„Sicher. Ich habe bei Elaine's einen Tisch für acht Uhr dreißig bestellt."

„Mein Lieblingsrestaurant", sagte sie mit einem Lächeln, das ein kleines Grübchen auf ihre Wange zauberte. Ohne zu fragen goß Debbie zwei Whiskies ein und reichte Michael das eine Glas.

Was für ein gutes Gedächtnis sie hat, fiel ihm auf, während er, nervös wie ein Halbwüchsiger beim ersten Rendezvous, sein Glas abwechselnd hinstellte und wieder aufnahm. Kaum hatte Michael ausgetrunken, schlug Debbie vor zu gehen.

„Elaine hält einen Tisch keine Minute lang frei, nicht einmal für Henry Kissinger."

Michael lachte und half ihr in den Mantel. Während sie die Tür aufsperrte, stellte er fest, daß kein Babysitter zu sehen und kein Laut von Kindern zu hören war. Sie sind wohl bei ihrem Vater, dachte er. Auf der Straße dann hielt er ein Taxi an und sagte dem Fahrer, wie er zu fahren hätte. Michael war noch nie in Elaines Restaurant gewesen. Ein Freund bei ABC hatte ihm das Lokal empfohlen und ihm versichert: „In der Bude steigen deine Chancen."

Sie betraten den überfüllten Raum, und während sie an der Bar warteten, bis ihnen ein Tisch zugewiesen wurde, bemerkte Michael, daß das Lokal zu jenen zählte, in denen hauptsächlich reiche und berühmte Leute verkehren, und er fragte sich, ob er seiner Brieftasche eine solche Ausgabe wohl zumuten könnte, und was schwerer wog –, ob diese sich auch lohnen würde.

Ein Kellner führte sie zu einem kleinen Tisch im hinteren Teil des Lokals, wo sie noch einen Whisky tranken, während sie die Speisekarte studierten. Als der Kellner wiederkam, um die Bestellung aufzunehmen, wollte Debbie keine Vorspeise, sondern nur eine Piccata Milanese, und so bestellte Michael das gleiche für sich. Als sie bat, auch die Knoblauchbutter wegzulassen, stiegen Michaels Hoffnungen für den weiteren Verlauf des Abends.

„Wie geht's Adrian?" fragte sie.

„Oh, gut wie gewöhnlich", erwiderte Michael. „Er schickt Ihnen natürlich Grüße und Küsse." Er betonte das Wort Küsse.

„Wie schön, daß er sich noch an mich erinnert; richten Sie ihm bitte aus, daß ich ihm auch einen schicke. Was führt Sie diesmal nach New York, Michael? Wieder ein Film?"

„Nein. In New York hat zwar jeder zu tun, aber ich bin diesmal nur gekommen, um Sie zu sehen."

„Um mich zu sehen?"

„Ja, ich mußte in Washington eine Sendung aufnehmen, aber ich wußte, damit könnte ich bis heute mittag fertig werden. Deshalb hatte ich so gehofft, daß Sie Zeit hätten, den Abend mit mir zu verbringen."

„Ich fühle mich geschmeichelt."

„Das ist aber die Wahrheit."

Sie lächelte. Das Kalbfleisch wurde aufgetragen.

„Sieht gut aus", sagte Michael.

„Schmeckt auch gut", sagte Debbie. „Wann fliegen Sie zurück?"

„Leider schon morgen vormittag, mit der Elfuhr-Maschine."

„Da haben Sie aber nicht viel Zeit."

„Ich bin nur gekommen, um Sie wiederzusehen", wiederholte Michael. Debbie kaute an ihrem Kalbfleisch. „Sagen Sie mir, Debbie, was bringt einen Mann auf den Irrsinnsgedanken, sich von Ihnen zu trennen?"

„Ach, etwas ganz Alltägliches, fürchte ich. Er hat sich in eine zweiundzwanzigjährige Blondine verliebt und seine zweiunddreißigjährige Frau sitzen lassen."

„So ein Idiot. Er hätte doch mit der zweiundzwanzigjährigen Blondine eine Affaire haben und seiner zweiunddreißigjährigen Frau treu bleiben können."

„Ist das nicht unvereinbar?"

„Nein, gar nicht, glaube ich. Jemand anderen begehrenswert zu finden, erscheint mir nicht unnatürlich. Schließlich dauert ein Leben ziemlich lange; da kann man doch kaum erwarten, daß ein Mann nie eine andere Frau begehrt."

„Ich bin da nicht so sicher, daß ich Ihre Meinung teile", sagte Debbie nachdenklich. „Ich wäre gerne einem einzigen treu geblieben."

Verdammt, dachte Michael, das sind ja düstere Zukunftsaussichten.

„Fehlt er Ihnen?" versuchte er es noch einmal.

„Ja, doch, manchmal. Es stimmt schon, was in diesen feinen Magazinen für Leute in mittleren Jahren steht; man fühlt sich oft ziemlich einsam, wenn man so plötzlich ganz auf sich selbst gestellt ist."

Das klingt schon besser, dachte Michael und ertappte sich, wie er sagte: „Ja, das versteh ich gut, aber so jemand wie Sie wird wohl nicht sehr lange einsam bleiben."

Debbie sagte nichts.

Michael füllte ihr Glas fast bis zum Rand und hoffte, es würde ihm gelingen, eine zweite Flasche zu bestellen, noch ehe sie den Hauptgang beendet hatten.

„Wollen Sie mich betrunken machen, Michael?"

„Wenn Sie meinen, daß es hilft", lachte er.

Debbie lachte nicht. Michael versuchte es noch einmal.

„Waren Sie im Theater in letzter Zeit?"

„Ja, vorige Woche, in *Evita*. Ich fand es fabelhaft" — wer hat dich da wohl ausgeführt, dachte Michael —, „aber meine Mutter ist mir im zweiten Akt glatt eingeschlafen", fuhr sie fort. „Ich glaube, ich muß noch einmal hingehen, und zwar allein diesmal."

„Wie gerne würde ich bleiben und mit Ihnen gehen."

„Das wäre ein Spaß", sagte sie.

„Statt dessen werde ich mich damit abfinden müssen, das Musical in London zu sehen."

„Mit Ihrer Frau."

„Ober, noch eine Flasche Wein."

„Für mich bitte nicht, Michael, wirklich nicht."

„Na, ein bißchen können Sie mir dabei schon helfen." Der Kellner zog sich zurück. „Kommen Sie manchmal nach England?" fragte Michael.

„Nein, ich war nur einmal dort. Damals hat Roger, mein Exmann, die ganze Familie mitgenommen. Ich hab mich in das Land sofort verliebt. Es hat alle meine Erwartungen übertroffen, obwohl wir natürlich nur das unternommen haben, was man von amerikanischen Touristen erwartet. Tower, Buckingham Palace, danach Oxford und Straford und anschließend dann noch eine Reise nach Paris."

„Wie traurig, England so zu erleben; ich hätte Ihnen so viel mehr zeigen können."

„Ich habe den Verdacht, daß Engländer, die nach Amerika kommen, auch nicht viel mehr sehen als New York, Washington, Los Angeles und, wenn's hoch kommt, San Francisco."

„Das stimmt", sagte Michael, der nicht widersprechen wollte. Der Kellner trug die leeren Teller weg.

„Kann ich Sie zu einem Dessert verführen, Debbie?"

„Nein, nein, ich versuche gerade ein bißchen abzunehmen."

Sanft legte Michael ihr die Hand um die Hüfte. „Das haben Sie doch nicht nötig", sagte er. „Sie sind von jenem Stoff, aus dem die Träume sind."

Sie lachte. Er lächelte.

„Trotzdem nur Kaffee für mich, bitte."

„Einen kleinen Kognak?"

„Nein, danke, nur Kaffee."

„Schwarz?"

„Schwarz."

„Zweimal Kaffee, bitte", sagte Michael.

„Hätte ich Sie nur anderswo hingeführt, wo es ein bißchen stiller ist und man nicht so im Schaufenster sitzt", sagte er, als er sich wieder Debbie zuwandte.

„Warum?"

Michael nahm ihre Hand in die seine. Sie fühlte sich kalt an. „Ich hätte Ihnen gerne manches gesagt, was die Leute am Nebentisch nicht zu hören brauchen."

„Die Leute in diesem Restaurant können Sie gar nicht schockieren, Michael, was Sie auch sagen."

„Also gut. Glauben Sie an Liebe auf den ersten Blick?"

„Das nicht, aber ich glaube schon, daß einem jemand gefallen kann, den man zum erstenmal sieht."

„Dann muß ich Ihnen gestehen, daß es mir mit Ihnen so gegangen ist."

Wiederum sagte sie nichts.

Der Kaffee wurde gebracht, und Debbie entzog ihm ihre Hand, um einen Schluck zu trinken. Michael tat das gleiche.

„An dem Abend, an dem wir beide einander trafen, Debbie, waren wenigstens hundertfünfzig Frauen im Saal, und doch konnte ich meine Augen nicht von Ihnen losreißen."

„Auch nicht während des Films?"

„Den blöden Film hatte ich schon mindestens hundertmal gesehen. Angst hatte ich nur, daß ich Sie vielleicht nie mehr sehen würde."

„Ich bin gerührt."

„Aber wieso denn? Sowas muß Ihnen doch immer wieder passieren."

„Hie und da schon", sagte sie. „Aber seit mein Mann mich verlassen hat, habe ich niemanden mehr wirklich ernst genommen."

„Das tut mir leid, Debbie."

„Keine Ursache. Es ist nur nicht so leicht, darüber hinwegzukommen, wenn man mit jemandem zehn Jahre lang zusammengelebt hat. Ich glaube nicht recht, daß es viele frisch geschiedene Frauen gibt, die bereitwillig mit dem erstbesten Mann, der daherkommt, ins Bettchen hüpfen, wie einem das in allen neueren Filmen weisgemacht wird."

Michael haschte wieder nach ihrer Hand und fühlte den brennenden Wunsch, daß sie ihn nicht zu dieser Sorte Männern zählte.

„Es war ein so schöner Abend. Wollen wir nicht noch ins Carlyle gehen und uns dort Bobby Short anhören?" Michaels Freund bei der ABC-Film hatte ihm einen Revierwechsel empfohlen, falls er hochfliegende Pläne haben sollte.

„Ja, das würde ich auch gerne tun", sagte Debbie.

Michael verlangte die Rechnung – siebenundachtzig Dollar. Wäre ihm seine Frau gegenüber gesessen, hätte er jeden Posten sorgfältig überprüft, so aber legte er einfach fünf Zwanzigdollarscheine auf den Teller mit der Rechnung und wartete nicht auf das Retourgeld. Als sie auf die Straße hinaustraten, nahm er Debbies Hand, und sie gingen Hand in Hand die Second Avenue hinunter. In der Madison Avenue blieben sie vor Schaufenstern stehen, und er kaufte ihr einen Pelzmantel, eine Uhr von Cartier und ein Modellkleid von Balenciaga. Debbie fand, es sei ein Glück, daß die Läden alle geschlossen waren.

Im Carlyle kamen sie eben zur Elf-Uhr-Show zurecht. Ein Kellner mit einem zur Taschenlampe ausgebauten Kugelschreiber geleitete sie durch das verdunkelte Parkett zu einem Ecktisch. Michael bestellte eben eine Flasche Champagner, als Bobby Short einen Akkord anschlug und gefühlvoll zu singen begann: „Georgia, Georgia, oh my sweet..." Da er bei dem Lärm der Band nicht mit Debbie sprechen konnte, begnügte Michael sich damit, ihre Hand zu halten, und als der Entertainer sang: „This time we almost made the pieces fit, didn't we, gal?" beugte er sich vor und küßte sie auf die Wange. Sie wandte sich ihm zu und lächelte – las er geheimes Einverständnis in ihren Zügen, oder war nur der Wunsch der Vater seiner Gedanken? – dann nippte sie an ihrem Champagner. Punkt zwölf Uhr klappte Bobby Short den Klavierdeckel zu und sagte: „Gute Nacht, Freunde, höchste Zeit, daß ihr braven Leute jetzt zu Bett geht — und ihr schlimmen auch." Michael lachte etwas zu laut, freute sich aber, daß auch Debbie lachte.

Sie schlenderten über die Madison Avenue bis zur achtundsechzigsten Straße und plauderten über hunderterlei Dinge, während Michaels Gedanken nur auf eine einzige Sache gerichtet waren. Vor dem Haustor in der achtundsechzigsten Straße zog Debbie den Schlüssel aus der Tasche.

„Möchten Sie vielleicht noch einen Drink zum Abschluß?" fragte sie, ohne daß es zweideutig klang.

„Nein, Debbie, danke. Keinen Drink mehr, aber sehr gerne hätte ich noch einen Kaffee."

Sie führte ihn ins Wohnzimmer.

„Die Blumen haben sich gut gehalten", scherzte sie und ließ ihn allein, während sie den Kaffee zubereitete. Michael vertrieb sich die Zeit damit, eine alte Nummer von *Time* durchzublättern; er betrachtete flüchtig die Bilder, ohne den Text zu beachten. Nach ein paar Minuten kam sie mit einer Kaffeekanne und zwei Mokkatassen auf einem Lacktablett zurück. Sie goß den Kaffee ein, wiederum schwarz, und setzte sich dann zu Michael auf die Couch, schlug dabei ein Bein unter das andere und neigte sich ein wenig zu ihm. Michael stürzte den Kaffee in zwei großen Schlucken hinunter und verbrannte sich fast die Lippen. Dann stellte er seine Tasse ab, beugte sich zu ihr hinüber und küßte sie auf den Mund. Sie hielt sich immer noch an ihrer Mokkatasse fest. Ihre Augen öffneten sich einen Augenblick weit, während sie die Tasse auf ein Abstelltischchen hinüberbalancierte. Nach einem zweiten langen Kuß löste sie sich von ihm los.

„Ich muß morgen sehr früh aufstehen."

„Ich ja auch", sagte Michael, „aber mehr Kummer bereitet mir der Gedanke, dich lange nicht wiederzusehen."

„Wie hübsch das klingt", erwiderte Debbie.

„Nein, es geht mir nur nahe", sagte er, ehe er sie wieder küßte.

Diesmal erwiderte sie seinen Kuß; er legte eine Hand auf ihre Brust, während er mit der anderen Hand die Knöpfchen auf dem Rücken ihres Kleides zu öffnen begann. Sie entwand sich ihm wieder.

„Laß uns nichts tun, was wir nachher bedauern würden."

„Ich weiß genau, wir werden es nicht bedauern", sagte Michael.

Dann küßte er ihren Hals und ihre Schultern und streifte ihr Kleid ein Stück hinunter, während er sich geschickt bis zu ihrer Brust vortastete und zu seinem Entzücken entdeckte, daß sie keinen Büstenhalter trug.

„Gehen wir hinauf, Debbie? Ich bin zu alt für Liebe auf dem Sofa."

Wortlos stand sie auf und führte ihn an der Hand in ihr Schlafzimmer, das schwach und köstlich nach ihrem Parfum duftete.

Sie schaltete eine kleine Nachttischlampe an und schlüpfte aus den restlichen Kleidern, die sie einfach fallen ließ, wo sie stand. Michael konnte den Blick nicht eine Sekunde von ihrem Körper lösen, während er selbst sich auf der anderen Seite des Bettes ungeschickt entkleidete. Er schlüpfte unter die Laken und vereinte sich rasch mit ihr. Als es vorüber war, ein Erlebnis, wie er es so intensiv seit langem nicht genossen hatte, lag er stumm da und grübelte, warum sie sich ihm hingegeben hatte, noch dazu beim ersten Mal.

Schweigend lagen sie sich in den Armen, ehe sie einander ein zweites Mal liebten, und es war ebenso köstlich wie beim ersten Mal. Dann überwältigte Michael der Schlaf.

Er wachte am nächsten Morgen als erster auf und betrachtete eingehend den schönen Frauenkörper, der neben ihm lag. Die Digitaluhr auf dem Nachttischchen zeigte sieben Uhr drei. Zart berührte er ihre Stirn mit den Lippen und streichelte ihr über das Haar. Sie erwachte langsam und lächelte zu ihm auf. Dann liebten sie einander, ohne Hast, behutsam, aber genauso lustvoll wie in der Nacht davor. Er sprach nichts, als sie aus dem Bett schlüpfte und ein Bad für ihn einließ, bevor sie in die Küche ging, um das Frühstück zuzubereiten. Michael entspannte sich im heißen Wasser und schmetterte in voller Lautstärke eine Bobby-Short-Nummer. Was hätte er darum gegeben, wenn Adrian ihn jetzt hätte sehen können! Er trocknete sich ab und zog sich an, ehe er sich zu Debbie in die hübsche kleine Küche setzte, wo sie gemeinsam frühstückten: Eier mit Speck, Toast, englische Orangenmarmelade und dampfend heißen Kaffee. Dann nahm Debbie ein Bad und zog sich an, während Michael die *New York Times* las. Als sie in einem schicken, korallenfarbenen Kleid im Wohnzimmer wieder auftauchte, fühlte er sich elend, weil er sie so bald verlassen mußte.

„Wir müssen jetzt gehen, sonst versäumst du noch dein Flugzeug."

Zögernd stand Michael, auf und Debbie fuhr ihn mit ihrem Wagen ins Hotel zurück, wo er schnell seine Kleider in den Koffer warf, die Rechnung für das Doppelzimmer bezahlte, in dem er nicht geschlafen hatte, und dann zu ihrem Auto zurückkehrte. Auf dem Weg zum Flughafen plauderten sie über die bevorstehenden Wahlen und über Käsekuchen, beinahe, als wären sie ein altes Ehepaar oder als scheuten sie sich beide zuzugeben, was sich in der vergangenen Nacht zugetragen hatte.

Vor dem PanAm-Gebäude ließ Debbie Michael aussteigen und stellte den Wagen auf dem Parkplatz ab, ehe sie zu ihm an den Abfertigungsschalter trat. Gemeinsam warteten sie, bis sein Flug aufgerufen wurde.

„Zweiter Aufruf. Abflug der PanAm-Maschine Flugnummer 006 nach London Heathrow. Alle Passagiere werden gebeten, sich mit ihrer Bordkarte zum Flugsteig neun zu begeben."

Als sie an die Sperre mit der Aufschrift „Nur für Fluggäste" kamen, schloß Michael Debbie noch einmal kurz in die Arme. „Ich danke dir für einen unvergeßlichen Abend", sagte er.

„Nein, Michael, ich bin es, die zu danken hat", sagte sie und küßte ihn auf die Wange.

„Ehrlich gesagt, ich hätte nicht gedacht, daß der Abend diesen Verlauf nehmen würde", sagte er.

„Und warum nicht?" fragte sie.

„Schwer zu sagen", erwiderte er, während er nach Worten suchte, die sie nicht verletzen, sondern ihr schmeicheln würden. „Weißt du, ich war überrascht, daß..."

„Du warst überrascht, daß wir schon am ersten Abend im Bett gelandet sind? Das solltest du aber nicht sein."

„Sollte ich nicht?"

„Nein, denn die Erklärung ist ganz einfach. Als ich mich scheiden ließ, haben mir alle meine Freundinnen geraten, ich sollte mir doch einen Liebhaber für eine Nacht suchen. Das klang ja ganz lustig, aber ich wollte bei den New Yorker Männern nicht in den Ruf kommen, mit mir hätte man's leicht." Sie strich ihm zärtlich über die Wange. „Und als ich dann dich und Adrian traf und mir überlegte, daß ihr beide in einer sicheren Entfernung von sechstausend Kilometern lebt, da dachte ich mir einfach, wer von euch zuerst kommt, der..."

Der Gewohnheitsmensch

Septimus Horatio Cornwallis' Leben hielt nicht, was sein Name verhieß. Er hätte mit einem solchen Namen Minister sein sollen, Admiral, oder zumindest Dekan einer Provinzuniversität. Septimus Cornwallis jedoch war Beamter im Hauptbüro der Schadensabteilung der Prudential Versicherung Ges. m. b. H., 172 Holborn Bars, London EC1.

Seine Namen verdankte Septimus einerseits seinem Vater, der ein bißchen etwas über Nelson wußte, anderseits seiner Mutter, die abergläubisch war und schließlich seinem Ur-Ur-Urgroßvater, von dem behauptet wurde, er sei ein Cousin zweiten Grades des illustren Generalgouverneurs von Indien gewesen. Gleich nach dem Schulabschluß trat Septimus, ein blasser, schmächtiger junger Mann mit frühzeitig gelichtetem Haar, in die Prudential Versicherung ein, da sein Klassenlehrer ihm gesagt hatte, dies sei ein ideales Sprungbrett für einen jungen Mann mit seinen Fähigkeiten. Als Septimus einige Zeit später über diesen Rat nachdachte, wurde er unsicher, denn sogar er erkannte, daß er überhaupt keine Fähigkeiten hatte. Trotz dieses Dämpfers stieg Septimus im Lauf der Jahre vom Büroangestellten zum Beamten auf (wobei man nicht sagen kann, daß er die Leiter zügig erklomm, vielmehr verweilte er geraume Zeit auf jeder Sprosse), was ihm den eindrucksvollen Titel „Vizedirektionsassistent“ (Abteilung Schadensfälle) eintrug.

Septimus verbrachte seine Tage in einem Glaskasten im sechsten Stockwerk, wo er Schadensmeldungen registrierte und Rückzahlungen bis zu einer Höhe von einer Million Pfund beantragte. Wenn er seine Arbeit stets tipptopp erledigte (diesen Ausdruck führte er besonders gern im Mund), meinte er, würde er es in weiteren zwanzig Jahren zum Abteilungsleiter (Abteilung Schadensfälle) bringen, hätte undurchsichtige Wände um sich und unter sich einen Teppich, der nicht aus kleinen Quadraten in leicht differierenden Grünschattierungen zusammengestoppelt wäre. Ja, er könnte vielleicht sogar in den Kreis derer aufrücken, deren Unterschrift die Schecks über eine Million Pfund zierten.

Septimus wohnte in Sevenoaks, gemeinsam mit seiner Frau Norma und seinen beiden Kindern Winston und Elizabeth, die die örtliche Gesamtschule besuchten. Eigentlich sollten sie in ein Gymnasium gehen (wie er vor seinen Kollegen immer betonte), aber die Labour-Regierung hatte alldem ja ein Ende bereitet.

Septimus' Alltag bestand aus einer geregelten Abfolge fest eingefahrener Gewohnheiten. Alles lief wie bei einem einfach gestalteten Mikroprozessor, während Septimus selbst sich für einen vorbildlichen Bewahrer von Tradition und Disziplin hielt. Denn sofern er überhaupt etwas war, war er ein Gewohnheitsmensch. Hätte etwa aus irgendeinem Grund der KGB ein Attentat auf Septimus geplant, so hätte es völlig genügt, ihn eine Woche lang unter Beobachtung zu stellen, um sich ein klares Bild darüber machen zu können, was er jahrein, jahraus trieb.

Allmorgendlich um Viertel nach sieben stand er auf und zog einen seiner beiden perfekt sitzenden dunklen Anzüge an. Nach dem stets gleichbleibenden Frühstück aus einem weichen Ei, zwei Scheiben Toast und zwei Tassen Tee verließ er fünf Minuten vor acht sein Heim am Palmerson Drive 47. Am Bahnsteig 1 der Station Sevenoaks kaufte er sich den *Daily Express*, bevor er den Acht-Uhr-siebenundzwanzig-Zug zur Cannon Street bestieg. Während der Fahrt las Septimus die Zeitung und rauchte zwei Zigaretten. Sieben Minuten nach neun kam er in Cannon Street an. Von dort ging er zum Büro und saß punkt neun Uhr dreißig an seinem Schreibtisch im Glaskasten der sechsten Etage, wo er sich sogleich den ersten Akt zur Bearbeitung vornahm. Kaffeepause machte er um elf, wobei er sich den Luxus von zwei weiteren Zigaretten gönnte und seine Kollegen wie üblich mit Phantastereien über die Zukunft seiner Kinder erfreute. Um elf Uhr fünfzehn kehrte er an seinen Schreibtisch zurück.

Schlag eins verließ er die Große Gotische Kathedrale (auch dies ein Lieblingsausdruck von ihm) für eine stunde, die er in einem Pub mit Namen „The Havelock" verbrachte. Dort trank er täglich zwei Glas Bier und aß das Tagesmenü. Nach dem Essen rauchte er die nächsten zwei Zigaretten. Fünf Minuten vor zwei saß er wieder vor seinen Schadensmeldungen, denen er sich bis zur viertelstündigen Teepause um vier Uhr widmete, dem Termin für das nächste Zwei-Zigaretten-Ritual. Schlag halb sechs griff er nach seinem Schirm und dem stahlverstärkten Aktenkoffer mit den silbernen Initialen S. H. C. und sperrte beim Verlassen des Glaskastens die Tür hinter sich zweimal ab. „Bis morgen zur gewohnten Stunde, Mädels", rief er beim Durchqueren des Sekretariats mit gekünstelter Munterkeit, summte im Fahrstuhl ein paar

Takte aus „Sound of Music“ und stürzte sich dann in das dichte Gewühl heimwärts strebender Berufstätiger. Schulter an Schulter mit Bankbeamten, Arbeitern, Managern und Maklern schritt er, mit dem Regenschirm auf das Pflaster klopfend, zielstrebig in Richtung Cannon Street Station, befriedigt bei dem Gedanken, selbst auch ein Teilchen der Weltstadt London zu sein.

Am Bahnhofskiosk kaufte er rasch einen *Evening Standard* und ein Zehnerpaket Benson & Hedges, die er in seinen Aktenkoffer zu den Prudential-Papieren legte. Allabendlich bestieg er dann den vierten Waggon des Zuges, der um fünf Uhr fünfzig vom Bahnsteig 5 abfuhr, und sicherte sich seinen bevorzugten Fensterplatz in Fahrtrichtung neben einem Herrn mit beginnender Glatze und der unvermeidlichen *Financial Times* und gegenüber der schick gekleideten Sekretärin, die erst nach ihm ausstieg und immer lange romantische Romane las. Bevor er sich niedersetzte, nahm er den *Evening Standard* und das neue Paket Benson & Hedges aus dem Aktenkoffer, legte beides auf die Armlehne seines Sitzes und verstaute seinen Aktenkoffer und den zusammengerollten Regenschirm im Gepäcksnetz. Hatte er sich bequem niedergelassen, öffnete er das Paket Benson & Hedges und rauchte die erste der zwei Zigaretten, mit denen er sich während der Fahrt die Lektüre des *Evening Standard* zu versüßen pflegte. So blieben ihm noch acht Zigaretten bis zum Abend des nächsten Tages, wenn er wieder den siebzehn-Uhr-fünfzig-Zug besteigen würde. Rollte der Zug in die Station Sevenoaks ein, raunte er den anderen Fahrgästen ein „Guten Abend“ zu (die einzigen Worte, die er während der Fahrt jemals sprach), stieg aus und ging schnurstracks zu seinem Reihenhaus am Palmerson Drive 47, wo er kurz vor sechs Uhr fünfundvierzig ankam. Von Viertel vor sieben bis halb acht las er die Zeitung zu Ende oder kontrollierte die Hausaufgaben seiner Kinder, die er mit einem „tss — tss" kommentierte, wenn er einen Fehler erspähte, oder mit einem Seufzer, wenn er sich außerstande sah, der modernen Mathematik auf den Grund zu kommen. Punkt halb acht servierte ihm sein „braves Weibchen" (auch einer seiner Lieblingsausdrücke) auf dem Küchentisch den Menüvorschlag des Tages aus *Woman's Own*' oder sein Lieblingsgericht: drei gebackene Fischstäbchen mit Erbsen und Kartoffelchips. In letzterem Fall pflegt er zu sagen: „Wenn Gott gewollt hätte, daß Fische wie Stäbchen aussehen, hätte er sie ohne Flossen erschaffen", lachte und goß sich Tomatensauce über den stäbchenförmigen Fisch. Während des Essens erzählte ihm seine Frau die Ereignisse des Tages. Um neun Uhr sah er sich die offiziellen Tagesnachrichten im ersten Fernsehprogramm an (das zweite Programm schaltete er nie ein), und um halb elf legte er sich zu Bett.

An dieser Tageseinteilung hielt Septimus jahrein, jahraus fest, eine Abwechslung brachten nur die Ferien, für die es natürlich ebenfalls ganz bestimmte Riten gab: Weihnachten wurde entweder mit Normas Eltern in Watford oder mit Septimus' Schwester und Schwager in Epsom gefeiert, während die Familie im Sommer, als Höhepunkt des Jahres sozusagen, im Olympic Hotel auf Korfu einen vierzehntägigen Pauschalurlaub verbrachte.

Septimus liebte diese Lebensart nicht nur, sondern geriet völlig außer sich, wenn er aus irgend einem

Grund von seinen Gewohnheiten auch nur im geringsten abweichen mußte. Für dieses eintönige Leben schien er von der Wiege bis zur Bahre vorbestimmt zu sein, denn Septimus gehörte nicht zu jenen Typen, die Schriftsteller zu dickleibigen Romanen inspirieren. Durch ein Ereignis jedoch wurde er nicht nur ein wenig aus dem gewohnten Trott gebracht, sondern regelrecht aus der Bahn geworfen.

Eines Abends, als Septimus pünktlich um fünf Uhr siebenundzwanzig die Akten über die letzte Schadensmeldung dieses Tages schloß, bat ihn sein unmittelbarer Vorgesetzter, der Abteilungsleiter, zu einer Besprechung. Dieser unerhörten Rücksichtslosigkeit wegen konnte Septimus sein Büro erste ein paar Minuten nach sechs verlassen. Obwohl im Sekretariat niemand mehr war, grüßte er die verwaisten Schreibtische und die verstummten Schreibmaschinen mit seinem unerschütterlichen „Bis morgen zur gewohnten Stunde, Mädels" und summte im Fahrstuhl einige Takte aus „Sound of Music". Als er aus der Großen Gotischen Kathedrale trat, fielen die ersten Regentropfen. Widerwillig spannte Septimus seinen ordentlich eingerollten Regenschirm auf und lief mitten durch die Pfützen, in der Hoffnung, wenigstens noch den achtzehn-Uhr-zweiunddreißig-Zug zu erwischen. In der Cannon Street angekommen, stellte er sich um Zeitung und Zigaretten an und verstaute sie in seinem Aktenkoffer, ehe er zum Bahnsteig 5 stürzte. Zu seinem großen Ärger ertönte aus dem Lautsprecher eben die gleichmütige Mitteilung, daß bereits drei Züge wegen Verspätung ausgefallen seien.

Schließlich bahnte sich Septimus einen Weg durch

die drängende, regendurchnäßte Menge zum sechsten Waggon eines Zuges, der auf keinem Fahrplan aufschien. Zu seinem Entsetzen war der Zug voll mit Leuten, die er noch nie gesehen hatte, und — schlimmer noch — fast alle Plätze waren besetzt. Septimus sah sich gezwungen, mit einem Sitzplatz gegen die Fahrtrichtung in der Mitte eines Abteils vorliebzunehmen. Er warf seinen Aktenkoffer und den zerknitterten Schirm in das Gepäcksnetz und zwängte sich widerwillig in den Sitz, ehe er sich in dem Abteil umsah. Kein einziges bekanntes Gesicht unter den übrigen sechs Fahrgästen. Eine Frau mit drei Kindern füllte die ihm gegenüber liegende Sitzbank mehr als aus, während zu seiner Linken ein älterer Herr geräuschvoll schnarchte. Rechts von ihm saß vornübergebeugt ein ungefähr zwanzigjähriger junger Mann und sah beim Fenster hinaus.

Beim Anblick dieses Burschen glaubte Septimus seinen Augen nicht zu trauen. Er trug eine schwarze Lederjacke und hautenge Jeans und pfiff vor sich hin. Sein dunkles, pomadisiertes Haar stand vorne in die Höhe und hing an den Seiten herab, und seine Fingernägel waren — im Gegensatz zu den übrigen Kleidungsstücken farblich auf seine Jacke abgestimmt. Aber das Schlimmste für jedermann von Septimus' sensiblem Gemüt war der Slogan, der in riesigen Lettern aus Metallnieten auf den Rücken der Jacke geprägt war: „Fuck off" lautete die schamlose Parole, die über einem weißen Totenkopf stand. Damit nicht genug, stand darunter in Gold noch zu lesen: „Scheiß drauf." Wo ist dieses Land hingekommen, dachte Septimus. Für derartige verbrecherische Elemente sollte wieder ein Arbeitsdienst eingeführt werden. Septimus selbst war bei der Musterung für den Militärdienst seiner Plattfüße wegen für untauglich erklärt worden.

Septimus beschloß, diese Kreatur zu ignorieren, nahm eine Zigarette aus dem Päckchen Benson & Hedges auf seiner Armlehne, zündete sie an und begann mit der Lektüre des *Evening Standard*. In der festen Absicht, bis zur Ankunft in Sevenoaks noch eine zweite Zigarette zu rauchen, legte er das Päckchen wie immer auf die Armlehne zurück. Als der Zug endlich aus der Station ausfuhr, wandte sich der Schwarzgewandete Septimus zu, glotze ihn an, ergriff die Zigarettenschachtel, nahm eine Zigarette heraus, zündete sie an und begann seelenruhig vor sich hin zu paffen. Septimus konnte nicht glauben, was da vor sich ging. Er wollte schon protestieren, als ihm einfiel, daß kein Bekannter im Abteil saß, der ihm Rückendeckung hätte geben können. Er überdachte einen Augenblick seine Situation und entschied, daß Rückzug die beste Verteidigung sei (auch dies eine Lieblingsredensart von ihm).

Als der Zug in Patts Wood hielt, legte Septimus die Zeitung beiseite, obwohl er kaum eine Zeile gelesen hatte, und nahm, wie immer, eine zweite Zigarette aus dem Päckchen. Er zündete sie an, sog den Rauch ein und wollte eben seine Zeitung wieder aufnehmen, als der Junge diese am anderen Ende erwischte und sie schließlich jeder mit einer Hälfte dasaßen. Diesmal blickte sich Septimus im Abteil nach Unterstützung um. Die Kinder ihm gegenüber begannen zu kichern, während ihre Mutter absichtlich wegschaute und ganz offensichtlich nicht in die Sache hineingezogen werden wollte. Der alte Mann zu seiner Linken schnarchte laut. Septimus wollte nun wenigstens die Zigarettenschachtel in seiner Rocktasche in Sicherheit bringen, als der Junge blitzschnell nach ihr griff, eine weitere Zigarette herauszog, sie anzündete und den Rauch tief inhalierte, um ihn Septimus mit voller Absicht mitten ins Gesicht zu blasen. Dann legte er die Schachtel wieder zurück auf die Armlehne. Septimus warf ihm einen Blick zu, in dem sich so viel Haß konzentrierte, wie er durch den grauen Nebelschleier zu projizieren vermochte. Zähneknirschend wandte er sich wieder seinem halbierten *Evening Standard* zu, um zu entdecken, daß ihm nichts als Stellenangebote, Gebrauchtwagen und der Sportteil geblieben waren, alles Dinge, die ihn nicht im mindesten interessierten. Als schwache Genugtuung blieb ihm nur die Gewißheit, daß der Sportteil wohl das einzige war, woran dieser Untermensch wirklich interessiert gewesen wäre. Septimus jedenfalls war außerstande weiterzulesen, so sehr zitterte er vor Empörung über die Unverschämtheit seines Nachbarn.

Seine Gedanken kreisten nun um Rache, und allmählich nahm in seinem Kopf ein Plan Gestalt an, mit dem er den Jungen davon überzeugen würde, daß die Tugend manchmal mehr wert sei als ihr Lohn (eine Variation auf eine seiner Redensarten). Er setzte ein gezwungenes Lächeln auf, griff, ganz gegen seine Gewohnheit, zu einer dritten Zigarette und legte das Päckchen herausfordernd auf die Armlehne zurück.

Der Bursche dämpfte seine eigene Zigarette aus und, als wollte er die Herausforderung annehmen, langte er nach dem Paket, nahm eine Zigarette heraus und zündete sie an. Septimus gab sich keineswegs geschlagen. Rasch paffte er sich durch seinen Glimmstengel, dämpfte ihn halb ungeraucht aus, nahm sofort darauf eine vierte Zigarette und zündete sie an. Der Wettkampf näherte sich seinem Ende, denn es waren jetzt nur noch zwei Zigaretten übrig. Doch keuchend und hustend gelang es Septimus, die vierte Zigarette vor dem Burschen zu Ende zu rauchen. Er beugte sich quer über die Lederjacke und tötete seine Zigarette im Aschenbecher unterhalb des Fensters aus. Das Abteil war nun mit Rauch erfüllt, aber der Junge paffte immer noch so schnell er konnte. Die Kinder auf der Bank gegenüber husteten und die Frau schwenkte ihre Arme wie die Flügel einer Windmühle. Septimus ignorierte sie und behielt die Zigarettenschachtel im Auge, während er so tat, als studierte er die Chancen des Fußballclubs Arsenal im FA-Cup.

Indessen erinnerte sich Septimus des Grundsatzes von Montgomery: Die besten Siegeswaffen sind Überraschungseffekte und die Wahl des richtigen Zeitpunkts. Als der Bursche seine vierte Zigarette zu Ende geraucht hatte und eben den Stummel ausdrückte, fuhr der Zug langsam in Sevenoaks ein. Schon hatte der Junge die Hand erhoben, aber Septimus war schneller. Er hatte den nächsten Vorstoß des Feindes vorausgesehen und nahm rasch die Zigarettenschachtel an sich. Er zog die neunte Zigarette heraus, steckte sie sich zwischen die Lippen, zündete sie langsam und genießerisch an, inhalierte so tief er konnte, und blies dem Feind den Rauch direkt ins Gesicht. Entsetzt starrte der Junge ihn an. Darauf nahm Septimus die letzte Zigarette aus dem Paket, zerbröselte sie zwischen Zeigefinger und Daumen und ließ die Tabakskrümel in die Schachtel zurückgleiten. Dann klappte er das Päckchen säuberlich zu und legte die kleine goldene Schachtel mit schwungvoller Geste auf die

Armlehne zurück. Im selben Schwung ergriff er den Sportteil des *Evening Standard*, riß die Seiten in die Hälfte, in Viertel, in Achtel und schließlich in Sechzehntel und legte die kleinen Rechtecke ordentlich gestapelt dem Jungen auf die Knie.

Der Zug hielt in Sevenoaks an. Ein triumphierender Septimus, der sich für die Schweigende Mehrheit geschlagen hatte, nahm Regenschirm und Aktenkoffer aus dem Gepäcksnetz und wendete sich dem Ausgang zu.

Als er den Aktenkoffer aufhob, schlug er damit gegen die Armlehne, und der Deckel sprang auf. Jeder im Abteil starrte auf den Inhalt: dort auf denPrudential-Akten, lagen ein säuberlich gefalteter *Evening Standard* und ein ungeöffnetes Päckchen Benson & Hedges.

Der Sohn des Paschas

Als dem Großpascha im Jahr 1900 der erste Sohn geboren wurde (er hatte vorher mit sechs Frauen zwölf Töchter gezeugt), nannte er ihn, nach seinem bevorzugten englischen König, Henry. Bei seiner Ankunft auf dieser Welt besaß Henry mehr Geld, als selbst der abgebrühteste Steuereintreiber sich vorstellen kann, und so schien er prädistiniert für ein Leben in sorglosem Müßiggang.

Der Großpascha, der über mehr als zehntausend Familien herrschte, war der Überzeugung, daß es in absehbarer Zeit nur noch fünf Könige geben würde: Den Karo-, den Herz-, den Treff-, den Pik- und den englischen König. Aus dieser Überzeugung heraus beschloß er, sein Sohn sollte eine britische Erziehung genießen. Dem Zielhafen einer englischen Schule zustrebend, schiffte sich der Junge daher im Alter von acht Jahren in Kairo ein, zu jung noch, um mehr als einen vagen Eindruck von dem Lärm, der Hitze und dem Schmutz seiner Geburtsstadt in Erinnerung zu behalten. Die erste Station in Henrys neuem Leben war die „Dragon School“, die von den Ratgebern des Paschas als die beste Grundschule des Landes gepriesen wurde. Vier Jahre später verließ der Junge dieses Institut, an dem er eine heftige Leidenschaft für das Polospiel und eine tiefe Abneigung gegen Klassenzimmer entwickelt hatte. Mit einem Minimum an schulischer Vorbildung kam er von dort nach Eton, das von den Ratgebern des Paschas als die beste Schule Europas gepriesen wurde. Der Pascha hörte mit Freude, daß sie von seinem Lieblingskönig gegründet worden war. Henry verbrachte fünf Jahre in Eton, wo er das Spektrum seiner Vorlieben um Squash, Golf und Tennis erweiterte und seine Abneigungen auf Mathematik, Jazz und Hürdenlauf ausdehnte.

Bei seinem Abgang von der Schule hinterließ er bei den Prüfern wiederum alles andere als einen bleibenden Eindruck. Dennoch verschaffte man ihm einen Studienplatz am Balliol College in Oxford, das von den Ratgebern des Paschas als die beste Universität der Welt gepriesen wurde. Die drei Jahre im Balliol bereicherten sein Leben um zwei neue Vorlieben, nämlich für Pferde und Frauen, sowie um drei weitere unausrottbare Abneigungen, nämlich gegen Politik, Philosophie und Ökonomie.

Am Ende dieses Lebensabschnitts in *statu pupillari* machte er auf seine Prüfer leider wieder so wenig Eindruck, daß er ohne Abschlußdiplom von der Hochschule abging. Der Vater, der die zwei Goals, die Henry bei dem Polomatch gegen Cambridge geschossen hatte, als durchaus zufriedenstellendes Resultat seiner Universitätskarriere ansah, schickte den Jungen zur Abrundung seiner Allgemeinbildung auf eine Weltreise. Henry genoß diese Form der Weiterbildung sehr und lernte am Rennplatz von Longchamps und in den Hinterhöfen von Bengasi mehr, als er während seiner gesamten Studienzeit an englischen Nobelschulen gelernt hatte.

Hätte ihn nicht kurz vor der Rückkehr seines geliebten Sohnes der Tod hinweggerafft, so wäre der Pascha stolz gewesen auf den hochgewachsenen, gutaussehenden jungen Mann, der ein Jahr später seinen Fuß wieder auf englischen Boden setzte und noch immer ein fast völlig akzentfreies Englisch sprach. Henry war zwar nun Waise, doch keineswegs ein armer Waise, da sein Vater ihm an bekannten Vermögenswerten rund zwanzig Millionen Pfund hinterlassen hatte, einschließlich eines Rennpferdegestüts in Suffolk, einer Jacht in Nizza und eines Palastes in Kairo. Das bei weitem Wertvollste aus der Hinterlassenschaft seines Vaters aber war ein gewisser Godfrey Barker, der beste Diener in ganz London. Was auch geschehen mochte, Barker organisierte, realisierte, reparierte alles im Handumdrehen.

Da er nichts Besseres zu tun hatte, bezog Henry die ehemalige Suite seines Vaters im Ritz. Er nahm sich nicht einmal die Mühe, die politischen Kommentare in der *London Times* zu lesen, sondern gab sich ausschließlich seinen Vergnügungen hin: Es war die einzige Daseinsform, auf die Eton, Oxford und sein ererbter Reichtum ihn in angemessener Weise vorbereitet hatten.

Um ihm Gerechtigkeit widerfahren zu lassen, muß man Henry freilich zugestehen, daß er außer einer beachtlichen Portion Charme und Eleganz auch genügend gesunden Menschenverstand besaß, um den erlauchten Kreis derer, denen er die Gunst seiner Freundschaft zuteil werden ließ, sehr sorgfältig abzugrenzen. In die nähere Wahl kamen nur Schulfreunde oder Studienkollegen, deren Besitzverhältnisse zwar an die seinigen nicht heranreichten, die jedoch mit Sicherheit keinen Anlaß zu der Befürchtung gaben, sie könnten ihn jemals, etwa zur Begleichung von Wettschulden, um Geld anschnorren.

Fragte man Henry nach seiner ersten große Liebe, fiel es ihm schwer, sich zwischen Pferden und Frauen zu entscheiden, da er die Kunst beherrschte, seine Tage mit ersteren und seine Nächte mit zweiteren zu verbringen, ohne daß es jemals zu Eifersuchtsszenen oder wechselseitigen Beschuldigungen kam. Er unterzog sich daher auch nie der Mühe, diese Frage eindeutig zu klären. Die meisten seiner Pferde waren rassige, temperamentvolle, dunkeläugige Geschöpfe mit samtiger Haut und geschmeidigen Bewegungen, und diese Beschreibung hätte ebensogut auch auf die meisten seiner Freundinnen gepaßt. Henry knüpfte und löste amouröse Beziehungen zu allen Revuemädchen des „Palladium", und jedesmal, wenn ein solches Verhältnis zu Ende ging, sorgte Barker zur Verhütung etwaiger Skandale dafür, daß die betreffende Dame in Form eines großzügigen Geschenkes eine angemessene Abfindung erhielt. Außerdem gewann Henry noch vor seinem fünfunddreißigsten Lebensjahr jedes der klassischen Pferderennen, die auf englischen Rasen ausgetragen werden, und Barker schien immer genau zu wissen, in welchem Jahr er auf seinen Herrn setzen konnte.

Bald verlief Henrys Leben nach einer festen, ihn niemals langweilenden Routine. Einen Monat im Jahr verbrachte er in Kairo, wo er sich aufreibender Geschäftstätigkeit widmete, drei Monate in Südfrankreich mit gelegentlichen Ausflügen nach Biarritz, und während der übrigen acht Monate residierte er im Ritz. Die prachtvolle Suite mit Blick auf den St. James Park, die er dort bewohnte, stand während seiner Abwesenheit leer. Die Chronik schweigt darüber, ob die Zimmer deshalb nicht weitervermietet werden durften, weil Henry die Vorstellung nicht ertrug, fremde Leute könnten in seiner Marmorbadewanne umherplanschen, oder ob ihm ganz einfach nicht zuzumuten gewesen wäre, zweimal jährlich die Mühe der An- und Abmeldeformalitäten auf sich zu nehmen. Die Hotelverwaltung des Ritz hatte diese Eigenheit schon bei seinem Vater schweigend toleriert, warum also hätte sie es bei dessen Sohn anders halten sollen? Dieses Programm, das Henrys Leben völlig ausfüllte, wurde nur ab und zu durch eine gelegentliche Reise nach Paris unterbrochen, wenn eine seiner kleinen Freundinnen dem Traualtar ein wenig zu nahe kam. Fast jedes Mädchen, das Henry kennenlernte, träumte davon ihn zu heiraten, und viele von ihnen hätten es selbst dann getan, wenn er arm wie eine Kirchenmaus gewesen wäre. Henry jedoch sah absolut keine Veranlassung, einer Frau die Treue zu halten. „Ich habe Dutzende Pferde und Dutzende Freunde", pflegte er auf diesbezügliche Fragen zu antworten, warum also sollte ich mich auf eine einzige Frau beschränken?" Die Logik dieser Erklärung schien tatsächlich schwer widerlegbar zu sein.

Zu Henrys Geschichte wäre nichts weiter hinzuzufügen, hätte er sein Leben in den vom Schicksal vorherbestimmten Bahnen fortgeführt; doch selbst den Henrys dieser Welt bleiben unliebsame Überraschungen manchmal nicht erspart.

Im Lauf der Jahre war es Henry zur Gewohnheit geworden, niemals etwas im voraus zu planen, da alle seine bisherigen Erfahrungen — ebenso wie sein tüchtiger Diener Barker — ihn in dem Glauben bestärkt hatten, daß man sich als reicher Mann jeden Wunsch von einer Minute zur anderen erfüllen könne und alles übrige sich im nachhinein regeln lasse. Gegen die Auswirkungen von Chamberlains Erklärung vom 3. September 1939, Großbritannien sei in den Krieg gegen Deutschland eingetreten, vermochte jedoch nicht einmal Barker die nötige Vorsorge zu treffen. Henry fand es äußerst rücksichtslos von Chamberlain, unmittelbar vor Wimbledon und der Hauptrennsaison eine Kriegserklärung abzugeben, und noch rücksichtsloser, fand er, benahm sich das Ministerium für Inneres, als es ihm einige Monate später mitteilte, Barker habe seinen Dienst beim Pascha zu quittieren und bis auf weiteres in den Dienst Seiner Majestät des Königs zu treten.

Was sollte der arme Henry tun? Er war inzwischen vierzig und nicht gewöhnt, anderswo als im Ritz zu wohnen, doch die Deutschen, deretwegen Wimbledon hatte abgesagt werden müssen, hatten bereits das „George V" in Paris und das „Negresco" in Nizza besetzt. Als die Wochen vergingen und als die Wahrscheinlichkeit einer Invasion täglich größer wurde, gelangte Henry schließlich zu dem wenig erfreulichen Schluß, daß ihm wohl nichts anderes übrig bleiben werde, als sich so lange in das neutrale Kairo zurückzuziehen, bis die Briten den Krieg siegreich beendet hätten. Nicht einen Augenblick kam es ihm in den Sinn, daß sie ihn auch verlieren könnten. Sie hatten schon im Ersten Weltkrieg gesiegt und würden es deshalb auch im Zweiten tun. Denn daß die Geschichte sich immer wiederholt, war so ziemlich die einzige Weisheit, die sich seinem Gedächtnis im Verlauf seines dreijährigen Studiums in Oxford unauslöschlich eingeprägt hatte.

Henry bestellte also den Geschäftsführer des Ritz zu sich und teilte ihm mit, daß seine Suite bis zu seiner Rückkehr an niemand anderen vergeben werden dürfe. Er zahlte für ein Jahr im voraus – denn mehr als ein Jahr, dachte er, würde man doch wohl nicht brauchen, um mit solchen Emporkömmling wie Herrn Hitler fertig zu werden –, und reiste ab nach Kairo. Der Geschäftsführer soll später einmal, auf die Ironie dieser Abreise nach Ägypten anspielend geäußert haben, der Pascha sei im Grunde genommen britischer als die Briten.

Henry verbrachte ein Jahr in seinem Palast in Kairo, bis er von seinen Landsleuten so genug hatte, daß er sich nach New York zurückzog, wobei er nur knapp die Chance versäumte, Herrn Rommel von Angesicht zu Angesicht zu begegnen. In New York schlug Henry seine Zelte im Hotel Pierre an der Fifth Avenue auf, nahm sich einen amerikanischen Diener namens Eugene und wartete nun darauf, daß Mr. Churchill endlich den Krieg beendet. Zum Zeichen seiner unverbrüchlichen Verbundenheit mit Großbritannien überwies er dem Ritz alljährlich zu Jahresbeginn eine Mietvorauszahlung für die folgenden zwölf Monate.

Den Sieg der Alliierten feierte Henry am Times Square gemeinsam mit einer Million Amerikaner und traf unmittelbar darauf alle Vorbereitungen zur Rückkehr nach England. Zu seinem Befremden und seiner größten Enttäuschung wurde ihm von der Botschaft in Washinton jedoch mitgeteilt, es könnte noch einige Zeit dauern, bis er die Erlaubnis erhielte, in seine Wahlheimat zurückzukehren; und tatsächlich gelang es ihm trotz seines Einflusses und unermüdlicher Anstrengungen erst im Juli 1946, sich nach Southampton einzuschiffen. Vom Deck der Ersten Klasse aus nahm er winkend Abschied von Amerika und Eugene und sah frohen Herzens dem Wiedersehen mit England und Barker entgegen.

Kaum hatte er das Schiff verlassen und wieder englischen Boden betreten, ließ er sich auf schnellstem Weg zum Ritz bringen, wo er seine Zimmer genauso vorfand, wie er sie verlassen hatte. Soweit Henry erkennen konnte, war alles beim alten geblieben, außer daß sein Diener (nun Bursche bei einem General) erst ein halbes Jahr später aus dem Heeresdienst entlassen werden sollte. Henry war entschlossen, einen aktiven Beitrag zu diesem Krieg zu leisten, indem er noch einige Zeit ohne Barker weiterzuleben bereit war. Zuversichtlich sah er der Zukunft entgegen, wenn er sich Barkers Worte ins Gedächtnis rief: „Jeder weiß, wer Sie sind. Es wird sich für Sie nichts ändern." Tatsächlich wurde ihm schon kurz nach seiner Ankunft im Ritz auf dem Silbertablett eine Einladung zu einem Abendessen bei Lord und Lady Lympsham in ihr Haus am Chelsea Square gebracht. Es sah ganz so aus, als sollte sich Barkers Vorhersage bewahrheiten: es würde alles beim alten bleiben. Henry sagte zu, glücklich bei dem Gedanken, sein Leben in England dort fortzusetzen, wo er es Jahre zuvor abgebrochen hatte.

Am nächsten Abend also traf Henry einige Minuten nach acht im Haus seiner Gastgeber ein. Die Lympshams, ein älteres Ehepaar, das sich in keiner Weise am Krieg beteiligt hatte, taten ganz so, als hätte dieser niemals stattgefunden und als hätte Henry nicht einen Tag des Londoner Gesellschaftslebens versäumt. Trotz der Nahrungsmittelrationierungen war auch die Speisenfolge so erlesen wie eh und je. Um so erstaunlicher dagegen erschien es Henry, daß eine der Anwesenden sich von allen Frauen unterschied, die er bisher kennengelernt hatte. Ihr Name, so erfuhr er, sei Victoria Campbell, Tochter des ebenfalls anwesenden Generals Sir Ralph Colquhoun. Als die Wachteleier serviert wurden, vertraute die Gastgeberin Henry an, das arme junge Ding habe beim Vormarsch der Alliierten auf Berlin ihren Mann verloren, nur wenige Tage vor der Kapitulation der Deutschen. Zum erstenmal empfand Henry Schuldgefühle, daß er sich in diesem Krieg in keiner Weise engagiert hatte.

Er konnte den Blick während des ganzen Abendessens nicht von Victoria abwenden, die nicht nur von klassischer Schönheit war, sondern auch eine lebhafte und gebildete Konversation zu führen verstand. Er fürchtete, das schlanke dunkelhaarige Mädchen mit den hohen Backenknochen allzu aufdringlich anzustarren; sie war wie eine, Skulptur, die er gerne berührt hätte. Ihrem bezaubernden Lächeln konnte niemand widerstehen, und Henry tat alles, um dieses Lächeln auf sich zu ziehen. Dies gelang ihm auch mehrmals, und dabei wurde ihm bewußt, daß er sich zum erstenmal bis über beide Ohren verliebt hatte — und dieses Gefühl restlos genoß.

Von da an warb Henry um Victoria, doch gegen seine bisherige Gewohnheit machte er keinen Versuch, sie zu verführen. Er verhielt sich ihr gegenüber liebevoll und zuvorkommend, und kaum war die Trauerzeit der jungen Witwe um, hielt er bei ihrem Vater um ihre Hand an. Er schwamm in Glück, als der Vater und danach auch Victoria selbst der Heirat zustimmten. Die offizielle Verlobung wurde in der

Times angekündigt und im Ritz mit einer Party im kleinen Kreis gefeiert, zu der sich hundertzwanzig der engsten Freunde einfanden. Nachdem der letzte Gast sich verabschiedet hatte, brachte Henry Victoria zurück in ihr Elternhaus in Belgrave Mews. Unterwegs besprach er mit ihr die Hochzeitsvorbereitungen und die geplante Hochzeitsreise.

„Für dich, mein Engel, ist nur das Beste gut genug", sagte er und bewunderte von neuem den herrlichen Fall ihres langen, lockigen Haares. „Die Hochzeit wird in St. Margaret's in Westminster, stattfinden, und nach dem Empfang im Ritz lassen wir uns zur Victoria Station bringen, wo Fred, der Chefträger, uns schon erwarten wird. Fred wird es sich nicht nehmen lassen, unser Gepäck höchstpersönlich zum letzten Waggon des Golden Arrow-Expreß zu tragen. Man muß nämlich immer den letzten Waggon reservieren, mein Liebling, da man von anderen Reisenden dort nicht gestört werden kann."

Victoria war tief beeindruckt von Henrys Organisationstalent, zumal sie wußte, daß er immer noch ohne seinen Diener Barker auskommen mußte.

Henry steigerte sich immer mehr hinein: „Sind wir erst einmal im ‚Golden Arrow', können wir uns bis Dover ausruhen, während man uns chinesischen Tee und hauchdünne Lachs-Sandwiches servieren wird. Von Fred verständigt, wird am Anlegeplatz des Fährschiffes schon Albert auf uns warten, der unser Gepäck aber natürlich erst holen kommen wird, wenn alle übrigen Reisenden bereits ausgestiegen sind. Er wird uns dann zum Schiff begleiten und die Koffer in Kabine Nummer drei verstauen, während wir mit dem Kapitän ein Glas Sherry trinken. Schon für meinen Vater wurde immer die Kabine Nummer drei reserviert; sie ist nicht nur die größte und bequemste, sondern liegt auch im Mittelteil des Schiffes, so daß man selbst bei schlechtem Wetter den Seegang kaum spürt. Und wenn wir dann in Calais ankommen, erwartet uns Pierre, der schon alles für die Weiterreise im vordersten Waggon des ‚Flèche d'Or' organisiert haben wird."

Ein solches Programm muß ja mit größter Sorgfalt bis in die kleinsten Einzelheiten durchorganisiert werden", meinte Victoria, die mit leuchtenden Augen den Ausführungen ihres zukünftigen Ehemannes gelauscht hatte.

„Es gehört dazu mehr Tradition als Organisation, würde ich sagen, mein Liebling", antwortete Henry lächelnd, während sie Hand in Hand durch den Hyde Park schlenderten. „Wenn ich auch zugebe, daß früher immer Barker alles im Auge behielt, für den Fall, daß unerwartete Schwierigkeiten auftauchen sollten. Aber wie dem auch sei, im „Flèche d'Or" nehme ich *immer* nur den vordersten Waggon, denn das gibt einem die Möglichkeit, den Bahnhof schon wieder verlassen zu haben, bevor die anderen überhaupt bemerkt haben, daß der Zug in der französischen Hauptstadt angekommen ist. Mit Ausnahme von Raymond, natürlich."

„Raymond?"

„Ja, Raymond, ein Diener vom alten Schlag, der meinen Vater über alles liebte. Er wird bereits für eine Flasche Veuve Cliquot Jahrgang '37 und eine Portion russischen Kaviar als Reiseproviant gesorgt haben, selbstverständlich aber auch dafür, daß im Abteil ein Diwan bereitsteht, solltest du dich ein wenig ausruhen wollen, mein Liebling."

„Ach Henry, du scheinst ja wirklich an alles gedacht zu haben“, sagte sie, als sie Belgrave Mews erreichten.

„Ich hoffe sehr, daß du diesen Eindruck haben wirst, Victoria. Denn wenn wir in Paris eintreffen, das ich leider so viele Jahre nicht mehr besuchen konnte, wird am Bahnsteig ein Rolls Royce mit geöffnetem Wagenschlag stehen, so daß du vom Zug direkt in den Wagen einsteigen kannst, mit dem Maurice uns anschließend ins George V, das wahrscheinlich beste Hotel Europas, bringen wird. Louis, der Leiter des Hotels, wird dich auf den Stufen vor dem Haupteingang empfangen und uns dann in die Suite für Jungvermählte führen, von der man den schönsten Blick auf die Stadt hat. Eine Zofe wird deine Koffer auspacken, während du ein Bad nimmst und dich von den Anstrengungen der Reise erholst. Sobald du dich wieder frisch fühlst, gehen wir ins Maxim abendessen. Dort wird Marcel, der beste Oberkellner der Welt, dich zu dem Ecktisch führen, der am weitestens vom Orchester entfernt ist. Du nimmst Platz, und im selben Moment beginnt das Orchester ‚Room with big View‘, meine Lieblingsmelodie, zu spielen, und man bringt uns dazu die besten Langusten, die du jemals gegessen hast, das kann ich dir versichern.“

Henry und Victoria waren nun vor dem kleinen Haus des Generals in Belgrave Mews angelangt, und bevor er weitersprach, nahm er ihre Hand in die seine.

„Nach dem Abendessen, mein Liebling, schlendern wir dann hinüber zur Madeleine, wo ich bei Paulette, der schönsten Blumenverkäuferin der Stadt, zwölf rote Rosen für dich kaufen werde. Paulette ist beinahe so hübsch wie du.“ Henry schloß mit einem Seufzer: „Danach werden wir dann zurückgehen ins George V, wo wir unsere erste gemeinsame Nacht verbringen werden.“

In Victorias haselnußbraunen Augen spiegelte sich ungetrübte Vorfreude. „Ach, wenn wir doch nur noch bis morgen zu warten brauchten“, sagte sie.

Galant küßte Henry sie auf die Wange und sagte: „Ich denke, es lohnt sich, noch ein wenig länger zu warten, Liebste, denn eines kann ich dir versichern: Diesen Tag wird keiner von uns jemals vergessen.“

„Davon bin ich überzeugt“, antwortete Victoria, als er ihre Hand losließ.

Am Hochzeitsmorgen sprang Henry aus dem Bett, zog mit einem Schwung die Vorhänge zurück und wurde von strömendem Regen begrüßt. „Bis elf Uhr wird es zu regnen aufgehört haben“, sagte er laut zu sich selbst und pfiff ein hoffnungsvolles Liedchen, während er sich langsam und gründlich rasierte.

Am späten Vormittag hatte das Wetter sich immer noch nicht gebessert, eher noch verschlechtert. Es goß in Strömen, als Victoria die Kirche betrat, doch beim Anblick seiner wunderschönen Braut verflog Henry's Enttäuschung im Nu. Er konnte es kaum noch erwarten, mit ihr nach Paris zu fahren. Nach der Zeremonie standen der Pascha und seine angetraute Frau lächelnd vor der Kirche, wo das ideale Paar von Pressephotographen geknipst und von den Festgästen mit feuchten Reiskörnern beworfen wurde. Sobald es die Anstandsregeln erlaubten, eilten sie zu dem Empfang im Ritz. Mit vereinten Kräften gelang es ihnen, mit jedem einzelnen der anwesenden Gäste zu plaudern, und sie hätten es sogar in noch kürzerer Zeit geschafft, wenn Victoria weniger lange zum Umkleiden gebraucht hätte und der General sich in seinen Trinksprüchen auf das glückliche Paar etwas kürzer gefaßt hätte. Als es endlich soweit war, drängten die Gäste sich vor dem Hoteleingang unter der großen roten Markise, auf die der Regen niederprasselte, zusammen, um den abfahrenden Flitterwöchnern nachzuwinken.

Mit dem Rolls Royce des Generals wurden der Pascha und seine Frau zum Bahnhof gebracht, wo der Chauffeur noch ihr Gepäck auslud, bevor Henry ihn zum Hotel zurückschickte, da er seiner Dienste nicht mehr bedurfte. Der Chauffeur legte die Hand an den Kappenrand und entfernte sich mit den Worten: „Ich hoffe, daß Gnädige Frau und Sie eine wunderschöne Reise haben werden, Sir." Auf dem Bahnsteig hielt Henry Ausschau nach Fred. Da von diesem jedoch weit und breit nichts zu sehen war, heuerte er einen zufällig vorüberkommenden Gepäckträger an. „Wo ist denn Fred?" fragte Henry.

„Fred was?" erhielt er zur Antwort.

„Mein Gott, woher soll ich das wissen", sagte Henry.

„Woher, zum Teufel, soll ich es wissen", gab der Träger schlagfertig zurück.

Victoria fröstelte. Ihr modischer Seidenmantel war nicht für den Aufenthalt auf englischen Bahnhöfen entworfen worden.

„Hätten Sie die Freundlichkeit, unser Gepäck zum letzten Waggon zu bringen", bat Henry.

Der Träger sah auf die vierzehn Koffer zu seinen Füßen. „Na gut, meinetwegen", sagte er widerstrebend. Geduldig standen Henry und Victoria in der

Kälte, während der Träger die Koffer auf seinen Handwagen lud und diesen über den Bahnsteig schob.

„Mach dir nichts daraus, mein Liebling", sagte Henry. „Eine Tasse Lapsang Souchong und ein Lachsbrötchen, und du wirst dich wieder wie neugeboren fühlen."

„Es geht mir gut", sagte Victoria mit einem nicht ganz so bezaubernden Lächeln wie sonst und schob ihren Arm unter den ihres Gatten. Arm in Arm gingen sie bis zum Ende des Zuges.

„Kann ich Ihre Fahrkarten sehen, Sir", sagte der Schaffner, der in der Tür des letzten Waggons stand.

„Meine was?" fragte Henry mit überdeutlicher Betonung.

„Ihre Fahr-kar-ten", antwortete der Schaffner, überzeugt, es mit einem Ausländer zu tun zu haben.

„Bislang war ich gewohnt, diese Formalitäten während der Fahrt zu erledigen, guter Mann."

„Das gibt's heute nicht mehr, Sir. Sie müssen sich zum Schalter bemühen und dort wie andere auch Ihre Bahnkarten kaufen. Übrigens würde ich Ihnen raten, sich zu beeilen, der Zug fährt in ein paar Minuten ab."

Ungläubig starrte Henry den Schaffner an. „Ich nehme an, daß wenigstens meine Frau im Abteil Platz nehmen darf, während ich mich um die Bahnkarten kümmere", sagte er.

„Leider nein, Sir. Ohne gültigen Fahrausweis darf niemand den Zug besteigen."

„Warte hier auf mich, Liebling", sagte Henry. „Ich werde dieses kleine Problem sofort erledigen. Träger, führen Sie mich bitte zum Fahrkartenschalter."

„Am Ende von Bahnsteig vier, Meister", sagte der Schaffner und schlug wütend die Waggontür zu, beleidigt, über die Anrede ‚Träger'.

Damit hatte Henry nicht gerechnet; dennoch entschloß er sich widerstrebend, seine Frau mit den vierzehn Koffern stehen zu lassen und zum Schalter am Ende von Bahnsteig vier zurückzugehen, wo er sich an die Spitze der langen Warteschlange stellen wollte.

„Noch nie gehört, daß man sich am Ende anstellt, Genosse?“ rief jemand. Das hatte Henry tatsächlich noch nie gehört. „Ich bin schrecklich in Eile“, sagte er. „Ich auch“, erhielt er zur Antwort, „also drängen Sie sich bitte nicht vor.“

Henry hatte einmal gehört, die Engländer seien Meister im Schlangestehen. Da er selbst bis dato aber nie in diese Verlegenheit gekommen war, sah er sich außerstande, dieses Gerücht zu bestätigen oder zu widerlegen. Widerstrebend begab er sich an das Ende der Warteschlange.

„Ich hätte gerne den letzten Waggon des Zuges nach Dover.“

„Sie hätten gerne *was*?“

„Den letzten Waggon“, wiederholte Henry etwas lauter.

„Tut mir leid, Sir, aber in der ersten Klasse sind alle Sitzplätze ausverkauft.“

„Ich will nicht bloß einen Sitzplatz“, sagte Henry, „ich möchte den Waggon mieten.“

„Waggons werden heutzutage nicht mehr vermietet, Sir, und wie ich Ihnen schon sagte, sind die Sitzplätze in der ersten Klasse bereits ausverkauft.“

„Egal, was es kostet, ich wünsche nur erstklassig zu reisen“, sagte Henry.

„In der ersten Klasse sind keine Plätze mehr frei, Sir. Daran ist nichts zu ändern, selbst wenn Sie den ganzen Zug kaufen könnten.“

„Das kann ich auch“, sagte Henry.

„Trotzdem habe ich keinen freien Platz in der ersten Klasse“, sagte der Beamte abweisend.

Henry hätte noch weiter insistiert, doch mehrere Leute, die hinter ihm in der Schlange standen, machten ihn darauf aufmerksam, daß bis zur Abfahrt nur noch zwei Minuten Zeit blieben und sie im Unterschied zu ihm den Zug gerne noch erreichen würden.

„Dann geben Sie mir zwei Plätze“, sagte Henry, wobei er es nicht über sich brachte, die Worte „dritter Klasse“ hinzuzusetzen.

Zwei grüne Karten mit der Aufschrift Dover wurden ihm durch das Schiebefenster ausgehändigt. Henry nahm sie entgegen und wollte gehen.

„Macht siebzehn Kronen und sechs Penny, Sir.“

„Ach ja, natürlich“, sagte Henry schuldbewußt. Er kramte in seinen Taschen und entfaltete eine der drei großen, weißen Fünfpfundnoten, die er immer bei sich trug.

„Hätten Sie es nicht kleiner?“

„Nein“, sagte Henry, der es schon ordinär genug fand, überhaupt Bargeld bei sich zu haben.

Der Beamte gab ihm vier Pfund und eine halbe Krone zurück. Henry ließ die halbe Krone liegen.

„Danke, Sir“, sagte der Beamte verblüfft. Es war mehr als sein Samstaglohn.

Henry steckte die Fahrkarten ein und eilte zu Victoria zurück, die trotz des kalten Windes tapfer ihr Lächeln zu bewahren versuchte; es hatte allerdings nur noch eine entfernte Ähnlichkeit mit jenem Lächeln, das ihn in Bann geschagen hatte. Der Gepäckträger war längst verschwunden und kein anderer war in Sichtweite. Der Schaffner entwertete Henrys Fahrkarten, schwenkte ein grünes Fähnchen und rief laut: „Alles einsteigen, bitte!“ Dann ertönte der Abfahrtspfiff.

In größter Eile warf Henry die vierzehn Koffer durch die offene Waggontür, schob Victoria hinterher und sprang im letzten Augenblick selbst auf. Nachdem er wieder zu Atem gekommen war, lief er den Korridor entlang und schaute in die Abteile der dritten Klasse. So etwas hatte er noch nie gesehen. Die Sitzbänke waren mit einem dünnen, abgewetzten Stoff überzogen, und als er endlich ein halbleeres Abteil entdeckt hatte, drängte sich ein junges Paar vor und besetzte die letzten zwei nebeneinanderliegenden Sitzplätze. Vergeblich versuchte Henry ein noch unbesetztes Abteil zu finden, es waren nur wenige Plätze noch frei. Victoria nahm schließlich ohne Murren mit dem letzten freien Sitz eines vollen Abteils vorlieb, während Henry mit verstörtem Blick auf einem der Koffer draußen auf dem Korridor saß.

„Wenn wir erst einmal in Dover sind, wird das alles anders“, sagte er ohne sein übliches Selbstvertrauen.

„Ja, ganz bestimmt, Henry“, antwortete sie und lächelte ihm liebevoll zu.

Die zweistündige Fahrt schien kein Ende nehmen zu wollen. Reisende aller Klassen und Altersstufen drängten sich an Henry vorbei durch den Korridor, traten auf seine Lobbs-Maßschuhe und murmelten:

„Pardon, Sir.“

„Verzeihen Sie.“

„’Tschuldigung.“

Die Schuld an diesen Mißständen schob Henry Clement Attlee und seiner lächerlichen Kampagne für soziale Gerechtigkeit in die Schuhe, und ungeduldig sah er der Ankunft in Dover entgegen. Kaum war der Zug im Bahnhof eingefahren, stieg Henry als erster — statt wie sonst als letzter — aus und brüllte aus Leibeskräften: „Albert!" Nichts rührte sich, nur Scharen von Reisenden strömten auf dem Weg zum Hafen achtlos an ihm vorüber. Endlich erspähte Henry einen Träger. Er lief ihm nach, doch der Mann belud seinen Wagen eben mit dem Gepäck eines anderen Reisenden. Nicht besser erging es Henry mit dem nächsten und übernächsten, bis er dem vierten schließlich mit einer Pfundnote winkte, worauf der Mann sofort herbeieilte und die vierzehn Koffer auszuladen begann.

„Wohin wollen wir denn?" fragte der Träger in freundschaftlichem Ton.

„Zum Schiff", sagte Henry und lief zurück zu seiner Braut. Er half ihr beim Aussteigen, und dann rannten sie beide durch den strömenden Regen bis zum Anlegeplatz.

„Die Fahrkarten, bitte", sagte ein junger Offizier in dunkelblauer Uniform, der am Fuß des Landungsstegs stand.

„Ich habe immer Kabine Nummer drei", keuchte Henry atemlos.

„Selbstverständlich, Sir", sagte der jungen Offizier und blätterte in seiner Reservierungsliste. Zuversichtlich lächelte Henry Victoria zu.

„Mr. und Mrs. West."

„Wie bitte?" fragte Henry.

„Sie müssen doch Mr. William West sein?"

„Das bin ich ganz und gar nicht. Ich bin der Großpascha von Kairo."

„Dann tut es mir leid, Sir. Kabine Nummer drei ist reserviert für einen Mr. William West und Familie."

„Diese Behandlung bin ich von Kapitän Rogers nicht gewöhnt gewesen", sagte Henry, jede Silbe scharf betonend. „Ich wünsche ihn sofort zu sprechen."

„Kapitän Rogers ist im Krieg gefallen, Sir. Kommandant dieses Schiffes ist jetzt Kapitän Jenkins, und dreißig Minuten vor Auslaufen des Schiffes wird er die Kommandobrücke bestimmt nicht verlassen."

Henrys Verzweiflung verwandelte sich in Panik. „Ist eine andere Kabine frei?"

Der junge Offizier überflog seine Liste. „Tut mir leid, Sir. Die letzte wurde vor ein paar Minuten vergeben."

„Kann ich zwei Karten haben?" fragte Henry.

„Jawohl, Sir", antwortete der junge Offizier. „Aber dazu müssen Sie sich zum Schalter am Kai bemühen."

Henry erkannte, daß jede weitere Diskussion nur einen Zeitverlust bedeuten würde. Wortlos machte er auf dem Absatz kehrt und ließ seine Frau neben dem schwerbeladenen Träger zurück.

„Zwei Karten erster Klasse nach Calais", sagte er am Schalter mit fester Stimme.

Der Mann hinter dem Schiebefenster warf Henry einen müden Blick zu. „Es gibt heutzutage nur noch eine Einheitsklasse, Sir, es sei denn, Sie mieten eine Kabine."

Er riß zwei Karten ab. „Macht genau ein Pfund."

Henry reichte ihm eine Pfundnote, nahm seine Karten und eilte zum Schiff zurück.

Der Träger war eben dabei, das Gepäck am Uferkai abzuladen.

„Könnten Sie die Koffer nicht an Bord bringen und im Frachtraum verstauen", schrie Henry.

„Nein, Sir, zu spät. Nach dem ersten Signal darf außer den Passagieren niemand mehr an Bord gehen.“

Victoria nahm also zwei kleinere Koffer, während Henry die restlichen zwölf in einer Art Stafettenlauf über den Landesteg beförderte. Vollkommen erschöpft ließ er sich auf dem Deck in einen Stuhl fallen. Die Sitzplätze schienen bereits alle besetzt zu sein. Henry hätte nicht mehr zu sagen vermocht, ob er vor Kälte und Nässe fröstelte, oder vor Anstrengung schwitzte. Das Lächeln auf Victorias Gesicht war wie festgefroren, als sie seine Hand ergriff und sagte:

„Mach dir nichts draus, Liebling. Entspanne dich und genieße die Überfahrt; es wird großen Spaß machen, gemeinsam an Deck zu bleiben.“

Bedächtig glitt das Schiff aus der geschützten Bucht auf das offene Wasser hinaus. Am Abend dieses Tages erzählte Kapitän Jenkins seiner Frau, diese Überfahrt sei eine der schlimmsten gewesen, die er jemals erlebt habe. Er fügte hinzu, daß er nahe daran gewesen sei umzukehren, als sein Zweiter Offizier, ein alter Hase und Kriegsveteran, seekrank geworden sei. Henry und Victoria verbrachten den größten Teil der Überfahrt über die Reling gelehnt, wobei sie alles wieder von sich gaben, was sie beim Hochzeitsempfang zu sich genommen hatten. Nie waren zwei Menschen so glücklich, endlich Land zu sichten, wie Henry und Victoria, als am Horizont die Küste der Normandie auftauchte. Taumelnd verließen sie das Schiff, so schwach, daß sie die Koffer einzeln an Land tragen mußten.

„Vielleicht wird es in Frankreich anders sein“, sagte Henry ohne Überzeugungskraft, und nachdem er ebenso flüchtig wie vergeblich nach Pierre Ausschau gehalten hatte, ging er geradewegs zum nächsten Fahrkartenschalter, wo er zwei Plätze dritter Klasse für den „Flèche d'Or" ergatterte. Diesmal saßen sie wenigstens nebeneinander, wenn auch in Gesellschaft von sechs anderen Passagieren, einem Hund und einer Henne. Die sechs Leute ließen keinen Zweifel darüber aufkommen, daß sie der neumodischen Sitte des Rauchens in aller Öffentlichkeit sowie der altmodischen Sitte des Knoblauchgenusses frönten. Henry spielte mit dem Gedanken, auf der Suche nach Raymond in den Gängen des Zuges auf und ab zu gehen, fürchtete jedoch, er könnte dadurch seinen Sitzplatz neben Victoria verlieren. Er gab den Versuch auf, das Hundegebell, das Hühnergackern und das Geschnatter der Knoblauchesser zu übertönen, um sich mit ihr unterhalten zu können, und begnügte sich damit, beim Fenster hinauszusehen. Bewundernd betrachtete er die französische Landschaft und registrierte zum erstenmal die Namen aller Bahnstationen, die an dieser Strecke lagen.

Bei der Ankunft am Pariser Nordbahnhof nahm er sich nicht die Mühe, nach Maurice Ausschau zu halten, sondern steuerte geradewegs auf den nächsten Taxistandplatz zu. Als endlich alle vierzehn Koffer abgeladen waren, hatte sich bereits eine lange Warteschlange gebildet. Victoria und er mußten nur etwas mehr als eine Stunde warten, während der sie die Koffer Schritt für Schritt vor sich herschoben, bis die Reihe endlich an ihnen war.

„*Monsieur?*"

„Sprechen Sie englisch?"

„*Un peu, un peu.*"

„Hotel ‚George Cinq'."

„*Oui, mais je ne peux pas mettre toutes les valises dans le coffre.*"

Henry und Victoria saßen also, umgeben von Lederkoffern, im Fond des Taxis und wurden auf der Fahrt über die gepflasterten Straßen gründlich durchgebeutelt.

Ein Hotelboy stürzte herbei, um seine Hilfe anzubieten, als er sah, wie Henry den Taxifahrer mit einer Pfundnote bezahlen wollte.

„Nicht nehmen englisches Geld, Monsieur."

Henry traute seinen Ohren nicht. Hoch zufrieden bezahlte der Hotelboy den Taxilenker in Francs und ließ die Pfundnote rasch in seiner Tasche verschwinden.

Henry war viel zu müde, um irgend etwas zu sagen. Er half Victoria die Marmortreppen hinauf, ging zur Rezeption und sagte:

„Der Großpascha von Kairo mit seiner Frau. Die Suite für Jungvermählte, bitte."

„*Oui, monsieur.*"

Henry lächelte Victoria zu.

„Haben Sie Ihre Reservierungsbestätigung bei sich?"

„Nein", sagte Henry. „Ich hatte es bisher nie nötig, mein Zimmer im voraus zu reservieren. Vor dem Krieg war ich ..."

„Tut mir leid, Sir, aber das Hotel ist zur Zeit voll ausgebucht. Eine Konferenz."

„Sogar die Suite für Jungevermählte?" fragte Victoria.

„Jawohl, Madame. Der Vorsitzende und seine Begleiterin, Sie verstehen." Es fehlte nicht viel, und er hätte ihr zugezwinkert.

Henry verstand die Welt nicht mehr. Früher war im „George V", wann immer er wollte, ein Zimmer für ihn bereitgestanden. Der Verzweiflung nahe griff er nach seiner zweiten Fünfpfundnote und schob sie über die Theke.

„Ach ja", sagte der Hotelangestellte, „ich glaube, ein Zimmer haben wir noch. Ich fürchte allerdings, es ist nicht sehr groß."

Henry winkte mit einer müden Handbewegung ab.

Der Hotelangestellte drückte auf einen Klingelknopf, und sogleich erschien ein Träger, der sie zu dem versprochenen Zimmer begleitete. Der Hotelangestellte hatte nicht untertrieben. Den Raum, in dem sie sich befanden, hätte Henry bestenfalls als Kabine bezeichnet. Der Grund, warum die Gardinen ständig zugezogen waren, lag darin, daß der Blick über die Schornsteine von Paris alles andere als anziehend war. Was Henry jedoch den letzten Schlag versetzte, war der Anblick von zwei schmalen, getrennten Betten, die er in ungläubigem Staunen anstarrte. Victoria begann wortlos die Koffer auszupacken, währen Henry völlig verzagt am Fußende des einen Bettes saß. Nachdem sie sich notdürftig in einer Badewanne gewaschen hatte, die genau die richtige Größe für ein sechsjähriges Kind gehabt hätte, ließ sie sich erschöpft auf das andere Bett fallen. Fast eine Stunde lang sprach keiner von beiden ein Wort.

„Komm, Liebling", sagte Henry schließlich, „laß uns abendessen gehen."

Victoria stand loyal, aber lustlos auf, um sich für das Abendessen umzukleiden, während Henry mit angezogenen Knien in der Badewanne saß und mühsam versuchte, sich vom Schmutz der Reise zu befreien.

Diesmal ließ er an der Rezeption telefonisch ein Taxi bestellen und einen Tisch im „Maxim" reserviern.

Der Taxilenker, der sie ins „Maxim" brachte, akzeptierte eine Pfundnote als Bezahlung, doch als Henry und seine Frau das große Restaurant betraten, erkannten sie niemanden und niemand erkannte sie. Ein Kellner führte sie zu einem kleinen Tisch direkt neben dem Orchester, wo sie eingeklemmt zwischen zwei anderen Pärchen saßen. Zum Empfang spielte das Orchester „Alexander's Rag Time Band".

Sie bestellten Hummer und Langusten, die tatsächlich ausgezeichnet waren und alle Erwartungen, die Henry in das „Maxim" gesetzt hatte, erfüllten, doch weder Victoria noch er sahen sich imstande, eine ganze Portion zu bewältigen, so daß der größte Teil der Speisen auf ihren Tellern liegen blieb.

Henry hatte große Mühe, den neuen Oberkellner davon zu überzeugen, daß der Hummer hervorragend gewesen sei, sie aber dennoch eigens ins „Maxim" gekommen waren, um ihn stehenzulassen. Beim Kaffee ergriff er Victorias Hand und bat sie um Verzeihung.

„Laß uns zum Abschluß dieser Komödie zur Madeleine gehen, wo ich dir die versprochenen Blumen schenken möchte", sagte er. „Paulette wird wahrscheinlich nicht vor der Kirche stehen, um dich willkommen zu heißen, aber irgend jemanden werden wir schon finden, der uns Rosen verkauft."

Henry bat um die Rechnung und zog seine letzte Fünfpfundnote aus der Tasche. Im Maxim wird ausländische Währung stets gerne angenommen, und der Gast kann sicher sein, hier nicht mit Wechselgeld belästigt zu werden. Hand in Hand wanderten sie zur Madeleine. Diesmal sollte Henry recht behalten: Paulette war nirgendwo zu sehen. An ihrer Stelle stand an der Straßenecke eine alte Frau mit Kopftuch und einer Warze auf der Nase inmitten der schönsten Blumensträuße.

Henry wählte ein Dutzend besonders langstieliger roter Rosen aus und legte sie seiner Braut in den Arm. Die alte Frau bedachte Victoria mit einem Lächeln.

Victoria lächelte freundlich zurück.

„*Dix francs, monsieur*", sagte die alte Frau zu Henry. Henry durchwühlte vergeblich seine Taschen; er hatte sein gesamtes Bargeld ausgegeben. In ratloser Verzweiflung sah er die alte Frau an, die lächelnd die Hände hob und sagte:

„Mach dir nichts draus, Henry, ich schenk sie dir. Zum Andenken an alte Zeiten."

Eine Frage des Prinzips

Sir Hamish Graham besaß viele der Qualitäten, aber auch die meisten Mängel, welche die Herkunft aus einer bürgerlichen schottischen Familie mit sich zu bringen pflegt. Er hatte eine ordentliche Erziehung genossen, war fleißig und rechtschaffen, zugleich jedoch auch engstirnig, starrköpfig und stolz. Unter keinen Umständen hätte er sich den Genuß eines Gläschen Schnaps gestattet, und er mißtraute grundsätzlich allen Menschen, die nicht nördlich des Hadrianwalls geboren waren, sowie einem großen Teil der dort geborenen auch.

Nach seiner Studienzeit an der Schule in Fettes, für die er eines der kleineren Stipendien erhalten hatte, und an der Universität in Edinburgh, wo er die Ingenieurprüfung mit gutem Erfolg ablegte, wurde er aus einer Gruppe von zwölf Bewerbern für eine Ausbildungsstelle bei der Internationalen Hoch- und Tiefbaugesellschaft TarMac ausgewählt (so benannt nach ihrem Gründer J. L. McAdam, der entdeckt hatte, daß eine Mischung aus Teer und Steinen das beste Material für den Straßenbau sei). Der neue Mitarbeiter war dank seines Fleißes und seines kompromißlosen Einsatzes bald der jüngste und unbeliebteste Projektleiter. Mit dreißig wurde Graham zum Stellvertreter des Direktors von TarMac ernannt, und schon damals dämmerte ihm, daß er keinen weiteren Aufstieg erhoffen durfte, solange er Angestellter blieb. Deshalb begann er zu überlegen, ob er nicht eine eigene Gesellschaft gründen sollte. Als zwei Jahre später Sir Alfred Hickmann, der Aufsichtsratsvorsitzende von Tar-Mac, Graham die Gelegenheit bot, dem in den Ruhestand tretenden Generaldirektor auf dessen Sessel nachzufolgen, kündigte er augenblicklich. Wenn Sir Alfred der Meinung war, er besäße die Fähigkeit, ein Unternehmen wie TarMac zu leiten, dachte er, dann war er wohl auch fähig, eine eigene Gesellschaft zu gründen.

Schon am nächsten Tag besuchte der junge Hamish Graham den Filialleiter der Bank von Schottland, der die TarMac-Konten betreute, und mit dem er zehn Jahre lang Geschäfte abgewickelt hatte. Graham erklärte dem Bankdirektor seine Zukunftspläne und legte ihm einen im Detail ausgearbeiteten schriftlichen Vorschlag auf den Tisch; gleichzeitig ersuchte er, seinen Kreditrahmen von 50 Pfund auf 10.000 Pfund zu erhöhen. Drei Wochen später erfuhr Graham, daß man über sein Ansuchen günstig entschieden hatte. Er behielt seine Wohnung in Edinburgh und mietete gleichzeitig im Norden der Stadt ein Büro (oder genauer gesagt ein Zimmerchen, für das die Miete zehn Shilling pro Woche betrug). Er erwarb eine Schreibmaschine, stellte eine Sekretärin ein und ließ sich ein einfaches Geschäftsbriefpapier drucken. Nach einem weiteren Monat, den er damit verbrachte, unermüdlich Bewerber zu interviewen, stellte er zwei Ingenieure ein, die beide ihr Diplom an der Universität von Aberdeen erworben hatten, sowie fünf Arbeitslose aus Glasgow.

Während der ersten Wochen seiner Selbständigkeit bewarb er sich um mehrere kleine Straßenbauaufträge im flacheren Teil Schottlands, doch erhielt er auf seine ersten sieben Offerte hin keinen einzigen Auftrag. Solche Angebote zu erstellen ist immer knifflig und oft kostspielig, so daß Graham sich nach den ersten sechs Monaten in der Firma fragen mußte, ob seine plötzliche Trennung von TarMac nicht töricht gewesen sei. Zum erstenmal in seinem Leben befielen ihn Selbstzweifel, doch verflogen diese rasch wieder dank der Bezirkshauptmannschaft von Ayrshire, die sein Angebot für den Bau einer Nebenstraße annahm, durch die eine Verbindung zwischen einer geplanten Schule und der Hauptstraße geschaffen werden sollte. Diese Straße hatte zwar nur eine Länge von einem halben Kilometer, aber der Auftrag beschäftigte Grahams kleine Mannschaft sieben Monate lang, und nachdem alle Rechnungen beglichen und alle Kosten gebucht waren, zeigte sich, daß die Graham-Baugesellschaft einen Nettoverlust von hundertdreiundvierzig Pfund und zehn Shilling erlitten hatte.

Immerhin verblieb auf der Habenseite ein einigermaßen guter Ruf, der die Bezirkshauptmannschaft von Ayrshire veranlaßte, ihn zu einer Bewerbung für den Schulbau am Ende der neuen Straße einzuladen. Dieser Auftrag brachte der Graham-Baugesellschaft einen Gewinn von 420 Pfund und trug zu einer weiteren Verbesserung des Rufes der Firma bei. Von da ab entwickelte sich die Graham-Baugesellschaft immer vorteilhafter, und schon im dritten Jahr ihrer Tätigkeit konnte Graham einen kleinen Gewinn vor Steuer ausweisen, der in den nächsten fünf Jahren Jahr für Jahr stieg. Als die Graham-Baugesellschaft in eine Aktiengesellschaft umgewandelt wurde, hätte man zehnmal so viel Aktien verkaufen können als angeboten wurden, und die Anteile der neuen AG galten bald als erstklassige Anlage, was Graham als eine beachtliche Leistung anzurechnen war. Doch weiß man eben an der Börse Männer zu schätzen, deren Unternehmen ein stetiges Wachstum aufweist, und bei denen man darauf vertrauen kann, daß sie sich nicht auf unnötige Risiken einlassen.

In den sechziger Jahren errichtete die Graham-Baugesellschaft Autostraßen, Krankenhäuser, Fabriken, ja sogar ein Kraftwerk, aber die Leistung, auf die ihr Gründer am stolzesten war, war der Neubau der Kunsthalle von Edinburgh, zugleich auch der einzige Bauauftrag, der sich in der Jahresbilanz als Verlust niederschlug. Die Kolumne der unsichtbaren Gewinne jedoch verzeichnete die Verleihung einer Baronie für den Aufsichtsratsvorsitzenden.

Sir Hamish beschloß, es sei nun Zeit, sich nach neuen, größeren Aufgaben für die Graham-Baugesellschaft umzusehen, und wie so viele Generationen von Schotten vor ihm, wandte er seine Aufmerksamkeit naheliegenderweise dem Markt zu, den das British Empire bot. Bauaufträge in Australien und Kanada finanzierte er selbst, Aufträge in Indien und Afrika mit Unterstützung der britischen Regierung. 1963 ernannte ihn die *Times* zum „Geschäftsmann des Jahres", und der *Economist* drei Jahre später zum „Spitzenmanager des Jahres". Sir Hamish dachte nicht daran, seine Geschäftsmethoden den Veränderungen anzupassen, die die Zeit mit sich brachte, ja, man kann sagen, er hielt nur noch sturer an seinen Prinzipien fest: was immer andere Leute davon halten mochten, seine Vorstellungen, wie ein Geschäft zu führen sei, waren auf alle Fälle richtig, und er hatte eine lange Liste von Erfolgen vorzuweisen, die ihm recht gaben.

In den frühen siebziger Jahren, als der Preisverfall die Bauindustrie voll traf, mußte die Graham-Baugesellschaft die gleichen Budgetkürzungen und Auftragsverluste hinnehmen wie alle ihre Konkurrenten. Sir Hamish reagierte wie vorauszusehen: er zog den Gürtel enger und kalkulierte knapper, weigerte sich aber gleichzeitig standhaft, auch nur ein Jota von seinen Geschäftsprinzipien abzurücken. Also schrumpfte die Gesellschaft, und viele der jungen Spitzenkräfte wanderten von der Graham-Baugesellschaft zu Firmen ab, die bereit waren, sich auch auf risikoreichere Aufträge einzulassen.

Erst als seine Gewinnkurve mehr und mehr einem Slalomkurs im Alpinschilauf glich, begann Sir Hamish sich Sorgen zu machen. Eines Nachts, nachdem er die Bilanzen der vergangenen Jahre studiert hatte und sich nicht verhehlen konnte, daß selbst in Schottland die Aufträge anderswohin abwanderten, beschloß er widerwillig, sich künftig auch um weniger bombensichere Abschlüsse zu bewerben, ja vielleicht sogar ab und zu riskante Einsätze zu erwägen.

Sein intelligentester Manager, David Heath, ein bulliger Junggeselle in mittleren Jahren, dem Sir Hamish nicht restlos traute — schließlich hatte der Mann südlich der schottischen Landesgrenze die Schule absolviert und, noch schlimmer, an einem extravaganten Institut in den Vereinigten Staaten studiert, das sich Wharton Business School nannte — dieser David Heath also hatte ihm dringend geraten, einmal den Fuß auf mexikanischen Boden zu setzen. In Mexiko, wie Heath sich beeilte hinzuzufügen, habe man vor der

Ostküste riesige Ölreserven entdeckt, und nun quelle das Land über Nacht von amerikanischen Dollars über. Die Bauwirtschaft in Mexiko erwiese sich mit einemmal als sehr gewinnbringend, und es würden Bauaufträge ausgeschrieben, die Vertragssummen von dreißig bis vierzig Millionen Dollar vorsahen. Heath drängte Sir Hamish vor allem, sich um einen bestimmten Bauauftrag zu bewerben, der kürzlich ganzseitig im *Economist* angezeigt worden sei. Die mexikanische Regierung kündige die Ausschreibungsbedingungen für das Projekt einer Umfahrungsstraße um die Hauptstadt Mexico City an. In einem Artikel im Wirtschaftsteil des *Observer* sei ausführlich begründet worden, weshalb renommierte englische Baufirmen gut beraten wären, sich um dieses Ringstraßenprojekt zu bewerben. Schon früher hatte Heath oft klugdurchdachte Ratschläge vorgebracht, wie man an außereuropäische Bauaufträge herankommen könnte, die sich Sir Hamish bisher aber jedesmal durch die Finger hatte schlüpfen lassen.

Am nächsten Morgen saß Sir Hamish an seinem Schreibtisch und lauschte aufmerksam den Ausführungen von David Heath, der darlegte, daß die Graham-Baugesellschaft bereits die Umfahrungsstraßen um Glasgow und Edinburgh gebaut hatte, so daß die mexikanische Regierung gerade ihre Bewerbung sehr ernsthaft in Erwägung ziehen müßte. Zu Heaths Überraschung stimmte Sir Hamish ihm zu und bewilligte die Reise einer Gruppe von sechs Mitarbeitern nach Mexiko, wo sie die Ausschreibungsbedingungen beschaffen und das Projekt ein bißchen näher erkunden sollten.

David Heath war der Leiter dieses Teams, das noch

aus drei weiteren Ingenieuren, einem Geologen und einem Buchhalter bestand. Als die Gruppe in Mexiko eintraf, beschafften sie sich im Arbeitsministerium die Projektunterlagen und gingen sogleich daran, sie genauestens zu studieren. Nachdem sie festgestellt hatten, wo die Hauptschwierigkeiten lagen, inspizierten sie die Umgebung von Mexico City mit offenen Ohren, aber ohne selbst etwas zu sagen, und stellten dann eine Liste der Probleme auf, mit denen auf jeden Fall zu rechnen war: die Unmöglichkeit, Fracht in Vera Cruz abzuladen und nach Mexico City zu transportieren, ohne daß die Hälfte der gesamten Ladung gestohlen wurde, der Mangel an Kommunikation zwischen den einzelnen Ministerien; vor allem aber die Arbeitsmoral der Mexikaner. David Heaths nützlichster Beitrag zu dieser Liste war jedoch die Entdeckung, daß jeder Minister seinen eigenen Außenmitarbeiter beschäftigte, und dieser Mann der Graham-Baugesellschaft wohlgesonnen sein mußte, wenn die Firma auch nur in die engere Wahl kommen sollte. Heath suchte sogleich den Außenmitarbeiter des Arbeitsministers auf, einen gewissen Victor Perez, und lud ihn zu einem opulenten Mittagessen in das *Fonda el Refugio* ein, wo sich beide beinahe sinnlos betranken, obwohl Heath immerhin nüchtern genug blieb, allen Auflagen zuzustimmen, vorbehaltlich ihrer Genehmigung durch Sir Hamish. Nachdem er jede mögliche Vorsichtsmaßnahme eingebaut hatte, akzeptierte Heath die Bauauftragssumme, die Perez nannte und die bereits die Provision für den Minister einschloß, und sobald er den Bericht für den Präsidenten seiner Gesellschaft abgeschlossen hatte, flog er mit seinen Mitarbeitern nach England zurück.

An dem Abend, an dem David Heath heimkehrte, ging Sir Hamish früh zu Bett, um dort die Schlußfolgerungen seines Planungsleiters zu studieren. Nachtsüber las er, wie andere einen Agentenroman, den Bericht, der keinen Zweifel daran ließ, daß dies die Gelegenheit war, auf die Sir Hamish gewartet hatte, um die zeitweisen Rückschläge, unter denen die Graham-Baugesellschaft jetzt litt, zu überwinden. Obwohl Sir Hamish mit Rivalen wie Costains, Sunleys und John Brown zu rechnen haben würde und außerdem noch mit der Konkurrenz vieler Baugesellschaften aus anderen Ländern, vertraute er doch fest darauf, daß jede Bewerbung, seiner Firma zumindest, „gute Aussichten" haben müßte. Als Sir Hamish am nächsten Morgen sein Büro betrat, ließ er David Heath zu sich bitten, der über die positive Aufnahme seines Berichtes durch den Firmeninhaber entzückt war.

Kaum hatte der stämmige Planungsleiter das Zimmer betreten, begann Sir Hamish, ohne ihn zum Platznehmen einzuladen, ihm Anweisungen zu erteilen:

„Sie müssen sich sofort mit unserer Botschaft in Mexico City in Verbindung setzen und sie über unsere Absichten informieren", sagte er nachdrücklich. „Ich werde vielleicht sogar persönlich mit dem Botschafter sprechen", fügte er hinzu und hielt damit das Gespräch mit dem Projektleiter für beendet.

„Zwecklos", sagte David Heath.

„Wie bitte?"

„Ich möchte ja nicht unhöflich sein, Sir, aber so geht das heutzutage nicht mehr. England ist nicht mehr die großte Nation, die milde Gaben an dankbare Empfänger in aller Welt austeilt."

„Um so schlimmer", sagte Sir Hamish.

Der Planungsleiter ließ sich so wenig beirren, als hätte er die Bemerkung nicht gehört.

„Die Mexikaner verfügen jetzt selbst über reiche Mittel, und Länder wie die Vereinigten Staaten, Japan, Frankreich und Deutschland unterhalten in Mexiko City Botschaften mit hochrangigen Handelsdelegierten, durch die sie jedes Ministerium zu beeinflussen versuchen."

„Die geschichtliche Entwicklung wird wohl auch ins Gewicht fallen", sagte Sir Hamish. „Man würde doch sicherlich lieber mit einer renommierten englischen Firma verhandeln als mit irgendwelchen Emporkömmlingen aus ...?"

„Vielleicht Sir, letzten Endes zählt allerdings nur, welcher Minister für welchen Kontrakt verantwortlich zeichnet und wer sein Außenmitarbeiter ist."

Sir Hamish sah ihn etwas verwirrt an. „Mir ist unklar, was Sie meinen, Mr. Heath."

„Dann gestatten Sie mir, es Ihnen zu erklären, Sir. Unter dem gegenwärtig in Mexiko herrschenden System erhält jedes Ministerium Mittel zugeteilt, die es für von der Regierung bewilligte Projekte aufwendet. Jeder Staatssekretär weiß genau, daß seine Amtsdauer sehr kurz bemessen sein kann und sucht sich deshalb aus der Vielzahl geförderter Projekte einen der großen Verträge heraus. Das ist für ihn die einzige Möglichkeit, sich eine lebenslängliche Rente zu sichern, auch dann, wenn die Regierung über Nacht wechselt oder einfach nur der Minister seinen Sessel verliert."

„Erzählen Sie mir keine Kinkerlitzchen, Mr. Heath. Ihr Vorschlag läuft also darauf hinaus, daß ich einen Staatsbeamten bestechen soll. Mit dieser Art von Geschäften habe ich nie etwas zu schaffen gehabt."

„Und ich würde Ihnen auch nicht vorschlagen, jetzt damit zu beginnen", erwiderte Heath. „Der Mexikaner ist in geschäftlichen Praktiken viel zu erfahren als daß man ihm etwas so Grobschlächtiges vorschlagen dürfte; wenn jedoch das Gesetz vorschreibt, daß wir uns eines mexikanischen Vermittlers bedienen, dann ist es doch sinnvoll, für diese Aufgabe den Mann des Ministers anzuheuern, der uns als einziger die Gewißheit geben kann, daß wir den Vertrag auch tatsächlich bekommen. Das System scheint gut zu funktionieren, und solange ein Minister nur mit international angesehenen großen Gesellschaften verhandelt und nicht geldgierig wird, regt sich auch niemand darüber auf. Mißachtet man aber auch nur eine dieser beiden goldenen Regeln, dann stürzt das ganze Kartenhaus in sich zusammen. Der Minister wird dreißig Jahre in Le Cumberri eingelocht, während die betreffende Firma enteignet und von allen künftigen Projektvergaben in Mexiko ausgeschlossen wird."

„Ich kann mich wirklich nicht auf derlei faulen Zauber einlassen", sagte Sir Hamish.

„*Sie* brauchen sich auch auf nichts einzulassen", entgegnete Heath. „Nachdem wir uns um den Vertrag beworben haben, warten Sie einfach ab, ob unsere Gesellschaft in die engere Wahl gekommen ist, und wenn ja, dann warten Sie wiederum ab, ob der Mann des Ministers mit uns Kontakt sucht. Ich kenne den Mann – wenn er es tut, dann können wir mit dem Vertrag rechnen. Die Graham-Baugesellschaft ist doch ein international hoch angesehenes Unternehmen."

„Allerdings ist sie das, und eben deshalb läuft diese Sache meinen Überzeugungen zuwider", sagte Sir Hamish hochmütig.

„Ich hoffe sehr, Sir Hamish, daß es Ihren Überzeugungen auch zuwiderläuft, wenn die Deutschen oder die Amerikaner uns den Vertrag vor der Nase wegschnappen."

Sir Hamish blickte seinen Planungsleiter durchbohrend an, blieb aber stumm.

„Und hinzufügen muß ich noch, Sir", sagte David Heath, der unruhig von einem Fuß auf den anderen trat", daß die Einnahmen in Schottland uns in letzter Zeit nicht gerade reichen Erntesegen bringen."

„Also gut, also gut, dann machen Sie weiter", sagte Sir Hamish widerwillig. „Setzen Sie eine Angebotsziffer für die Ringstraße um Mexico City ein, aber lassen Sie es sich gesagt sein: sollte ich entdecken, daß Bestechung im Spiel ist, dann geht es zu Ihren Lasten", fügte er hinzu und hämmerte mit der Faust auf den Tisch.

„Zu welcher Angebotsziffer haben Sie sich entschlossen, Sir?" fragte der Projektleiter. „Ich glaube, ich habe schon in meinem Bericht betont, daß die Summe unter 40 Millionen Dollar liegen sollte."

„Einverstanden", sagte Sir Hamish, hielt einen Augenblick inne und lächelte, ehe er sagte: „Setzen Sie also 39,121.110.– Dollar ein."

„Warum gerade diese Zahl, Sir?"

„Aus persönlichen Gründen", sagte Sir Hamish ohne ein weiteres Wort der Erklärung.

Vergnügt, weil er seinen Chef überredet hatte, die vorgegebene Linie einzuhalten, schloß David Heath die Tür hinter sich, wenn er auch befürchtete, daß es schwieriger sein würde, mit Sir Hamishs Prinzipien fertigzuwerden als mit der mexikanischen Regierung. Dennoch setzte er in die letzte Zeile des Angebots die besprochene Zahl ein und ließ das Papier dann von drei Direktoren, darunter den Firmenpräsidenten, unterzeichnen, wie das mexikanische Gesetz es erforderte. Er schickte das Angebot mit einem Spezialkurier an das Bautenministerium in Paseo de la Reforma, denn wer sich um einen Auftrag von mehr als 39 Millionen Dollar bewirbt, bedient sich nicht der gewöhnlichen Post.

Mehrere Wochen vergingen, dann nahm die mexikanische Botschaft in London mit Sir Hamish Verbindung auf und ersuchte ihn, nach Mexico City zu einer Zusammenkunft mit Manuel Unichurtu, dem zuständigen Minister für das Projekt Umfahrungsstraße, zu kommen. Sir Hamish blieb mißtrauisch, aber David Heath trimphierte, weil er schon aus anderer Quelle erfahren hatte, daß die Graham-Baugesellschaft zur Zeit der einzige ernsthaft in Erwägung gezogene Bewerber sei, obgleich noch ein oder zwei wichtige Einzelheiten abzustimmen waren. David Heath wußte genau, was das bedeutete.

Eine Woche später flogen sie vom Flughafen Heathrow nach Mexico City ab, Sir Hamish in der ersten, David Heath in der Touristenklasse. Nach der Ankunft dauerte es noch eine Stunde, ehe sie die Zollformalitäten erledigt hatten, und weitere dreißig Minuten, bis sie ein Taxi fanden, aber auch das erst, nachdem der Fahrer einen wahnwitzigen Fahrlohn ausgehandelt hatte. Für die zwanzig Kilometer vom Flughafen bis in ihr Hotel brauchten sie etwas über eine Stunde, und Sir Hamish konnte sich selbst überzeugen, warum die Mexikaner unbedingt eine Umfahrungsstraße bauen wollten. Obwohl die Fenster heruntergekurbelt waren, herrschte in dem uralten Auto eine Hitze wie in einem Backofen, der die Nacht über voll angeheizt war, doch während der ganzen Fahrt lockerte Sir Hamish nicht ein einziges Mal Kragen oder Krawatte. Die beiden Männer begaben sich auf ihre Zimmer, verständigten telefonisch das Sekretariat des Ministers von ihrer Ankunft, und warteten alles weitere ab.

Zwei Tage lang geschah überhaupt nichts.

David Heath versicherte dem Präsideten, daß derlei Verzögerungen in Mexiko nichts Ungewöhnliches seien, da der Minister sicher fast den ganzen Tag an Konferenzen teilnehme, und außerdem ‚*mañana*' doch das einzige spanische Wort sei, das jeder Ausländer kenne.

Am Nachmittag des dritten Tages, kurz bevor Sir Hamish beschloß, mit der Heimfahrt zu drohen, erhielt David Heath einen Anruf vom Vertrauten des Ministers, der sich bereit erklärte, noch am selben Tag eine Einladung zum Abendessen in Sir Hamishs Hotelsuite anzunehmen.

Sir Hamish legte aus diesem Anlaß den Smoking an, obwohl David Heath ihm davon abriet. Er bestellte sogar eine Flasche *Fina La Ina*-Sherry" aufs Zimmer, für den Fall, daß der Mann des Ministers einen Aperitif wünschte. Der Tisch wurde gedeckt, und die Gastgeber waren um sieben Uhr dreißig bereit. Der Vertraute des Ministers erschien weder um sieben Uhr dreißig noch um sieben Uhr fünfundvierzig, auch nicht um acht Uhr oder um acht Uhr dreißig. Um acht Uhr neunundvierzig hämmerte jemand an die Tür, und während Sir Hamish einen leisen Fluch ausstieß, ging David Heath zur Tür, vor der der Vertrauensmann stand.

„Guten Abend, Mr. Heath. Es tut mir leid, daß ich mich verspäter habe, aber der Minister hat mich aufgehalten, Sie wissen ja."

„Ja, natürlich", sagte David Heath. „Wie erfreulich, daß Sie noch kommen konnten, Señor Perez. Darf ich Sie mit meinem Präsidenten, Sir Hamish Graham, bekannt machen?"

„Wie geht es Ihnen, Sir Hamish? Victor Perez, ganz zu ihren Diensten!"

Sir Hamish war zur Salzsäule erstarrt. Er starrte auf den kleinen, etwa fünfzigjährigen Mexikaner, der zu einem Diner in einem schmierigen weißen Sporthemd und Jeans gekommen war. Perez sah aus, als hätte er sich seit drei Tagen nicht rasiert, und erinnerte Sir Hamish an die Banditen aus den Wildwestfilmen, die er als Schuljunge gesehen hatte. Um das Handgelenk trug er ein schweres goldenes Armband, das von Cartier stammen konnte, und um den Hals an einer Platinkette einen Tigerzahn, der aussah, als sei er aus einem billigen Warenhaus. Perez grinste über das ganze Gesicht, erfeut über die Wirkung, die sein Anblick auslöste.

„Guten Abend", erwiderte Sir Hamish steif und trat einen Schritt zurück. „Möchten Sie vielleicht einen Sherry?"

„Nein, danke, Sir Hamish. Ich habe mich an Ihren Whisky gewöhnt, mit Eiswürfeln und nur wenig Soda."

„Ich bedaure, ich habe nur ..."

„Erlauben Sie, Sir, ich habe welchen in meinem Zimmer", sagte David Heath und eilte fort, um eine Flasche Johnnie Walker herbeizuschaffen, die er unter seinen Hemden in der obersten Lade versteckt hatte.

Trotz dieses schottischen Hilfsmittels war die Konversation der drei Männer vor dem Abendessen ein bißchen gestelzt, doch David Heath war nicht achttausend Kilometer geflogen, um mit Victor Perez ein miserables Hotelessen einzunehmen, und Victor Perez hätte sich normalerweise nicht träumen lassen, auch nur die Straße zu überqueren, um Sir Hamish Graham zu begegnen, selbst wenn dieser die Straße selbst gebaut hätte. Die Konversation reichte von dem kürzlichen Besuch Ihrer Majestät, der Königin — wie Sir Hamish sie beharrlich nannte — in Mexiko bis zu der vorgesehenen Stippvisite Präsident Portillos in Großbritannien. Vielleicht wäre das Diner etwas harmonischer verlaufen, wenn Mr. Perez nicht einen Teil seiner Mahlzeit mit den Fingern gegessen hätte, die er anschließend an seinen Jeans sauberwischte. Je fassungsloser Sir Hamish in anstarrte, um so breiter grinste der kleine Mexikaner. Nach dem Abendessen hielt David Heath die Zeit für gekommen, das Gespräch auf den eigentlichen Anlaß ihres Zusammentreffens hinzusteuern, zuvor allerdings mußte Hamish noch widerwillig eine Flasche Kognak und eine Kiste Zigarren bestellen.

„Wir suchen einen Repräsentanten, der die Graham-Baugesellschaft in Mexiko vertritt, Mr. Perez, und Sie sind uns dafür wärmstens empfohlen worden“, sagte Sir Hamish, und es klang, als glaubte er seinen Worten selber nicht.

„Nennen Sie mich doch Victor.“

Sir Hamish senkte wortlos den Kopf und erschauerte. Eher ließe er sich vierteilen, dachte er, als diesem Menschen zu gestatten, ihn mit dem Vornamen anzureden.

„Ich vertrete Sie gerne, Hamish", setzte Perez fort, „vorausgesetzt, Sie akzeptieren meine Bedingungen."

„Vielleicht haben Sie die Freundlichkeit uns darüber ins Bild zu setzen, wie Ihre — hm, Bedingungen — aussehen würden", sagte Sir Hamish steif.

„Aber gerne", sagte der kleine Mexikaner fröhlich. „Ich verlange zehn Prozent der vereinbarten Vertragssumme, von denen fünf Prozent an dem Tag fällig werden, an dem Sie Ihren Vertrag kriegen, und fünf Prozent, sobald Sie nachgewiesen haben, daß Sie Ihren Auftrag ausgeführt haben. Sie brauchen keinen Penny an mich zu zahlen, bevor Sie Ihr Geld haben, alle Zahlungen an mich gehen auf ein Genfer Konto beim Credit Suisse, und zwar innerhalb von sieben Tagen, nachdem die Bank von Mexiko Ihren Scheck gecleart hat."

David Heath zog scharf die Luft ein und starrte unbeweglich auf den Steinboden.

„Aber unter diesen Umständen würden Sie ja fast vier Millionen Dollar verdienen", protestierte Sir Hamish, der jetzt rot angelaufen war. „Das ist mehr als die Hälfte des Gesamtgewinns, den wir uns erwarten."

„Das, wie man meines Wissens in England zu sagen pflegt, ist Ihr Problem, lieber Hamish, denn Sie haben die Vertragssumme eingesetzt, nicht ich", sagte Perez. „Jedenfalls steckt in der Sache trotzdem noch ein ganz ansehnlicher Gewinn für uns beide, was ja nur fair ist, weil wir schließlich auch beide unseren Beitrag dazu leisten."

Sir Hamish war sprachlos, zupfte nervös an seiner Smokingmasche. David Heath betrachtete aufmerksam seine Fingernägel.

„Überlegen Sie sich die ganze Sache, Hamish",

sagte Perez gelassen, „und sagen Sie mir spätestens morgen mittag, ob Sie sich dafür oder dagegen entschieden haben. Für mich persönlich macht es kaum einen Unterschied." Der Mexikaner stand auf, schüttelte Sir Hamish die Hand und ging. Ein leicht schwitzender David Heath begleitete ihn im Lift hinunter. In der Halle kam es zu einem feuchten Händedruck mit dem Mexikaner.

„Gute Nacht, Victor. Ich bin überzeugt, es klappt alles — bis morgen mittag."

„Na, hoffentlich", erwiderte der Mexikaner, „Ihretwegen." Leise pfeifend marschierte er aus der Halle.

Als sein Projektleiter zurückkehrte, saß Sir Hamish, ein Glas Wasser in der Hand, stumm auf seinem Platz am Eßtisch.

„Ich kann es nicht glauben, daß dieser — dieser Mensch im Auftrag des Staatssekretärs spricht, daß so jemand die Regierung vertritt."

„Das steht jedoch außer Zweifel", erwiderte David Heath.

„Aber so einem Kerl fast vier Millionen Dollar zu überlassen..."

„Ich bin ganz Ihrer Meinung, Sir, aber so werden eben hierzulande Geschäfte abgeschlossen."

„Ich kann das nicht glauben", sagte Sir Hamish. „Ich *will* es auch nicht glauben. Bitte, vereinbaren Sie für mich eine Zusammenkunft mit dem Minister, ich will ihn gleich morgen vormittag sprechen."

„Das wird er nicht gerne sehen, Sir. Er könnte damit seine Position gefährden, er würde sich in einer Weise exponieren, die ihn in größte Verlegenheit bringen könnte."

„Was schert es mich, ob er in Verlegenheit gerät.

Hier geht es um Bestechung, haben Sie das denn nicht begriffen, Heath? Um eine Bestechungssumme von fast vier Millionen Dollar! Haben Sie denn gar keine moralischen Prizipien, Mensch?"

„Doch, Sir, das schon, aber dennoch würde ich dringend davon abraten, daß Sie den Minister aufsuchen. Er wird nicht wünschen, daß irgend etwas von Ihrem Gespräch mit Mr. Perez in die Akten kommt."

„Diese Gesellschaft leite ich so, wie ich es für richtig halte, Mr. Heath, und zwar schon seit dreißig Jahren, und ich entscheide selbst, was in den Akten stehen soll und was nicht."

„Selbstverständlich, Sir."

„Ich wünsche den Minister gleich morgen vormittag zu sprechen. Also bitte, verabreden Sie den Besuchstermin."

„Wenn es Ihr Wunsch ist, Sir, natürlich", sagte David Heath ergeben.

„Es ist mein Wunsch."

Der Projektleiter zog sich in sein Zimmer zurück, wo er eine schlaflose Nacht verbrachte. Früh am Morgen überbrachte er ein privates vertrauliches Handschreiben an den Minister, der sogleich einen Wagen mit Chauffeur zum Hotel schickte, um den schottischen Industriebaron abholen zu lassen.

In dem schwarzen Ford Galaxy mit wehendem Stander wurde Sir Hamish in gemächlichem Tempo durch die lärmenden, von geschäftigen Menschen überquellenden Straßen gefahren. Die Leute machten dem Wagen respektvoll Platz. Vor dem Ministerium in Paseo de la Reforma hielt der Fahrer an und geleitete Sir Hamish durch die langen weißgetünchten Korridore zu einem Wartezimmer. Nach einigen Minuten brachte eine Sekretärin Sir Hamish zu dem Minister und setzte sich selbst auf einen Stuhl neben ihn. Der Minister, ein streng wirkender alter Herr, der aussah, als sei er weit über siebzig, trug einen makellos weißen Anzug zum weißen Hemd mit blauer Krawatte. Er erhob sich, beugte sich über die unglaublich breite, mit grünem Leder bezogene Schreibtischplatte und streckte ihm die Hand entgegen.

„Bitte, nehmen Sie doch Platz, Sir Hamish."

„Ich danke Ihnen", sagte der Firmenpräsident, der sich in der Atmosphäre des Ministerzimmers um so wohler zu fühlen begann, je genauer er dieses betrachtete; an der Decke drehten sich langsam Ventilatorflügel, fast so groß wie Propeller, ohne daß die schwüle Luft dadurch sehr in Bewegung geriet; an der Wand hinter dem Minister hingen ein Photo mit handschriftlicher Widmung von Präsident José Lopez Portillo im Frack und darunter ein Wappenschild.

„Sie haben in Cambridge studiert, wie ich sehe."

„Das ist richtig, Sir Hamish. Ich war drei Jahre am Corpus Christi College."

„Dann kennen Sie ja meine Heimat gut, Sir."

„Ich habe schöne Erinnerungen an meine Aufenthalte in England, Sir Hamish; ich fahre übrigens immer noch gerne nach London, sooft ich mir einen Urlaub gestatten kann."

„Dann müssen Sie aber auch einmal nach Edinburgh kommen."

„Das habe ich bereits getan, Sir Hamish. Ich habe zweimal die Festspiele besucht und weiß seither, weshalb man Ihre Heimatstadt das ‚Athen des Nordens' nennt."

„Sie sind ausgezeichnet informiert, Herr Minister."

„Sehr freundlich, Sir Hamish. Nun muß ich Sie aber bitten, mir zu sagen, wie ich Ihnen behilflich sein kann. Die Angaben Ihres Mitarbeiters waren ziemlich vage."

„Zunächst lassen Sie mich einleitend feststellen, daß meine Gesellschaft es als eine Ehre ansieht, Herr Minister, für das Projekt der Umfahrungsstraße um die Stadt in Betracht gezogen zu werden, und ich hoffe, daß unsere dreißigjährige Erfahrung im Straßenbau, zwanzig Jahre davon in der Dritten Welt" — beinahe hätte er „in unterentwickelten Ländern" gesagt, ein Ausdruck den zu verwenden ihn sein Projektleiter eindringlich gewarnt hatte — „der Grund dafür war, daß Sie als verantwortlicher Minister uns als den geeignetsten Partner für dieses Projekt angesehen haben."

„Das und Ihr Ruf, Aufgaben pünktlich und zum vereinbarten Preis fertigzustellen", erwiderte der Minister. „Nur zweimal in der Geschichte Ihres Unternehmens mußten Sie sich an Ihre Auftraggeber mit der Bitte um Änderung der Zahlungsbedingungen wenden. Einmal in Uganda, als die unrealistischen Forderungen Idi Amins Ihren Terminplan über den Haufen warfen, und das andere Mal, wenn ich mich recht erinnere, bei einem Flughafenprojekt in Bolivien, dessen Fertigstellung durch ein Erdbeben um sechs Monate verzögert wurde. In beiden Fällen haben Sie die Verträge zu den neu abgesprochenen Bedingungen erfüllt, und meine Berater sind der Ansicht, daß Sie in beiden Fällen Geld verloren haben müssen." Der Minister wischte sich mit einem seidenen Tuch über die Stirne, ehe er fortsetzte. „Ich möchte nicht, daß Sie glauben, unsere Regierung nähme die Entscheidungen über die Auswahl geeigneter Firmen auf die leichte Schulter."

Sir Hamish war verblüfft, wie gründlich der hohe Politiker den Sachverhalt kannte, und dies um so mehr, als keinerlei hilfreiche Notizen auf der lederbezogenen Schreibtischplatte vor ihm lagen. Plötzlich schämte er sich dafür, wie wenig er selbst über den Minister und dessen Werdegang wußte.

„Natürlich nicht, Herr Minister. Ich bin stolz, daß Sie sich persönlich dieser Angelegenheit annehmen, und das hat mich in meinem Entschluß noch bestärkt, ein Thema anzuschneiden, das peinlicherweise..."

„Ehe Sie noch etwas sagen, Sir Hamish, darf ich Ihnen einige Fragen stellen?"

„Aber selbstverständlich, Herr Minister."

„Finden Sie nach wie vor die Auftragssumme von 39,121.110.– Dollar akzeptabel, nachdem Sie nun *alle* Gegebenheiten überdacht haben?"

„Ja, Herr Minister."

„Ist die Auftragssumme für Sie hinreichend, um die Arbeiten mustergültig auszuführen, und bleibt Ihrer Gesellschaft ein Gewinn?"

„Gewiß, Herr Minister, aber..."

„Ausgezeichnet, denn in diesem Fall, glaube ich, brauchen Sie nur noch zu entscheiden, ob Sie den Vertrag zu unterzeichnen wünschen, und zwar bis heute mittag." Der Minister betonte das Wort „mittag" so nachdrücklich wie möglich.

Sir Hamish, der nie begriffen hatte, was die Redensart vom Spatz in der Hand bedeutete, ging albernerweise zum Angriff über.

„Im Zusammenhang mit dem Vertrag gibt es noch

einen Aspekt, über den ich gerne unter vier Augen mit Ihnen gesprochen hätte."

„Halten Sie das wirklich für sinnvoll, Sir Hamish?"

Sir Hamish zögerte, aber nur einen Augenblick lang. Hätte David Heath das Gespräch bis hierher mitangehört, dann wäre er jetzt aufgestanden, hätte dem Minister die Hand geschüttelt und dann die Kapsel seines Füllhalters abgeschraubt, um seine Unterschrift unter den Vertrag zu setzen — ganz anders jedoch sein Arbeitgeber.

„Ja, Herr Minister, ich fühle mich dazu verpflichtet", sagte Sir Hamish ehern.

„Würden Sie uns bitte allein lassen, Miss Vieites?" sagte der Minister.

Die Sekretärin klappte den Stenoblock zu, erhob sich und verließ das Zimmer. Sir Hamish wartete, bis sich die Tür hinter ihr geschlossen hatte und begann dann von neuem.

„Gestern besuchte mich ein Landsmann von Ihnen, ein Mr. Victor Perez, der hier in Mexico City lebt und behauptet —"

„Ein ausgezeichneter Mann", sagte der Minister gelassen. Doch Sir Hamish ließ nicht locker. „Ja, das wird er wohl sein, Herr Minister, doch erkundigte er sich, ob er die Graham-Baugesellschaft als unser Agent vertreten könnte und fragte mich —"

„Das ist in Mexico City allgemein üblich und auch gesetzlich geregelt", sagte der Minister, drehte seinen Sessel zum Fenster und starrte hinaus.

„Gewiß, ich nehme ja zur Kenntnis, daß dies in Mexiko Brauch ist", sagte Sir Hamish, der nun zum Rücken des Ministers sprach, „aber wenn ich ihm zehn Prozent der Summe überlassen soll, die von der

Regierung aufzuwenden ist, dann muß ich mich zuvor davon überzeugen, daß diese Entscheidung von Ihnen persönlich gebilligt wird." Sir Hamish fand, daß ihm diese Formulierung wohl gelungen war.

„Hm", sagte der Minister gemessen, „Victor Perez ist ein tüchtiger Mann und hat sich das Wohl Mexikos immer angelegen sein lassen. Vielleicht macht er mitunter einen etwas unvorteilhaften Eindruck, als gehöre er zumindest nicht eben ‚zu den besten Kreisen', wie Sie, Sir Hamish, das wohl nennen würden. Aber dazu muß ich sagen, daß wir hier in Mexiko keine Klassenschranken kennen." Der Minister drehte seinen Sessel wieder zurück und saß Sir Hamish nun Aug in Aug gegenüber.

Der schottische Industriemagnat errötete. „Natürlich nicht, Herr Minister, aber das ist es ja nicht, worum es hier geht, wenn Sie mir diese Feststellung gestatten. Perez verlangt von mir, daß ich ihm einen Betrag von beinahe vier Millionen Dollar auszahle, mehr als den halben Gesamtgewinn bei diesem Projekt, ohne irgendwelche Notsituationen oder unglückliche Zufälle zu berücksichtigen, die sich im Verlauf der Arbeiten ereignen könnten."

„Sie selbst haben die Vertragssumme eingesetzt, Sir Hamish. Ich gestehe, mich hat es amüsiert, daß Sie zu den neununddreißig Millionen Ihr Geburtsdatum hinzugerechnet haben."

Sir Hamish blieb der Mund offen stehen.

Der Minister fuhr fort: „Bedenkt man Ihre Bilanzen während der letzten drei Jahre und die derzeitige Wirtschaftslage in Großbritannien, dann, meine ich, können Sie es sich nicht leisten, so heikel zu sein."

Unbewegt betrachtete der Minister Sir Hamish's

überraschtes Gesicht. Gleichzeitig begannen beide zu sprechen. Sir Hamish verschluckte die Worte auf seinen Lippen.

„Ich darf Ihnen vielleicht eine kleine Geschichte über diesen Victor Perez erzählen. Auf dem Höhepunkt des Krieges" (der alte Staatsmann meinte damit natürlich die Revolution in Mexiko, so wie einem Amerikaner, der das Wort „Krieg" hört, Vietnam einfällt oder einem Briten Deutschland) „fielen in Celaya viele der jungen Leute unter meinem Kommando, nur wenige Tage, ehe wir den Sieg errangen. Einer von ihnen war Victors Vater. Er hinterließ einen Sohn, der am Unabhängigkeitstag geboren wurde und seinen Vater nie gesehen hat. Ich habe die Ehre, Sir Hamish, der Taufpate dieses Kindes zu sein. Wir ließen ihn auf den Namen Victor taufen."

„Ich verstehe, daß Sie sich einem alten Kriegskameraden verpflichtet fühlen, aber ich meine doch, daß vier Millionen..."

„Meinen Sie wirklich? Dann lassen Sie mich weiter erzählen. Kurz bevor Victors Vater starb, besuchte ich ihn in einem Feldlazarett, und seine einzige Bitte an mich war, ich sollte mich seiner Frau annehmen. Sie starb im Kindbett. Meine Verpflichtung, fand ich, war damit auf das einzige Kind der beiden übergegangen."

Sir Hamish blieb einen Augenblick lang stumm. „Ihre Einstellung ehrt Sie, Herr Minister, aber dennoch, zehn Prozent von einem Ihrer größten Verträge?"

„Einmal", fuhr der Minister fort, als hätte er Sir Hamish's Einwand nicht gehört, „als Victors Vater bei Zacatecas an der vordersten Front kämpfte, sah er auf einem Minenfeld einen jungen Leutnant liegen, das

Gesicht im Schlamm, und ein Bein nur noch an einem Fetzen Fleisch hängend. Ohne an seine eigene Sicherheit zu denken, robbte er durch das Minenfeld zu dem Leutnant hin und schleppte ihn, Meter um Meter, zurück in die Stellung. Er brauchte dazu mehr als drei Stunden. Dann trug er den Leutnant auf seinen Armen zu einem Laster, fuhr ihn zum nächsten Feldlazarett, und rettete ihm so zumindest das Bein, wahrscheinlich aber das Leben. Jetzt werden Sie vielleicht auch verstehen, daß die Regierung alle Ursache hat, Perez' Sohn das Vorrecht zuzugestehen, ab und zu als ihr Vertreter zu agieren.

„Ich stimme Ihnen zu, Herr Minister", sagte Sir Hamish leise. „Das ist bewundernswert." Der Minister lächelte jetzt zum erstenmal. „Aber dennoch muß ich sagen, daß ich immer noch nicht verstehe, weshalb Sie ihm einen so hohen Prozentanteil einräumen."

Der Minister runzelte die Stirn. „Wenn Sie das nicht verstehen, Sir Hamish, dann, fürchte ich, werden Sie wohl auch nie verstehen können, was die Prinzipien sind, die für uns Mexikaner das Leben bestimmen."

Der Minister erhob sich von seinem Schreibtisch, humpelte zur Tür und ließ Sir Hamish hinaus.

Der Professor aus Budapest

In der Literatur habe man alles Zufällige — so wird uns Schriftstellern (besonders von der Kritik) empfohlen — unbedingt zu vermeiden. Und dabei besteht doch das tägliche Leben aus einer Unzahl von ganz unglaublichen Zufällen. Jeder könnte von Dingen erzählen, die er, hätte er sie nicht selbst erlebt, für reine Erfindung halten würde.

In derselben Woche, in der die Schlagzeilen der internationalen Presse „Einmarsch der Russen in Afghanistan" und „Die USA boykottieren die Olympischen Spiele in Moskau" lauteten, erschien in der *Times* ein kurzer Nachruf auf einen Professor der Universität Budapest, einen Mann „der während seines ganzen Lebens seine Heimatstadt Budapest nie verlassen hat, der aber durch seine hervorragenden Übersetzungen der Werke Shakespeares ins Ungarische unvergessen bleiben wird. Einige Fachleute werfen seinem *Coriolan* zwar eine gewisse Unausgereiftheit vor, alle sind sich aber darin einig, daß seine Übersetzung des *Hamlet* ein Meisterwerk ist."

Fast ein Jahrzehnt nach der Revolution vo 1956 hatte ich Gelegenheit, an einem internationalen Jugend-Leichtathletik-Treffen in Budapest teilzunehmen. Die Veranstaltung sollte eine Woche dauern, was mir — so hoffte ich — genügend Zeit lassen würde, mich ein wenig im Lande umzusehen.

An einem Sonntagabend landete unsere Mannschaft auf dem Flughafen Ferihegy, von wo wir sogleich ins Hotel Ifusag gebracht wurden. (Wie ich später erfuhr, bedeutet Ifusag im Ungarischen Jugend.) Die meisten von uns gingen früh zu Bett, da die ersten Bewerbe schon für den nächsten Vormittag angesetzt waren.

Das Frühstück bestand aus Milch, Toast und einem Ei, und es wurde in drei Akten mit langen Zwischenpausen serviert. Diejenigen von uns, deren Bewerbe am Nachmittag stattfanden, verzichteten unter diesen Umständen auf das Mittagessen, um nur ja ihren Start nicht zu versäumen.

Zwei Stunden vor Beginn der Veranstaltung wurden wir in Autobusse verladen und im Nép-Stadion direkt vor unseren Kabinen abgesetzt. Wir warfen uns in unsere Trainingsanzüge, hockten uns auf die Holzbänke und warteten. Nach einer Wartezeit, die uns wie eine Ewigkeit vorkam – tatsächlich waren nur wenige Minuten vergangen –, kam ein Funktionär und führte uns auf die Laufbahn hinaus.

Das Stadion war gesteckt voll. Nachdem ich die üblichen Lockerungsübungen absolviert hatte, entledigte ich mich meines Trainingsanzugs – der Lautsprecher kündigte soeben in drei Sprachen den Hundertmeterlauf an. Als mein Name aufgerufen wurde, lief ich zum Start, drückte meine Fersen gegen die Blöcke und wartete mit angespannten Nerven auf den Startschuß. Fekézülni, Kész – Schuß. Nach zehn Sekunden war das Rennen gelaufen. Ich wurde letzter. Das hatte aber den Vorteil, daß ich sechs freie Tage vor mir hatte, in denen ich die ungarische Hauptstadt erforschen konnte.

Die Straßen von Budapest erinnerten mich an das

Nachkriegs-Bristol meiner Kindheit, nur daß hier außer den Bombenschäden an vielen Gebäuden noch reihenweise Einschußlöcher zu sehen waren, obwohl die Revolution schon etliche Jahre zurücklag. Es schien, als wollten die Patrioten die Erinnerung an 1956 wachhalten. Die Menschen auf den Straßen hatten müde, audruckslose Gesichter, einen langsamen, schleppenden Gang, und sie wirkten steinalt. Fragte man, warum das so sei, wurde einem erklärt, daß es weder Grund zur Eile noch zur Freude gäbe. Andererseits gewann ich aber auch den Eindruck, daß die Menschen hier sehr hilfsbereit waren.

Am dritten Tag der Veranstaltung ging ich noch einmal ins Nép-Stadion, denn am Nachmittg fand das Semifinale im 400 m-Hindernislauf statt, bei dem ein Freund von mir antrat. Als angemeldeter Teilnehmer konnte ich mich hinsetzen, wo ich wollte, und so wählte ich einen Platz direkt oberhalb der letzten Kurve, um den Einlauf in die Zielgerade genau im Blickfeld zu haben. Das Rennen begann, und als mein Freund in der Kurve auftachte, die siebente Hürde nahm und nur noch drei vor sich hatte, sprang ich auf und feuerte ihn an, bis er das Ziel erreichte. Er wurde tatsächlich Dritter und hatte sich damit für das Finale am nächsten Tag qualifiziert. Ich setzte mich wieder, um die Ergebnisse in mein Programm einzutragen. Es folgten Hammerwerfen und Stabhochsprung. Da an keinem der beiden Bewerbe ein Landsmann von mir teilnahm, wollte ich schon gehen, als eine Stimme hinter mir sagte:

„Sie sind Engländer!“

„Ja“, antwortete ich und drehte mich nach dem Fragesteller um. Er war ein älterer Herr, bekleidet

mit einem Anzug, der schon außer Mode gewesen sein mußte, als ihn noch sein seliger Vater getragen hatte. Die Lederflecken an den Ärmeln ließen klar erkennen, daß ich einen Junggesellen vor mir hatte: ein solches wunderliches Flickwerk brachte nur ein Mann zustande. Nach der Länge der Hosenbeine zu schließen mußte sein Vater übrigens um gute zehn Zentimeter größer gewesen sein als er. Der Mann hatte schütteres weißes Haar, einen Schnauzbart und rote Bäckchen. Die müden blauen Augen sahen unter schweren Lidern hervor, und die Stirn war so zerfurcht, daß er ebensogut fünfzig wie siebzig Jahre alt sein konnte. Er wirkte er wie eine Kreuzung aus einem Straßenbahnkontrollor und einem engagementlosen Geiger.
„Ich hoffe, Sie vergeben mir die Frage", fügte er noch hinzu.

„Aber gewiß", erwiderte ich.

„Ich habe nämlich so selten das Vergnügen, mit einem Engländer zu sprechen, und darum packe ich die Gelegenheit beim Schopf. Das ist doch der richtige Ausdruck."

„Ja, ganz genau der richtige", entgegnete ich und überlegte schnell, wie viele ungarische Worte ich konnte: Ja, nein, guten Morgen, auf Wiedersehen, ich habe mich verirrt, Hilfe.

„Sind Sie Teilnehmer an diesen Bewerben?"

„Ich war einer. Schon am Montag bin ich aber hinausgeflogen."

„Waren Sie vielleicht nicht schnell genug?"

Ich lachte und bewunderte, wie gut er meine Muttersprache beherrschte.

„Wie kommt es, daß Sie so großartig englisch sprechen?" fragte ich.

„Ich habe es leider ein wenig vernachlässigt, aber noch ist es mir gestattet, an unserer Universität Englisch zu unterrichten. Ich muß Ihnen übrigens gestehen, daß ich nicht das geringste Interesse an Sport habe; aber bei Veranstaltungen wie dieser habe ich oftmals die Gelegenheit, jemanden in ein Gespräch zu verstricken und so die alte, rostige Maschine ein wenig zu ölen — und sei es nur für ein paar Minuten." Er schenkte mir ein müdes Lächeln, aber seine Augen strahlten.

„Aus welcher Gegend England stemmen Sie?" Zum erstenmal hatte er Schwierigkeiten mit der Aussprache: er sagte „stemmen" statt „stammen".

„Aus Somerset", antwortete ich.

„Ah", sagte er. „Das ist wahrscheinlich die schönste Grafschaft Englands." Ich mußte lächeln, denn die meisten Touristen kommen über Stratford-on-Avon oder Oxford nicht hinaus.

„Eine Fahrt über die Mendips", fuhr er fort, „durch grünes Hügelland, dann Cheddar mit den Goughs-Höhlen, Wells mit seinen schwarzen Schwänen, die die Glocken an der Mauer der Kathedrale läuten, oder Bath, wo man mit der Kultur der alten Römer Bekanntschaft macht — und dann vielleicht weiter über die Grenze nach Devon ...

Würden Sie sagen, daß Devon noch schöner ist als Somerset?"

„Niemals", sagte ich.

„Vielleicht sind Sie da etwas voreingenommen."

„Warten Sie, wie geht das nur —

Sieben Grafschaften gibt es im Westen,
doch Devon gefällt mir gewiß am besten.

Aber wahrscheinlich war Thomas Hardy ebeso voreingenommen wie Sie und dachte nur an das Plymouth des Sir Francis Drake."

„Welches ist denn Ihre bevorzugte Gegend in England?"

„Meiner Meinung nach wird der nördliche Teil von Yorkshire meist unterschätzt. Spricht man von Yorkshire, denkt man immer nur an Leeds, Sheffield und Barnsley, an Kohlengruben und Schwerindustrie. Der Reisende sollte einmal in die etwas abgelegenen Täler fahren — das ist ein Unterschied wie zwischen Himmel und Hölle. Loncolnshire ist für meinen Geschmack zu flach, und die Midlands sind durch die Ausbreitung der Städte jetzt sicher sehr verschandelt. Ich habe wenig für die Birminghams dieser Welt übrig. Letztlich würde ich mich wahrscheinlich für Worcestershire oder Warwickshire entscheiden, diese malerischen, alten Dörfer in den Cotswolds, mit Stratford-upon-Avon als Krönung des Ganzen. Wie gerne wäre ich im Jahre 1959 in England gewesen; bei uns in Ungarn begannen die Wunden der Revolution allmählich zu vernarben, und bei Ihnen spielte Sir Lawrence Olivier den Coriolan — auch ein Held, der seine Narben nicht zur Schau stellen wollte."

„Ich habe die Aufführung gesehen", sagte ich. „Wir waren mit der Schule dort."

„Sie Glücklicher. Ich habe das Stück im Alter von neunzehn Jahren ins Ungarische übersetzt, und erst kürzlich, beim nochmaligen Überlesen, wurde mir klar, daß ich diese Übersetzung vor meinem Tod unbedingt noch einmal überarbeiten muß."

„Haben Sie auch andere Shakespeare-Stücke übersetzt?"

„Ja, alle bis auf drei. Den *Hamlet* habe ich mir bis zum Schluß aufgehoben, und, wie gesagt, möchte ich mich nochmals über den *Coriolan* machen. Sie sind Student — darf ich fragen, welche Universität Sie besuchen?"

„Oxford."

„Und Ihr College?"

„Brasenose."

„Ah, B.N.C. — nur wenige Schritte entfernt von der herrlichsten Bibliothek der Welt, der Bodleian Bibliothek. Wäre ich in England aufgewachsen, hätte ich gerne das All Souls College besucht, — das liegt doch gegenüber von B.N.C., nicht wahr?"

„Ganz richtig."

Der Professor unterbrach das Gespräch, um den nächsten Lauf — das erste Semifinale über 1500 Meter — zu verfolgen. Sieger wurde Andras Patovich, ein Ungar, und seine Fans tobten vor Freude.

„Das nenne ich Begeisterung", bemerkte ich.

„Ja, wie bei Manchester United, als die Mannschaft den Siegestreffer im letzten Cup-Finale erzielte. Aber meine Landsleute jubeln jetzt nicht, weil ein Ungar gesiegt hat", sagte der alte Herr.

"Nicht?" fragte ich erstaunt.

„Oh, nein, sie freuen sich, weil er den Russen geschlagen hat."

„Daran habe ich nicht gedacht."

„Warum sollten Sie auch, Sie haben ja keinen Grund dazu. Uns aber sind die Russen immer gegenwärtig, und wir haben nur selten Gelegenheit, sie öffentlich als Verlierer zu sehen." Ich lenkte das Gespräch wieder auf unser voriges, unbeschwertes Thema:

„Welche Schule hätten Sie gern vor All Souls College besucht?"

„Sie meinen, als Mittelschüler?"

„Ja."

„Zweifellos ist Magdalen die schönste Schule, schon wegen ihrer Lage am Fluß; außerdem aber muß ich meine Schwäche für strenge Architektur bekennen – und meine Liebe zu Oscar Wilde."

Unser Gespräch wurde durch einen neuerlichen Startschuß unterbrochen: den zum zweiten Semifinale über 1500 m; diesmal gewann Orentas, UdSSR, und die Zuschauer manifestierten ihr Mißfallen durch einen Applaus, bei dem die Hände einander nicht berührten. Der alte Herr verfiel in bedrücktes Schweigen. Den letzten Bewerb dieses Tages gewann Tim Johnston, Großbritannien – ich sprang auf und jubelte ihm zu. Von den ungarischen Zuschauern kam höflicher Beifall.

Der Professor schwieg noch immer. Ich wollte mich von ihm verabschieden.

„Wie lange bleiben Sie in Budapest?" fragte er.

„Noch bis zum Ende der Woche. Sonntag fahren wir nach England zurück."

„Könnten Sie vielleicht einmal etwas Zeit erübrigen, um mit einem alten Mann zu Abend zu essen?"

„Mit großer Freude."

„Das ist sehr nett von Ihnen", sagte er, und schrieb seinen Namen und seine Adresse in Blockbuchstaben auf den Rücken meines Programmheftes. „Sagen wir, morgen um sieben Uhr? Und wenn Sie ein paar alte Zeitungen und Zeitschriften haben, so bringen Sie sie bitte mit. Sollte sich aber an Ihren Plänen etwas ändern, hätte ich natürlich volles Verständnis.

Am nächsten Vormittag besichtigte ich die Matthias-Kirche und die Festung, die von der Revolution verschont geblieben waren. Danach machte ich eine kleine Bootsfahrt auf der Donau und verbrachte den Nachmittag im Schwimmstadion. Um sechs Uhr ging ich ins Hotel zurück, um mich umzukleiden. Dann machte ich mich mit den Zeitungen, die ich bei allen meinen Kameraden eingesammelt hatte, auf den Weg.

Zur Wohnung des Professors zu finden war gar nicht so einfach. Ich irrte durch winzige, kopfsteingepflasterte Gäßchen, und hielt von Zeit zu Zeit Passanten den Zettel mit der Adresse unter die Nase. Schließlich stand ich vor einem alten Wohnblock. Ich rannte über die hölzernen Treppen in den dritten Stock hinauf, mehrere Stufen auf einmal nehmend, und fragte mich im Laufen, wie lange wohl der alte Professor für diese Strecke brauchte. Vor seiner Wohnungstür angelangt klopfte ich an. Sogleich öffnete sich die Tür, als ob der alte Herr schon dahinter gewartet hätte. Mir fiel auf, daß er denselben Anzug trug wie bei unserer ersten Begegnung.

„Es tut mir leid, daß ich mich verspätet habe", sagte ich.

„Keine Ursache, auch meine Studenten finden es beim erstenmal schwierig, zu mir zu finden", sagte er und griff nach meiner Hand. Nach einer kurzen Pause setzte er hinzu: „In ein und demselben Satz sollte man nicht zweimal das gleiche Wort verwenden — ‚ausfindig machen' wäre richtiger gewesen, nicht wahr?" Er wartete meine Antwort erst gar nicht ab, sondern stapfte voraus. Durch einen dunklen, engen Gang erreichten wir sein Wohnzimmer, das erschreckend klein wirkte.

Drei Wände waren mit recht belanglosen Drucken und Aquarellen von englischen Landschaften behängt. An der vierten Wand stand ein großer Bücherschrank. Auf den ersten Blick konnte ich die Werke von Shakespeare, Dickens, Austin, Trollope, Hardy und sogar Evelyn Waugh und Graham Greene ausmachen. Auf dem Tisch lag eine vergilbte Nummer des *New Statesman*. Ich konnte keinerlei Familienphotos oder andere Hinweise auf etwaige Mitbewohner entdecken, und auch der Tisch war nur für zwei Personen gedeckt. Der alte Herr starrte mit kindlicher Freude auf den Stoß von Zeitungen, die ich ihm mitgebracht hatte:

„*Punch, Time, Observer* — welch ein Fest!" Er nahm die Gaben in Empfang und legte sie liebevoll auf sein Bett, daß in einer Ecke des Raumes stand. Dannach entkorkte er eine Flasche Szürkebarát und begab sich in eine winzige Nische, die eine Art Kitchenette beherbergte; er machte sich an die Vorbereitung unseres Mahles und stellte mir gleichzeitig eine Menge Fragen über England, die ich ihm zu meiner Schande nur zu einem geringen Teil beantworten konnte.

„Bitte zu Tisch", sagte der Professor nach einer kleinen Weile, „nehmen Sie Platz", und nach kurzer Überlegung: „Sie sollen nicht hinter dem Stuhl stehen, sondern sich darauf setzen." Er stellte einen Teller vor mich hin, auf dem etwas lag, das wie eine Hühnerkeule aussah, außerdem ein Stück Salami und eine Tomate. Was mich traurig stimmte, war nicht die Kargheit des Mahles, sondern vielmehr der Umstand, daß es für ihn offensichtlich ein Festmahl war. So sehr ich mich auch bemühte, langsam zu essen und die Mahlzeit durch ausführliche Gespräche in die Länge zu ziehen, war sie bald beendet. Der alte Herr machte Kaffee, einen ziemlich bitteren Kaffee; dann stopfte er seine Pfeife, und wir sprachen über Shakespeare und seine Ansichten über A.L.Rowse. Dann wandte er sich der Politik zu.

„Stimmt es, daß England demnächst wieder eine Labour-Regierung haben wird?"

„Die Meinungsumfragen deuten in diese Richtung", erwiderte ich.

„Offenbar ist Sir Alec Douglas-Home den Engländern nicht beschwingt genug für die sechziger Jahre", meinte der Professor und paffte kräftig an seiner Pfeife. „Ich habe Ihnen keine Pfeife angeboten", sagte er nach einer Pause und blickte mich durch die Rauchwolken hindurch an. „Ich könnte mir denken, daß Sie nach Ihren sportlichen Leistungen von unlängst vielleicht lieber auf das Rauchen verzichten." Ich mußte lächeln.

„Aber Sir Alec ist ein Mann von großer politischer Erfahrung", fuhr er fort „und es gereicht einem Land nicht zum Nachtteil, von einem so erfahrenen Staatsmann geführt zu werden."

Hätte mein eigener Lehrer eine derartige Behauptung aufgestellt, so hätte ich schallend gelacht.

„Und was halten Sie vom Vorsitzenden der Arbeiterpartei?" fragte ich, ohne dessen Namen zu nennen.

„Der ist ein Produkt des technologischen Zeitalters — da bin ich nicht so sicher. Gaitskell mochte ich — das war ein kluger und schlauer Mann. Er starb zu früh. Attlee war ein Herr, wie Sir Alec auch. Was aber Mr. Wilson betrifft — nun, über seine Qualitäten wird erst die Geschichte zu befinden haben."

Darauf wußte ich nichts zu antworten.

„Nachdem wir uns letztens getrennt hatten, ging mir durch den Sinn, wie schwer die Suez-Krise Ihr Land getroffen haben muß, nachdem es erst wenige Jahre zuvor einen Krieg gewonnen hatte. Es wäre Aufgabe der Amerikaner gewesen, euch zu Hilfe zu kommen. Jetzt, im nachhinein, wird uns weisgemacht, daß Premierminister Eden damals leidend war, in Wahrheit aber wurde er von seinen engsten Verbündeten just in dem Augenblick, in dem er deren Hilfe am allerdringendsten benötigt hätte, im Stich gelassen."

„Vielleicht hätten wir 1956 Ihrem Land zu Hilfe kommen sollen?"

„Nein, nein. Damals war es für den Westen schon zu spät, sich die ungarischen Probleme aufzuhalsen. Churchill hatte das als einziger begriffen, als er damals über Berlin hinausmarschieren wollte, um alle Staaten, die an Rußland grenzen, zu befreien. Aber der Westen war kriegsmüde, und Stalin nutzte die Gunst der Stunde. Churchill sah voraus, wie das enden würde, als er den Begriff des ‚Eisernen Vorhangs' prägte. Es ist verwunderlich, daß dieser große Staatsmann das Britische Weltreich für unvergänglich hielt — tatsächlich überlebte es diesen Satz nur um fünfundzwanzig Jahre. Wäre doch Churchill 1956 noch an den Hebeln der Macht gestanden!"

„Hat die Revolution Ihr Leben sehr verändert?"

„Ich habe keinen Grund zur Klage. Es ist eine Auszeichnung, Professor für Anglistik an einer großen Universität zu sein. Man macht mir keine Schwierigkeiten, und noch gilt Shakespeare nicht als subversive Literatur." Er machte einen tiefen Zug aus seiner Pfeife. „Und was sind Ihre Pläne nach Abschluß Ihres Studiums? Daß Ihre Zukunft nicht im Sport liegt, haben Sie in diesen Tagen anschaulich vor Augen geführt."

„Ich möchte Schriftsteller werden."

„Ja, dann müssen Sie reisen, reisen und wieder reisen. Erwarten Sie nicht, daß Sie alles aus Büchern erfahren könen. Sie müssen die Welt kennengelernt haben, um sie anderen begreiflich machen zu können."

Mein Blick fiel auf die alte Standuhr, und ich merkte, daß die Zeit wie im Fluge vergangen war.

„Ich fürchte, daß ich Sie jetzt verlassen muß. Um zehn Uhr müssen wir alle im Hotel sein."

Er lächelte über mein in englischen Internaten geschultes Pflichtgefühl.

„Natürlich. Ich werde Sie bis zum Kossuth-Platz begleiten, von dort aus können Sie Ihr Hotel auf dem gegenüberliegenden Hügel sehen."

Beim Weggehen fiel mir auf, daß er seine Wohnungstüre nicht abschloß; er besaß wohl nicht mehr viele irdische Güter, um die er hätte bangen müssen. Behende führte er mich durch das Labyrinth von Gäßchen, das mir am Hinweg solche Schwierigkeiten gemacht hatte. Dabei plauderte er ohne Unterlaß, erklärte mir die Geschichte dieses oder jenes Hauses; er war ein profunder Kenner nicht nur meiner, sondern auch seiner Heimat. Als wir am Kossuth-Platz angelangt waren, ergriff er meine Hand und schien sie nicht mehr loslassen zu wollen. Eine Angewohnheit einsamer Menschen.

„Ich danke Ihnen, daß Sie es einem alten Mann ermöglicht haben, so ausführlich über sein liebstes Thema zu sprechen."

„Und ich danke Ihnen für Ihre Gastfreundschaft“, erwiderte ich, „wenn Sie das nächste Mal in Somerset sind, müssen Sie bitte unbedingt nach Lympsham kommen, ich möchte Ihnen gerne meine Familie vorstellen.“

„Lympsham? Ich weiß im Augenblick nicht, wo das liegt“, sagte er nachdenklich.

„Das wundert mich nicht — das Dorf hat nur zweiundzwanzig Einwohner.“

„Gerade genug für zwei Cricket-Teams”, bemerkte der Professor. „Ich muß Ihnen allerdings gestehen, daß ich dieses Spiel nie begriffen habe.“

„Machen Sie sich nichts daraus. Da ergeht es Ihnen wie den meisten Engländern.“

„Es würde mich aber doch interessieren zu erfahren, was man unter einem Gully, einem No-ball oder einem Night-Watchman versteht.“

„Um so sicherer müssen Sie mich bei Ihrer nächsten Englandreise besuchen, damit ich Sie mit den Spielregeln vertraut machen kann.“

„Das ist sehr liebenswürdig von Ihnen“, antwortete er, und nach kurzen Zögern fügte er hinzu: „Ich glaube allerdings nicht, daß wir einander wiedersehen werden.

„Warum nicht?“ fragte ich erstaunt.

„Sie müssen wissen, daß ich in meinem ganzen Leben noch nicht aus Ungarn herausgekommen bin. Als ich jung war, konnte ich es mir nicht leisten, und daß die heutigen Machthaber mir gestatten würden, Ihr schönes England zu besuchen, wage ich sehr zu bezweifeln.“

Er ließ meine Hand los, wandte sich zum Gehen und verschwand bald in den dunklen Gäßchen.

Noch einmal las ich seinen Nachruf in der *Times*, noch einmal las ich den Artikel über den Einmarsch in Afghanistan und dessen Auswirkungen auf die bevorstehenden Olympischen Spiele in Moskau.

Der Professor hatte recht behalten. Wir haben einander nicht wiedergesehen.

Eine Liebe

Manche Leute, heißt es, verlieben sich auf den ersten Blick, aber das konnte man von William Hatchard und Philippa Jameson nicht sagen. Sie haßten einander von der allerersten Begegnung an. Dieser wechselseitige Abscheu zeigte sich gleich in der ersten Tutorenstunde ihres ersten Studienjahres. Beide waren Anfang der dreißiger Jahre mit größeren Stipendien nach Oxford gekommen, um englische Sprache und Literatur zu studieren. William nach Merton, Philippa nach Somerville. Beiden war von ihren Schullehrern versichert worden, daß sie die Stars ihres Jahrgangs werden würden.

Ihr Tutor, Simon Jakes vom New College, war verwirrt und amüsiert zugleich von dem grimmigen Konkurrenzkampf, der sich rasch zwischen seinen beiden intelligentesten Studenten entspann, und er nützte ihre Feindschaft geschickt, um das Beste aus ihnen herauszuholen, ohne ihnen dabei zu erlauben, zum offenen Angriff überzugehen. Philippa, eine attraktive, schlanke Rothaarige mit einer eher hohen Stimme, war genauso groß wie William, und trachtete daher, ihre Wortgefechte nach Möglichkeit stehend, in neuen, hochhackigen Schuhen auszutragen, während William, dessen tiefe Stimme Autorität ausstrahlte, es vorzog, seine Meinungen in sitzender Position zu vertreten. Je stärker ihre Rivalität wurde, desto energischer bemühten sie sich, einander zu übertreffen. Am Ende des ersten Studienjahres waren sie ihren Jahrgangskollegen weit voraus, sie selbst aber lagen Kopf an Kopf. Simon Jakes erzählte dem Anglistik-Professor von Merton, daß er nie ein gescheiteres Pärchen im selben Jahrgang gehabt habe und es nicht mehr lange dauern konnte, bis sie selbst ihm die Stirn boten.

Während der großen Ferien arbeiteten beide nach einem mörderischen Zeitplan, da sie immer befürchteten, der andere könnte noch ein wenig mehr tun. Sie zogen Blake, Wordsworth, Coleridge, Shelley und Byron gleichsam splitternackt aus und gingen nur mit Keats ins Bett. Am Beginn des zweiten Studienjahres stellten sie fest, wie sehr die Trennung ihre feindseligen Gefühle noch verstärkt hatte, und daß sie beide „Vorzüglich" für ihre Arbeiten über Beowulf bekamen, besserte die Situation keineswegs. Simon Jakes bemerkte eines Abends am Dozententisch des New College, daß einige seiner Tutorenstunden bestimmt mit einer Schlägerei geendet hätten, wäre Philippa Jameson als Junge zur Welt gekommen.

„Warum trennst du sie denn nicht?" fragte der Dean schläfrig.

„Soll ich mir die doppelte Arbeit aufhalsen?" erwiderte Jakes.

„Sie belehren einander die meiste Zeit über gegenseitig: ich spiele nur den Schiedsrichter."

Gelegentlich baten ihn die beiden Widersacher um sein Urteil, wer denn nun dem anderen voraus sei, und so sehr vertraute jeder darauf, der bessere zu sein, daß sie das immer in Hörweite des anderen fragten. Jakes war viel zu schlau, um sich ausquetschen zu lassen; statt dessen erinnerte er die beiden daran, daß die Prüfer die letzten und eigentlichen Schiedsrichter sein würden. Also begnügten sie sich damit, einander — selbstverständlich so, daß es der andere hören konnte —, „dieses dumme Weibsbild" beziehungsweise „dieser arrogante Kerl" zu nennen. Am Ende des zweiten Studienjahres waren sie beinahe außerstande, sich gleichzeitig im selben Raum aufzuhalten.

In den großen Ferien interessierte sich William vorübergehend für Al Jolson sowie für ein Mädchen namens Ruby, während Philippa mit dem Charleston und einem Leutnant zur See aus Dartmouth liebäugelte. Doch als das neue Semester begann, wurden diese Zwischenspiele niemandem eingestanden und bald vergessen.

Am Anfang des dritten Jahres bewarben sich beide auf Simon Jakes' Rat um den Charles-Oldham-Shakespeare-Preis, gemeinsam mit allen anderen Studenten ihres Jahrgangs, die ernsthafte Gewinnchancen hatten. Dieser Preis wurde für eine Abhandlung über einen bestimmten Aspekt von Shakespeares Werk ausgeschrieben, und Philippa und William erkannten, daß dies die einzige Gelegenheit in ihrem Studentenleben sein würde, bei der sie nicht mit offenem Visier gegeneinander kämpfen konnten. Verstohlen arbeiteten sie sich auf getrennten Wegen durch sämtliche Werke Shakespeares, von *Heinrich VI.* bis *Heinrich VIII.*, beanspruchten Jakes weit über die vereinbarten Tutorenstunden hinaus und forderten ihn zu immer spitzfindigeren Diskussionen über immer obskurere Stellen heraus.

Das Thema, das in jenem Jahr für den Charles-Oldham-Preis gewählt worden war, lautete: „Die Satire bei Shakespeare". *Troilus und Cressida* erforderte in dieser Hinsicht eindeutig die meiste Aufmerksamkeit, doch sowohl Philippa wie William fand, daß es praktisch in jedem der siebenunddreißig Stücke des Dichters satirische Nuancen gab. „Ganz zu schweigen von einem Dutzend Sonetten“, schrieb Philippa in einem der seltenen Augenblicke des Selbstzweifels nach Haus an ihren Vater. Als das Studienjahr zu Ende ging, wurde allen Beteiligten klar, daß entweder William oder Philippa den Preis gewinnen mußte, während der andere zweifellos zweiter werden würde. Dennoch ließ sich niemand auf Spekulationen über den endgültigen Sieger ein. Als der Portier des New College, ein Experte auf diesem Gebiet, seine übliche Wettliste für den Charles-Oldham-Preis aufstellte, setzte er ihre Namen nebeneinander an die erste Stelle und räumte dem Rest des Feldes Chancen von zehn zu eins ein.

Vor dem Abgabetermin für den Preis mußten beide die Jahresschlußprüfungen absolvieren. Philippa und William saßen zwei Wochen lang vormittags und nachmittags mit einer Verbissenheit vor den Fragebögen, die beinahe schon vulgär war. Es überraschte niemanden, daß sie wieder zu den besten ihres Jahrgangs erklärt wurden. An der Universität verbreitete sich das Gerücht, die beiden Rivalen hätten jede der Prüfungen mit „Sehr gut“ abgelegt.

„Ich möchte ja gerne glauben, daß es stimmt“, sagte Philippa zu William. „Doch muß ich dich, fürchte ich, darauf aufmerksam machen, daß ein beträchtlicher Unterschied besteht zwischen einem Vorzüglich und einem schwachen Sehr gut.“

„Ich bin ganz deiner Meinung“, sagte William. „Und sobald du erfährst, wer den Oldham-Preis bekommen hat, wirst du auch wissen, wer das schwache Sehr gut erhalten hat."

Drei Wochen vor dem Ablieferungstermin arbeiteten beide zwölf Stunden täglich, schliefen über offenen Büchern ein und träumten, daß der andere doch noch einen Schritt voraus sei. Als die Schicksalsstunde schlug, trafen sie einander in der marmorverfliesten Eingangshalle des Prüfungsgebäudes, beide düster vor sich hinbrütend.

„Guten Morgen, William, ich hoffe, deine Bemühungen werden dir einen Platz unter den ersten sechs einbringen."

„Danke, Philippa. Wenn nicht, werde ich unter den Namen C. S. Lewis, Nichol Smith, Nevil Coghill, Edmund Blunden, R. W. Chambers und H. W. Garrard nach meinem Namen Ausschau halten. Sonst gibt es bestimmt niemanden, den ich fürchten müßte."

„Ich bin nur froh", sagte Philippa, als hätte sie die Antwort nicht gehört, „daß du nicht neben mit gesessen hast, als ich die Arbeit verfaßte, und so zum erstenmal seit drei Jahren nicht von mir abschreiben konntest."

„Das einzige, was ich je von dir abgeschrieben habe, Philippa, war der Fahrplan Oxford-London, der, wie ich später entdeckte, schon überholt war — genau wie deine übrigen Arbeiten."

Beide gaben ihren fünfundzwanzigtausend Worte umfassenden Aufsatz in der Einreichstelle im Prüfungsgebäude ab, entfernten sich ohne ein weiteres Wort und kehrten in ihre Colleges zurück, um ungeduldig auf das Endergebnis zu warten.

William suchte am Wochenende nach der Abgabe seiner Arbeit Entspannung und Ablenkung, und zum erstenmal seit drei Jahren spielte er ein wenig Tennis gegen ein Mädchen vom St. Anne's College. Er gewann kein einziges Game, geschweige denn einen Satz. Beim Schwimmen wäre er beinahe ertrunken, genauso übrigens wie beim Staken auf dem Fluß. Er war nur froh, daß Philippa nicht Zeugin seiner schwachen sportlichen Leistungen geworden war.

Am Montagabend, nach einem glanzvollen Dinner mit dem Rektor von Merton, beschloß er, einen Spaziergang am Ufer des Cherwell zu machen, um einen klaren Kopf zu bekommen, bevor er zu Bett ging. Es war noch hell an diesem Maiabend, als er den schmalen Weg zwischen den Mauern von Merton einschlug, um über die Wiesen zu den Ufern des Cherwell zu wandern. Während er den gewundenen Pfad entlangging, glaubte er, vor sich seine Rivalin zu erspähen, die unter einem Baum saß und las. Er überlegte, ob er umkehren sollte, kam aber zu dem Schluß, daß sie ihn vielleicht schon gesehen hatte; also ging er weiter.

Er war Philippa seit drei Tagen nicht begegnet, obwohl sie aus seinen Gedanken nur selten verschwunden war: hatte er erst einmal den Oldham-Preis gewonnen, würde das dumme Frauenzimmer von ihrem hohen Roß heruntersteigen müssen! Er lächelte bei dem Gedanken und beschloß, einfach lässig an ihr vorüberzuschlendern. Als er näher kam, warf er einen kurzen Blick in ihre Richtung und spürte schon, wie er im voraus rot wurde, noch ehe sie ihre unvermeidliche, stets richtig getimte spitze Bemerkung anbringen konnte. Nichts geschah, also sah er genauer hin, um bei näherer Betrachtung zu entdecken, daß Philippa nicht las: sie hatte den Kopf in die Hände gestützt und schien leise zu schluchzen. Er ging langsamer: vor ihm saß nicht die furchterregende Rivalin, die ihm drei Jahre lang stets dicht auf den Fersen gewesen war, sondern ein verlorenes, einsames Geschöpf, das ziemlich hilflos aussah.

Williams erste Reaktion war der Gedanke, daß der Name des Preisträgers durchgesickert sein mußte und er tatsächlich den Sieg davongetragen hatte. Bei genauerer Überlegung konnte dies jedoch nicht der Fall sein. Die Prüfer hatten die Arbeiten erst an diesem Morgen erhalten, und da jede eingereichte Arbeit von allen Jurymitgliedern gelesen wurde, konnten die Resultate frühestens am Ende der Woche vorliegen. Philippa sah nicht auf, als er neben ihr anlangte — er war nicht einmal sicher, ob sie seine Gegenwart überhaupt wahrnahm. Als William stehenblieb, um seine Gegnerin zu betrachten, konnte er nicht umhin zu bemerken, wie ihr langes rotes Haar sich ringelte, wo es die Schulter berührte. Er setzte sich neben sie, doch sie regte sich immer noch nicht.

„Was ist denn los?“ fragte er. „Kann ich irgend etwas tun?“

Sie hob den Kopf, und er sah, daß ihr Gesicht vom Weinen gerötet war.

„Nein, nichts, William, außer mich in Ruhe lassen. Du beraubst mich der Einsamkeit, ohne mir deshalb Gesellschaft zu leisten.“

William freute sich, daß er die zarte literarische Anspielung sofort erkannt hatte. „Was ist los, Madame de Sévigné?“ fragte er, mehr aus Neugierde als aus Sorge, hin und her gerissen zwischen Mitgefühl und der Freude, sie zu ertappen, während sie sich eine Blöße gab. „Mein Vater ist heute morgen gestorben“, sagte sie schließlich, als spräche sie zu sich selbst.

Es fiel William plötzlich auf, wie seltsam es war, daß er, obwohl er Philippa seit drei Jahren beinahe täglich sah, nichts von ihrem Privatleben wußte.

„Und deine Mutter?"

„Sie ist gestorben, als ich drei war. Ich erinnere mich nicht einmal an sie. Mein Vater...", sie hielt inne, „...war Geistlicher und erzog mich, er hat alles hingegeben, damit ich nach Oxford gehen konnte, sogar das Familiensilber. Ich hatte mir so sehr gewünscht, ihm zuliebe den Charles-Oldham-Preis zu gewinnen."

William legte versuchsweise den Arm auf Philippas Schulter.

„Rede keinen Unsinn. Wenn du den Preis bekommst, wird du zum College-Superstar des Jahrzehnts erklärt, denn schließlich müßtest du erst mich ausbooten, um ihn zu kriegen."

Sie machte einen ungeschickten Versuch zu lachen. „Natürlich wollte ich dich schlagen, William, aber nur meinem Vater zuliebe."

„Woran ist er gestorben?"

„Krebs, aber er hat es mich nie merken lassen. Er bat mich, nicht vor den Sommerferien nach Hause zu kommen, da er spürte, die Krise könnte mit meinen Schlußprüfungen und dem Oldham-Preis zusammenfallen. Und dabei hat er mich die ganze Zeit über von sich fern gehalten, weil er wußte, daß es für mich mit der ernsthaften Arbeit vorbei sein würde, wenn ich seinen Zustand sähe."

„Wo bist du zu Hause?" fragte William, neuerlich erstaunt, daß er es nicht wußte.

„In Brockenhurst. Hampshire. Ich fahre morgen früh hin. Das Begräbnis ist am Mittwoch."

„Darf ich dich hinbringen?“ fragte William.

Philippa blickte auf und bemerkte in den Augen ihres Widersachers eine Sanftmut, die sie nie zuvor gesehen hatte. „Das wäre nett, William.“

„Also dann los, du dummes Weibsbild“, sagte er. „Ich begleite dich zu deinem College zurück.“

„Letztes Mal, als du mich 'dummes Weibsbild' genannt hast, hast du's auch gemeint.“

William fand es ganz natürlich, daß sie einander an der Hand hielten, während sie das Flußufer entlanggingen. Keiner sprach, bis sie Somerville erreichten.

„Wann soll ich dich abholen?“ fragte er, ohne ihre Hand loszulasse.

„Ich wußte nicht, daß du ein Auto hast.“

„Mein Vater hat mir einen alten MG geschenkt, als ich Jahrgangsbester wurde. Ich hab mich nach einem Vorwand geseht, dir mit dem verdammten Vehikel zu imponieren. Es hat einen Druckstarter, stell dir vor!“

„Offenbar wollte dein Vater nicht riskieren, dir das Auto erst aufgrund der Charles-Oldham-Resultate zu geben.“

William lachte herzlicher, als der kleine Seitenhieb es verdiente.

„Verzeih“, sagte sie. „Reine Gewohnheit. Ich bin schon neugierig, ob du so entsetzlich autofährst, wie du schreibst — in dem Fall werden wir nämlich nie ans Ziel kommen. Ich warte also morgen um zehn auf dich.“

Auf der Fahrt nach Hampshire erzählte Philippa von der Tätigkeit ihres Vaters als Geistlicher und erkundigte sich nach Williams Familie. Zu Mittag machten sie Rast in einem Pub in Winchester. Es gab Kaninchen-Stew und Kartoffelbrei.

„Unsere erste gemeinsame Mahlzeit“, sagte William.

Keine sarkastische Antwort kam, wie aus der Pistole geschossen, zurück. Philippa lächelte bloß.

Nach dem Mittagessen fuhren sie weiter in das Dorf Brockenhurst. William brachte das Auto auf dem Kies vor dem Pfarrhaus unsicher zum Stehen. Eine ältliche, schwarzgekleidete Bedienstete öffnete, erstaunt, Miss Philippa mit einem Mann zu sehen. Philippa stellte William Annie vor und bat sie, das Gästezimmer für ihn bereit zu machen.

„Ich bin so froh, daß Sie einen so netten jungen Mann gefunden haben“, bemerkte Annie später. „Kennen Sie ihn schon lange?“

Philippa lächelte. „Nein, wir sind einander gestern zum erstenmal begegnet.“

Philippa kochte ein Abendessen für William; sie saßen vor dem Feuer, das er im offenen Kamin entfacht hatte. Obwohl in drei Stunden kaum ein Wort zwischen ihnen fiel, langweilte sich keiner von beiden. Philippa nahm erstmals bewußt wahr, wie das helle Haar Williams unordentlich in die Stirn fiel, und dachte, wie vornehm er doch im Alter aussehen würde.

Am nächsten Tag ging sie an Williams Arm zur Kirche, und tapfer überstand sie das Begräbnis. Als der Gottesdienst vorüber war, führte William sie zurück ins Pfarrhaus, das überfüllt war mit vielen Freunden des verstorbenen Pfarrers.

„Sie dürfen nicht schlecht von uns denken“, sagte Mr. Crump, der Kirchenvorsteher, zu Philippa. „Sie bedeuteten Ihrem Vater alles, und er hatte uns streng verboten, Sie von seinem Leiden wissen zu lassen, falls es dem Charles-Oldham-Preis in die Quere kommen sollte. So heißt der Preis doch, nicht wahr?“

„Ja“, sagte Philippa. „Doch das erscheint alles so unwichtig jetzt.“

„Sie wird den Preis zum Andenken an ihren Vater gewinnen“, bemerkte William.

Philippa wandte sich um und sah in an. Zum erstenmal spürte sie, daß er tatsächlich wünschte, sie möge den Oldham-Preis gewinnen.

Sie blieben noch eine Nacht im Pfarrhaus und fuhren am Donnerstag nach Oxford zurück. Am Freitag morgens um zehn Uhr erschien William wieder in Philippas College und fragte den Portier, ob er Miss Jameson sprechen könne.

„Wollen Sie so freundlich sein, hier zu warten, Sir“, antwortete der Portier, wies William in einen kleinen Raum hinter der Portierloge und eilte davon, um Miss Jameson zu suchen. Ein paar Minuten später kam er mit ihr zurück.

„Was in aller Welt tust du denn hier?“

„Möchte dich nach Stratford mitnehmen.“

„Aber ich bin doch noch nicht einmal dazugekommen, die Sachen auszupacken, die ich von Brockenhurst mitgebracht habe!“

„Tu einmal, was man dir sagt. Ich gebe dir fünfzehn Minuten.“

„Aber gewiß doch“, sagte sie, „wer bin ich denn, daß ich dem nächsten Gewinner des Charles-Oldham-Preises den Gehorsam verweigern könnte? Ich gestatte dir sogar, für einen Augenblick mit in mein Zimmer zu kommen und mir beim Auspacken zu helfen.“

Die Augenbrauen des Portiers hoben sich bis zum Rand seiner Kappe, doch er blieb stumm, mit Rücksicht auf den schweren Verlust, den Miss Jameson erst kürzlich erlitten hatte. Wieder war William überrascht bei dem Gedanken, daß er in den drei Jahren nie in Philippas Zimmer gewesen war. Er war über die Mauern sämtlicher Mädchen-Colleges geklettert, um die verschiedensten — dummen und weniger dummen — Studentinnen zu besuchen, nie aber Philippa. Er setzte sich auf das Bettende.

„Nicht hierher, du gedankenlose Kreatur. Das Zimmermädchen hat das Bett gerade erst gemacht. Ihr Männer seid alle gleich, ihr könnt euch einfach nicht auf Stühle setzen."

„Eines Tages werd' ich's tun", sagte William. „Und zwar auf den Lehrstuhl für Englische Sprache und Literatur."

„Nicht, solange ich an dieser Universität bin, nein", antwortete sie, und verschwand ins Badezimmer.

„Gute Absichten sind eine Sache, Begabung eine andere", rief er ihr nach, insgeheim froh, daß ihr Konkurrenzgeist wiederzuerwachen schien.

Fünfzehn Minuten später kam sie aus dem Badezimmer, in einem gelbgeblümten Kleid mit adrettem weißen Kragen und ebensolchen Manschetten. William vermutete, daß sie vielleicht sogar einen Hauch Make-up aufgelegt hatte.

„Es wird unserem Ruf schaden, wenn wir zusammen gesehen werden", sagte sie.

„Ich habe darüber nachgedacht", erklärte William. „Wenn man mich fragt, sage ich, daß du meine gute Tat bist."

„Deine gute Tat?"

„Ja, dieses Jahr unterstütze ich notleidende Waisen."

Philippa meldete sich bis Mitternacht aus dem College ab, und die beiden Studenten fuhren nach Stratford, nachdem sie in Broadway zu Mittag gegessen hatten. Am Nachmittag ruderten sie auf dem Avon. William machte Philippa darauf aufmerksam, wie katastrophal sein letzter Ausflug mt dem Stakkahn verlaufen war. Sie gestand, von dem Schauspiel bereits gehört zu haben, das er dabei geboten hatte; doch sie kamen heil wieder ans Ufer — vielleicht, weil Philippa das Ruder übernahm. Sie gingen ins Theater, um John Gielgud als Romeo zu sehen, und aßen im Dirty Duck zu Abend. Während des Mahles war Philippa wieder ziemlich grob zu William.

Kurz nach elf traten sie die Heimfahrt an, und Philippa fiel bald in Halbschlaf, da der Motorlärm eine Unterhaltung fast unmöglich machte. Ungefähr zehn Kilometer vor Oxford blieb der MG plötzlich stehen.

„Ich dachte", sagte William, „daß noch mindestens fünf Liter im Tank sind, wenn die Benzinuhr auf ‚Leer' steht."

„Du hast dich offensichtlich geirrt, und das nicht zum erstenmal. Und dank deiner weisen Voraussicht wirst du auch ganz allein zur nächsten Garage wandern müssen — glaub ja nicht, daß ich mitkomme, um dir Gesellschaft zu leisten. Ich beabsichtige, mich nicht vom Fleck zu rühren, ich bleibe hier im Warmen."

„Aber es gibt vor Oxford keine Tankstelle mehr", protestierte William.

„Dann wirst du mich tragen müssen. Ich bin viel zu zart, als daß ich laufen könnte."

„Ich wäre nicht imstande, auch nur fünfzig Meter zurückzulegen nach diesem üppigen Abendessen und dem vielen Wein."

„Es ist mir absolut schleierhaft, William, wie es dir gelungen ist, ein Vorzüglich in Englisch zu bekommen, wenn du nicht einmal eine Benzinanzeige lesen kannst."

„Es wird uns nichts anderes übrig bleiben", sagte William, „als auf den ersten Bus zu warten."

Philippa kletterte mühsam auf den Rücksitz und sprach nicht mehr mit ihm, bevor sie einschlief. William setzte den Hut auf, band sich den Schal um und zog seine Handschuhe an, verschränkte die Arme, um sich warm zu halten, und berührte, als Philippa eingeschlafen war, sacht ihre rote Mähne. Dann zog er seinen Mantel aus und breitete ihn über sie.

Philippa wachte kurz nach sechs als erste auf und stöhnte, als sie versuchte, die schmerzenden Glieder zu strecken. Dann rüttelte sie William wach, um ihn zu fragen, warum sein Vater denn nicht so rücksichtsvoll gewesen sei, ihm ein Auto mit bequemeren Rücksitzen zu kaufen.

„Es ist doch das feinste Vehikel, das auf Englands Straßen fährt", sagte William, behutsam seine Nackenmuskeln massierend, ehe er sich den Mantel wieder anzog.

„Aber es fährt nicht und wird nicht fahren ohne Benzin", antwortete sie und stieg aus, um sich die Füße zu vertreten.

„Ich hab doch nur aus einem Grund das Benzin ausgehen lassen", erklärte William, hinter ihr her stapfend.

Philippa wartete auf eine lahme Pointe und wurde nicht enttäuscht.

„Mein Vater sagte mir, wenn ich die Nacht mit einem Barmädchen verbracht hätte, müßte ich bloß eine extra Pinte Bier bestellen; wäre es aber die Tochter eines Vikars, dann müßte ich sie heiraten."

Philippa lachte. William — müde, unrasiert und von seinem schweren Mantel behindert —, unternahm einen ungeschickten Versuch, sich auf ein Knie niederzulassen.

„Was tust du, William?"

„Dreimal darfst du raten, du dummes Weibsbild. Ich beabsichtige, um deine Hand anzuhalten."

„Ein Antrag, den ich frohen Herzens ablehne, William. Würde ich ihn nämlich annehmen, dann müßte ich möglicherweise den Rest meines Lebens als Strandgut auf der Straße zwischen Oxford und Stratford verbringen."

„Wirst du mich heiraten, wenn ich den Charles-Oldham-Preis kriege?"

„Da dies absolut nicht zu befürchten ist, kann ich gefahrlos ja sagen. Und jetzt steh auf, William, bevor dich jemand für einen verirrten Storch hält."

Der erste Bus kam um fünf nach sieben an diesem Samstagmorgen und brachte Philippa und William zurück nach Oxford. Philippa ging auf ihr Zimmer, um ein heißes Bad zu nehmen, während William einen Benzinkanister füllte und zu seinem verlassenen MG zurückkehrte. Nachdem er das erledigt hatte, fuhr er direkt zum Somerville College zurück und fragte neuerlich, ob er Miss Jameson sehen könne.

„Was, schon wieder du?" fragte sie. „Als ob ich nicht schon genug Unanehmlichkeiten hätte!"

„Wie das?"

„Weil ich bis nach Mitternacht aus war, ohne Begleitung."

„Aber du warst doch in Begleitung."

„Ja, und gerade das wird als unliebsam empfunden."

„Hast du erzählt, daß wir die Nacht zusammen verbracht haben?"

„Nein, hab ich nicht. Mir macht es nichts aus, wenn mich unsere Zeitgenossen für freizügig halten, aber ich wehre mich entschieden dagegen, daß sie glauben, ich hätte keinen Geschmack. Also geh jetzt bitte, zumal mir die fürchterliche Vorstellung vor Augen schwebt, du könntest den Charles-Oldham-Preis gewinnen, und ich müßte bis ans Ende meiner Tage mit dir zusammenleben."

„Du weißt, daß ich ihn zwangsläufig bekommen werde, warum also kommst du nicht gleich mit mir?"

„Ich weiß, daß es heute Mode ist, mit praktisch jedermann zu schlafen, William, doch wenn dies mein letztes Wochenende in Freiheit sein sollte, so möchte ich es genießen, zumal ich möglicherweise mit dem Gedanken an Selbstmord spielen muß."

„Ich liebe dich."

„Zum letztenmal, William, geh bitte. Und falls du den Oldham-Preis nicht gewinnst, laß dich nie wieder blicken in Sommerville."

William ging, ungeduldig dem Ergebnis des Wettbewerbs entgegenbangend. Hätte er geahnt, wie sehr Philippa wünschte, daß er gewann, dann hätte er diese Nacht vielleicht schlafen können.

Am Montagmorgen kamen sie beide schon früh in das Prüfungsgebäude und warteten ungeduldig und ohne miteinander zu reden im Gedränge der anderen Jahrgangskollegen, die sich ebenfalls um den Preis beworben hatten. Schlag zehn betrat der Vorsitzende der Jury in vollem Ornat und im Schneckentempo die große Aula und befestigte mit ziemlich schlecht gespielter Gleichgültigkeit einen Zettel an der Anschlagtafel. Sämtliche Studenten, die sich an dem Wettbewerb beteiligt hatten, stürzten nach vorne, mit Ausnahme von Philippa und William. Es war ihnen bewußt, daß es jetzt zu spät war, auf das Resultat Einfluß zu nehmen, das sie beide fürchteten.

Plötzlich löste sich ein Mädchen aus der Menge um das Schwarze Brett und rannte zu Philippa hinüber.

„Gut gemacht, Phil, du hast gewonnen!"

Tränen tragen Philippa in die Augen, als sie sich William zuwandte.

„Darf ich mich den Glückwünschen anschließen", sagte er rasch, „du hast den Preis offenbar verdient."

„Ich wollte dir am Samstag noch etwas sagen."

„Du hast mir etwas gesagt, nämlich, daß ich mich nicht mehr in Somerville blicken lassen soll, falls ich verliere."

„Nein, ich wollte sagen: ‚Ich liebe nichts in der Welt so sehr als Euch!' Ist das nicht seltsam?' "

Er sah sie lange schweigend an. Es war unmöglich, Beatrices Antwort zu übertreffen.

„So seltsam als etwas, von dem ich nichts weiß...", sagte er leise.

Ein Freund aus seinem College klopfte ihm auf die Schulter, packte seine Hand und schüttelte sie kräftig. *Promixe accessit* schien auf manche Leute auch noch Eindruck zu machen — allerdings nicht auf William selbst.

„Gut gemacht, William."

„Ein zweiter Platz ist kein Ruhmesblatt", sagte William verächtlich.

„Aber du hast ja gewonnen, Billy-boy."

Philippa und William starrten einander an.

„Wie meinst du das?" fragte William.

„Genau so, wie ich es sage. Du hast den Charles-Oldham-Preis gewonnen."

Philippa und William liefen zum schwarzen Brett und studierten die Ankündigung.

Charles-Oldham-Gedächtnis-Preis

Die Prüfer sahen sich nicht in der Lage, den Preis diesmal einer einzigen Person zuzuerkennen, und haben sich deshalb entschlossen, ihn aufzuteilen zwischen ...

Sie starrten ein paar Augenblicke lang auf das Anschlagbrett. Schließlich biß sich Philippa auf die Lippen und sagte mit gepreßter Stimme:

„O Wunder! Hier zeugen unsere Hände gegen unsere Herzen. Komm, ich will dich nehmen, aber bei diesem Sonnenlicht, ich nehm dich nur aus Mitleid!"

William brauchte keinen Soffleur. „Ich will Euch nicht geradezu abweisen; aber, bei diesem Tagesglanz, ich folge nur dem dringenden Zureden meiner Freunde; und zum Teil, um Euer Leben zu retten! Denn man sagt mir, Ihr hättet die Auszehrung."

Und zum Gaudium der Kollegen und zur Verblüffung des Don, der gerade vorbeikam, fielen sie einander unter dem Schwarzen Brett um den Hals.

Gerüchten zufolge sollen sie sich von diesem Moment an nie mehr länger als für ein paar Stunden getrennt haben.

Die Hochzeit fand einen Monat später in der Pfarrkirche von Brockenhurst statt. „Nun, wenn man es sich recht überlegt", sagte Williams Zimmerkollege, „wen sonst hätte sie heiraten sollen?" Das streitbare Paar begann die Flitterwochen in Athen mit einer

Auseinandersetzung über die relative Bedeutung der dorischen und der ionischen Architektur, von der keiner der beiden mehr wußte, als er heimlich aus einem billigen Führer auswendig gelernt hatte. Sie reisten weiter nach Istanbul, wo William sich in jeder Moschee niederwarf, während Philippa allein beim Eingang stand, schäumend darüber, wie die Türken Frauen behandelten.

„Die Türken sind ein kluges Volk mit einem untrüglichen Sinn für echte Werte", erklärte William.

„Warum bekehrst du dich nicht gleich zum Islam, William, so daß ich nur einmal im Jahr vor dein Angesicht treten müßte?"

„Der schicksalshafte Zufall der Geburt, unangebrachte Treue und die Unterzeichnung eines unseligen Kontrakts verurteilen mich dazu, den Rest meines Lebens mir dir zu verbringen."

Nach Oxford zurückgekehrt, erhielten sie beide Forschungsstipendien und begannen an ihren Colleges mit ernsthafter, kreativer Arbeit. William machte sich an eine umfangreiche Untersuchung über den Wortgebrauch bei Marlowe, und in seiner spärlichen Freizeit brachte er sich selber Statistik bei, um die Ergebnisse seiner Forschungen zu untermauern. Philippa wählte den Einfluß der Reformation auf die englischen Schriftsteller des 17. Jahrhunderts als Thema und weitete dieses bald auch auf bildende Kunst und Musik aus. Sie schaffte sich ein Spinett an und spielte abends gerne Dowland und Gibbons.

„Um Himmels willen", sagte William, erbittert über den blechernen Klang, „du wirst doch ihre religiösen Überzeugungen nicht aus den Notenschlüsseln ableiten?"

„Aufschlußreicher als ‚Wenns' und ‚Abers' ist das allemal, mein Lieber", antwortete sie gelassen, „und abends um so viel gemütlicher als Töpfe und Pfannen."

Drei Jahre später, nachdem beide ihren Dr. phil. mit Auszeichnung gemacht hatten, schlugen sie, unerbittlich im Tandem, die Universitätslaufbahn ein. Während der Faschismus seinen langen Schatten auf Europa warf, lasen, schrieben, kritisierten und paukten sie, ruhig am Kaminfeuer der alterslosen Colleges sitzend.

„Ein ziemlich lahmer Jahrgang diesmal", sagte William, „aber ich habe es doch geschafft, daß fünf von elf meiner Studenten mit Sehr gut abschlossen."

„Bei mir war's noch langweiliger", sagte Philippa, „aber irgendwie ist es mir gelungen, drei Sehr gut unter meinen sechs herauszuholen, und du brauchst nicht den binomischen Satz heranzuziehen, William, um auszurechnen, daß es, rein arithmetisch gesehen, ein Sieg für mich ist."

„Der Vorsitzende der Prüfungskommission berichtet mir", erwiderte William, „daß der größte Teil dessen, was deine Schüler von sich geben, bloß auswendig gelernt ist."

„Mir berichtet er", antwortete Philippa, „daß die deinen alles erst während der Prüfung erfinden."

Wenn sie im College zusammen aßen, waren die Zuschauerplätze stets rasch besetzt, und sobald das Tischgebet gesprochen war, schossen ihre scharfen Reden und Gegenreden über die Kerzenleuchter hinweg hin und her.

„Es kommt mir das Gerücht zu Ohren, Philippa, daß sich das College nicht imstande sieht, deinen

Lehrauftrag mit Jahresende zu erneuern?"
„Ich fürchte, das stimmt, William", entgegnete sie. „Es wurde entschieden, daß man meinen Lehrauftrag nicht erneuern könnte, wenn man mir gleichzeitig deinen anbietet."
„Glaubst du, daß je Mitglied der British Academy werden wirst, William?"
„Zu meinem Leidwesen muß ich gestehen: nein, niemals."
„Es tut mir leid, das zu hören. Warum denn nicht?"
„Weil ich, als man mir die Mitgliedschaft anbot, dem Vorsitzenden mitgeteilt habe, daß ich lieber warten wolle, bis ich gleichzeitig mit meiner Frau gewählt würde."
Manche Gäste von auswärts, die zum erstenmal am Dozententisch saßen, nahmen diese Wortgefechte ernst; andere konnten die beiden bloß beneiden um eine solche Liebe.
Einer der Fellows behauptete liebos, daß William und Philippa ihre Rollen probten, bevor sie sich zum Abendessen begaben, aus Angst, man könnte glauben, sie kämen zu gut miteinander aus. Schon als junge Dons wurden sie als Kapazitäten in ihrem Fach anerkannt. Wie Magneten zogen sie die begabtesten Studenten an, während sie selbst scheinbar durch Welten getrennt blieben.
„Dr. Hatchard wird die Hälfte dieser Vorlesungen halten", kündigte Philippa zu Beginn des Herbstsemesters ihre gemeinsame Vorlesung über die Artus-Sage an. „Doch ich kann Ihnen jetzt schon versichern, daß es nicht die bessere Hälfte sein wird. Sie wären gut beraten, immer nachzusehen, welcher Dr. Hatchard gerade an der Reihe ist."

Als Philippa eingeladen wurde, eine Reihe von Vorlesungen in Yale zu halten, ließ William sich für ein Jahr freistellen, um sie begleiten zu können. Während der Überfahrt über den Atlantik sagte Philippa:

„Wir können nur froh sein, daß wir mit dem Schiff fahren, mein Lieber, so kann uns wenigstens nicht das Benzin ausgehen."

„Danken wir Gott lieber", antwortete William, „daß das Schiff Maschinen hat, denn du würdest selbst der Cunard Line den Wind aus den Segeln nehmen."

Der einzige Kummer in ihrem Leben war, daß Philippe William keine Kinder schenken konnte, doch schloß dieser Umstand die beiden womöglich noch enger zusammen. Philippa überhäufte ersatzweise die ihr persönlich zugeteilten Studenten mit mütterlicher Liebe und gestattete sich bloß den lapidaren Kommentar, daß es ihr so zumindest erspart bleibe, womöglich ein Kind mit Williams Aussehen und Williams Verstand in die Welt zu setzen.

Bei Kriegsausbruch war es nicht zu vermeiden, daß Williams Fachwissen im Umgang mit Wörtern zur Dechiffrierung von Codes herangezogen wurde. Er wurde von einem anonymen Herrn angeworben, der, die Aktenmappe ans Handgelenk gekettet, das Paar zu Hause aufsuchte. Philippa horchte schamlos am Schlüsselloch, während die beiden verschiedene Probleme diskutierten, auf die sie gestoßen waren. Dann stürzte sie ins Zimmer und forderte, ebenfalls mitmachen zu dürfen.

„Sind Sie sich im klaren darüber, daß ich zum Lösen des Kreuzworträtsels in der *Times* nur halb soviel Zeit brauche wie mein Mann?"

Der Unbekannte dankte Gott, daß er nicht an Philippa gekettet war. Er kommandierte sie beide zur Admiralität ab, wo sie sich mit chiffrierten Funksprüchen an deutsche U-Boote und mit deren Antworten befassen sollten.

Der deutsche Mastercode war ein Vier-Buchstaben-Code, und jede Nachricht wurde wiederverschlüsselt, wobei das Substitutionsalphabet täglich verändert wurde. William lehrte Philippa, wie man die Buchstabenhäufigkeit berechnet. Sie wandte ihr neu erworbenes Wissen auf moderne deutsche Texte an und entwickelte eine Frequenzanalyse, die bald von jeder Dechiffrierungsabteilung innerhalb des Commonwealth angewendet wurde.

Dennoch bedeutete das Entschlüsseln und Erstellen des Mastercodes eine kolossale Aufgabe, an der sie fast zwei Jahre arbeiteten.

„Ich hätte nie gedacht, daß deine Wenns und Abers so informativ sein könnten“, sagte Philippa bewundernd über ihre eigene Arbeit.

Als die Allierten Europa besetzten, brachten die Eheleute es oft fertig, aufgrund von nicht mehr als einem halben Dutzend Zeilen den Code eines verschlüsselten Textes zu knacken.

„Eine ungebildete Bande ist das“, brummte William. „Sie chiffrieren ihre Umlaute nicht. Sie verdienen es, mißverstanden zu werden.“

„Wie kannst du überhaupt mitreden, der du nie Punkte auf deine i's machst, William?“

„Weil ich den i-Punkt für überflüssig halte und noch zu erreichen hoffe, daß er aus der englischen Sprache verschwindet.“

„Wenn das dein Hauptbeitrag zum wissenschaftlichen Fortschritt sein soll, William, dann frage ich mich nur, wie jemand bei der Lektüre der meisten Arbeiten unserer College-Studenten imstande sein soll, ein i von einem l zu unterscheiden."

„Ein schwaches Argument, meine Liebe, das, wäre es auch nur einigermaßen stichhaltig, erfordern würde, daß du immer einen Punkt auf das n machst, um sicherzugehen, daß es nicht mit einem h verwechselt wird."

„Vertiefe dich nur weiter in deine Theorien, William, denn ich gedenke, meine Energie darauf zu verwenden, Hitler mehr als den i-Punkt und das l wegzunehmen."

Im Mai 1945 speisten sie privat mit dem Premierminister und Mrs. Churchill in der Downingstreet 10.

„Was kann der Premierminister gemeint haben, als er zu mir sagte, er habe nie verstanden, worauf du hinaus wolltest?" fragte Philippa im Taxi, das sie zur Paddington Station brachte.

„Wahrscheinlich das gleiche wie mit seiner Bemerkung mir gegenüber, daß er genau wisse, wozu du imstande bist", erwiderte William.

Als Anfang der fünfziger Jahre der Professor für Anglistik am Merton College in Pension ging, wartete die gesamte Universität gespannt auf die Entscheidung, welcher Doktor Hatchard den Lehrstuhl nun erhalten würde.

„Wenn das Kollegium dich für den Lehrstuhl vorschlägt", sagte William, während er sich durch das ergrauende Haar fuhr, „dann nur deshalb, weil man mich zum stellvertretenden Rektor ernennen will."

„Der einzige denkbare Grund, dich für eine Position

vorzuschlagen, die deine Fähigkeiten so weit übersteigt, wäre Nepotismus; und das würde heißen, daß ich bereits stellvertretender Rektor sein müßte."

Der Ausschuß der Universität stellte nach einer mehrstündigen Diskussion über das Problem zwei Lehrkanzeln zur Verfügung und ernannte William und Philippa am selben Tag zu ordentlichen Professoren.

Als der stellvertretende Rektor gefragt wurde, warum er diese Ausnahmeregelung getroffen habe, antwortete er: „Ganz einfach: hätte ich nicht beiden einen Lehrstuhl gegeben, wäre einer von ihnen hinter meinem Job hergewesen."

Als Philippa und William an diesem Abend nach einem Festessen entlang den Ufern der Isis über die Wiesen von Christ Church nach Hause gingen, waren sie in einen besonders hitzigen Streit über die Qualität des letzten Bandes von Prousts monumentalem Werk vertieft. Ein Polizist hörte den Krawall, kam herbeigeeilt und fragte:

„Ist alles in Ordnung, Madam?"

„Nein, es ist nicht alles in Ordnung", warf William ein. „Diese Frau greift mich nun schon seit mehr als dreißig Jahren an, und bisher hat die Polizei beklagenswert wenig getan, um mich zu schützen."

Ende der fünfziger Jahre lud Harold Macmillan Philippa ein, dem Direktorium der Rundfunkgesellschaft IBA beizutreten.

„Ich nehme an, daß du so etwas wie ein akademischer Quizmaster werden wirst", sagte William, „und da das geistige Durchschnittsalter jener, die vor der Glotze sitzen, sieben Jahre beträgt, dürftest du dich dort ja ganz wie zu Hause fühlen."

„Zugegeben", erkärte Philippa, „nach zwanzig Jahren des Zusammenlebens mit dir bin ich voll qualifiziert für den Umgang mit kleinen Kindern."

Der Intendant der BBC schrieb William ein paar Wochen später einen Brief, in dem er ihn einlud, dem Direktorium beizutreten.

„Sollst du den Fernsehkoch oder ‚Dick Barton, Sonderagent' ersetzen?" fragte Philippa.

„Ich soll einen Zyklus von zwölf Vorträgen halten."

„Worüber, um Gottes willen?"

„Über das Genie."

Philippa blätterte rasch die Fernseh-Beilage der *Times* durch. „Ich sehe, daß die ‚Genie'-Sendung am Sonntag um zwei Uhr morgens ausgestrahlt wird; verständlich, da du ja zu dieser Zeit am brillantesten bist."

Als William ein Ehrendoktorat in Princeton erhielt, saß Philippa während der Zeremonie stolz in der ersten Reihe.

„Ich habe ja versucht, einen Platz weiter hinten zu bekommen", versicherte sie, „doch dort war alles voll mit schlafenden Studenten, die offensichtlich noch nie von dir gehört hatten."

„Wenn dem so ist, Philippa, so wundert es mich bloß, daß du sie nicht mit Studenten aus einer deiner Tutoren-Vorlesungen verwechselt hast."

Mit den Jahren gingen viele Anekdoten, von denen nur einige nicht verbürgt waren, in Oxfords Legendenschatz ein. Jeder am Anglistischen Institut kannte die Geschichten von den „streitbaren Hatchards". Wie sie ihre erste Nacht zusammen verbracht hatten.

Wie sie gemeinsam den Charles-Oldham-Preis gewannen. Daß Philippa das Kreuzworträtsel in der *Times* löste, noch ehe William mit dem Rasieren fertig war. Daß sie beide am selben Tag die Professur erhalten hatten und täglich länger arbeiteten als irgendeiner ihrer Kollegen, so als müßten sie immer noch etwas beweisen, und sei es nur einander. Es schien, als verlangte das Gesetz der Symmetrie, daß sie stets gleichrangig bewertet wurden — bis in der Liste der Titelverleihungen zu Neujahr angekündigt wurde, daß Philippa zur Dame of the British Empire ernannt worden war.

„Wenigstens unsere geliebte Königin hat also erkannt, wer von uns beiden wirklich Anerkennung verdient", sagte sie bei der Nachspeise im College.

„Unsere geliebte Königin", bemerkte William, während er einen Madeira wählte, „weiß nur zu gut, wie schwach die Konkurrenz an den Mädchen-Colleges ist. Manchmal muß man deshalb auch schwächere Kandidaten ermutigen, in der Hoffnung, dadurch ein wirkliches Talent weiter unten auf der Leiter anzuspornen."

Danach bewog Philippa den Zeremonienmeister, wann immer sie und William gemeinsam in der Öffentlichkeit auftraten, sie als „Professor William und Dame Philippa Hatchard" anzukündigen. Sie hoffte auf viele glückliche Jahre, in denen sie bei jedem offiziellen Anlaß ihrem Mann um eine Nasenlänge voraus sein würde; doch ihr Triumph währte nur sechs Monate, da William anläßlich des Geburtstages der Königin in den Ehrenritterstand erhoben wurde. Philippa heuchelte Erstaunen angesichts dieser für die geliebte Königin uncharakteristischen Fehleinschätzung und bestand von nun an darauf, daß sie in der Öffentlichkeit als „Sir William und Dame Philippa Hatchard“ vorgestellt wurden.

In all den Jahren gaben sie nie ihre gespielte Überzeugung auf, daß der andere geistig zurückgeblieben sei. Philippas Bücher, „Werke von beachtlichem Rang“, wie sie behauptete, wurden von der Oxford University Press veröffentlicht, während Williams Arbeiten, denen er „monumentale Bedeutung“ zuschrieb, von der Universität Cambridge herausgegeben wurden.

Die Anzahl neuernannter Professoren der Anglistik, die die beiden ausgebildet hatten, hatte bald zweistellige Ziffern erreicht.

„Wenn du die Techniker mitzählst, muß ich Maguires Dozentur in Kenia dazurechnen“, sagte William.

„Der Professor für Anglistik in Nairobi war nicht dein Schüler“, antwortete Philippa, „sondern meiner. Hingegen hat das Staatsoberhaupt bei dir studiert, was durchaus zu dem Umstand beigetragen haben mag, daß die dortige Universität so hoch eingeschätzt wird, während im Land bekanntlich desolate Zustände herrschen.“

Anfang der sechziger Jahre führten sie einen schriftlichen Krieg im *Times Literary Supplement* über Philip Sidneys Werke, ohne dieses Thema je in der Gegenwart des anderen anzuschneiden. Schließlich verfügte der Herausgeber, daß diese Korrespondenz beendet werden müsse, und erklärte die Schlacht für unentschieden.

Beide erklärten, er sei ein Idiot.

Wenn es etwas gab, das William im Alter an Philippa störte, dann war es ihre starrsinnig aufrechterhaltene Gewohnheit, jeden Morgen das Kreuzworträtsel in der *Times* zu lösen, bevor er an den Frühstückstisch kam. Eine Zeitlang bestellte William zwei Exemplare der Zeitung, bis Philippa schließlich in beiden das Rätsel ausfüllte und ihm dabei erklärte, daß er sinnlos Geld verschwende.

An einem Morgen im Juni, gegen Ende ihres letzten akademischen Jahres vor der Pensionierung, kam William zum Frühstück und stellte fest, daß in dem Kreuzworträtsel nur noch ein Wort für ihn zu knacken war. Er studierte die Legende: „Skelton berichtete, daß dies in der Suppe landete." Sofort füllte er die acht Felder aus.

Philippa sah ihm über die Schulter. „So ein Wort gibt es nicht, du arroganter Kerl", sagte sie entschieden. „Du hast es erfunden, um mich zu ärgern." Dabei stellte sie ein sehr hart gekochtes Ei vor ihn hin.

„Natürlich gibt es dieses Wort, du dummes Weibsbild; schlag nach im Wörterbuch unter ‚Whymwham'."

Philippa schlug im *Shorter Oxford Dictionary* nach, das zwischen den Kochbüchern in der Küche stand, und posaunte ihre Freude darüber hinaus, daß das Wort nirgends zu finden sei.

„Meine liebe Dame Philippa", sagte William, als wende er sich an einen besonders minderbemittelten Schüler, „du wirst dir doch sicher nicht einbilden, daß du, weil du alt bist und dein Haar sehr weiß geworden ist, weise bist. Du mußt begreifen, daß das *Shorter Oxford Dictionary* für Einfaltspinsel zusammengebastelt wurde, deren englischer Wortschatz sich auf höchstens hunderttausend Wörter beschränkt. Wenn ich am Vormittag ins College gehe, werde ich dir die Existenz dieses Wortes anhand des *Oxford English Dictionary,* das auf meinem Schreibtisch liegt, nachweisen. Muß ich dir ins Gedächtnis rufen, daß das *Oxford English Dictionary* ein seriöses Werk ist, das mit seinen mehr als fünfhunderttausend Stichwörtern für Gelehrte wie mich konzipiert wurde?"

„Blödsinn", sagte Philippa. „Wenn erst erwiesen ist, daß ich recht habe, wirst du diese ganze Geschichte Wort für Wort – dein beleidigendes Nicht-Wort inbegriffen – beim Jahresfest in Somerville zum besten geben müssen."

„Und du, meine Liebe, wirst John Skeltons Gesammelte Werke lesen und beim ersten Gang des Festessens zu Kreuze kriechen."

„Überlassen wir die Entscheidung also dem guten alten *Oxford Dictionary.*"

„Einverstanden."

Damit nahm William seine Zeitung, küßte seine Frau auf die Wange und sagte mit einem übertriebenem Seufzer: „In Augenblicken wie diesen wünschte ich, ich hätte den Charles-Oldham-Preis nie errungen."

„Hast du ja auch nicht, mein Lieber. Es galt nur damals noch als unfein zuzugeben, daß eine Frau irgendetwas gewonnen hätte."

„Du hast mich gewonnen."

„Ja, du arroganter Kerl, doch hatte man mich zu der Annahme verleitet, es handle sich um einen jener Preise, die man am Ende des Jahres zurückgeben kann. Und jetzt stelle ich fest, daß ich dich behalten muß, selbst im Ruhestand."

„Nochmals: überlassen wir's dem *Oxford English*

Dictionary, meine Liebe, jene Frage zu entscheiden, über die sich die Charles-Oldham-Jury nicht einigen konnte.“ Damit verabschiedete er sich und ging in sein College.

Herzinfarkte kommen bei Frauen bekanntlich seltener vor als bei Männern. Dame Philippa Hatchard jedoch erlitt an diesem Morgen in der Küche eine Herzattacke und brach zusammen. Heiser rief sie nach William, der aber schon außer Hörweite war. Die Putzfrau fand Philippa auf dem Fußboden liegend, und lief, um höheren Orts Hilfe zu holen. Der Schatzmeister des Colleges vermutete zunächst, daß Philippa wahrscheinlich vorgab, Sir William habe sie mit einer Bratpfanne niedergeschlagen, eilte dann aber doch hinüber ins Haus der Hatchards in Little Jericho, denn man konnte ja nie wissen. Er fühlte Philippas Puls und rief den Arzt des Colleges an, danach den Rektor. Beide kamen innerhalb von Minuten.

Der Rektor und der Schatzmeister standen wartend neben ihrer berühmten Kollegin, wußten aber bereits, was der Arzt sagen würde.

„Sie ist tot“, bestätigte er. „Der Tod muß sehr plötzlich und fast schmerzlos eingetreten sein.“ Er sah auf die Uhr: es war neun Uhr siebenundvierzig. Er bedeckte Philippa mit einem Laken und ließ einen Krankenwagen kommen. Mehr als dreißig Jahre lang hatte er Dame Philippa behandelt und ihr so oft gesagt, sie möge sich doch mehr schonen, daß er es ebensogut auf einer Schallplatte hätte aufnehmen können, so wenig hatte sie es beachtet.

„Wer wird es Sir William sagen?“ fragte der Rektor. Die drei blickten einander an.

„Ich", erklärte der Arzt.

Es ist ein kurzer Weg von Little Jericho zum Radcliffe Square. Für den Arzt aber war es an diesem Tag ein langer Weg von Little Jericho zum Radcliffe Square. Es bereitete ihm ja nie Freude, jemanden vom Tod seines Ehepartners verständigen zu müssen, nun aber stand er wohl vor der schmerzlichsten Aufgabe dieser Art in seiner gesamten Laufbahn.

Als er an die Tür des Professors klopfte, bat ihn Sir William einzutreten. Der große Mann saß an seinem Schreibtisch, brütete über dem *Oxford Dictionary* und summte vor sich hin.

„Ich hab's ihr ja gesagt, aber sie wollte es mir nicht glauben, dieses dumme Weibsbild", sagte er zu sich selbst. Dann wandte er sich um und sah den Arzt stumm in der Tür stehen. „Doktor, Sie müssen beim Somerville-Festessen am nächsten Donnerstag mein Gast sein. Dame Philippa wird zu Kreuze kriechen bei dieser Gelegenheit. Ich werde nicht weniger als Spiel, Satz, Match und Meisterschaft gewinnen. Die Rechtfertigung eines ganzen Gelehrtenlebens!"

Der Arzt lächelte nicht, er rührte sich nicht einmal. Sir William ging auf ihn zu und sah den alten Freund forschend an. Worte erübrigten sich. Der Arzt sagte nur: „Es trifft mich mehr, als ich ausdrücken kann", und überließ Sir William seinem Leid.

Sir Williams Kollegen erfuhren es alle innerhalb einer Stunde. Das Mittagessen im College wurde an diesem Tag schweigend eingenommen; nur der Senior Tutor fragte den Rektor einmal, ob Sir William etwas zu essen hinaufgeschickt werden sollte.

„Ich glaube nicht", sagte der Rektor. Mehr wurde nicht gesprochen.

Professoren, Fellows wie Studenten, gingen schweigend über den vorderen Hof, und als sie sich zum Abendessen versammelten, war noch immer niemandem nach einem Gespräch zumute. Am Ende der Mahlzeit schlug der Senior Tutor neuerlich vor, Sir William etwas zu essen zu bringen. Diesmal nickte der Rektor zustimmend, und der Koch des Colleges bereitete ein leichtes Mahl zu. Der Rektor und der Senior Tutor stiegen die abgetretenen Stufen zu Sir Williams Zimmer hinauf, und während einer das Tablett hielt, klopfte der andere an die Tür. Es kam keine Antwort, daher stieß der Rektor, der Williams Eigenheiten seit langem gewöhnt war, die Tür auf und sah hinein.

Der alte Herr lag reglos auf dem Holzfußboden in einer Blutlache, eine kleine Pistole neben sich. Die beiden Männer traten ein und starrten auf den Toten. In der rechten Hand hielt William John Skeltons Gesammelte Werke. Das Buch war auf der Seite mit dem Gedicht *The Tunnyng of Elynour Rummyng* geöffnet, und das Wort „whym-wham" war unterstrichen.

a 1529, Skelton, E. Rummyng 75
Nach Sarazenen-Weise
Hatte sie ein whym-wham,
Geknotet zu einem trym tram,
Um ihre Stirn geschlungen.

Sir William hatte in seiner gestochen klaren Handschrift eine Bemerkung an den Rand geschrieben: „Verzeiht mir, aber ich mußte es ihr doch mitteilen."

„Was mitteilen, frage ich mich?" murmelte der Rektor zu sich selber, als er versuchte, das Buch aus Sir Williams Hand zu nehmen; doch die steifen, erkalteten Finger hatten sich bereits fest darum geschlossen.

Die Legende berichtet, daß Philippa und William nie länger als ein paar Stunden getrennt waren.